EN CANOT SUR LES CHEMINS
D'EAU DU ROI

Né en 1925, Jean Raspail parcourt le monde pendant vingt ans avant de se lancer dans l'écriture. En 1973, il publie *Le Camp des saints*, qui sera suivi de nombreux romans. Il a reçu en 1981 le Grand Prix du roman de l'Académie française pour *Moi, Antoine de Tounens*.

JEAN RASPAIL

En canot sur les chemins d'eau du Roi

Une aventure en Amérique

ALBIN MICHEL

© Éditions Albin Michel, 2005.
ISBN : 978-2-253-12404-7 – 1re publication LGF

« Les sauvages m'avoient donné le nom
d'écrivain, ce qu'ils ont coutume de faire
à tous ceux qu'ils voyent écrire... »

Jean-Baptiste PERRAULT,
coureur de bois, marchand voyageur
pour la compagnie du Nord-Ouest.

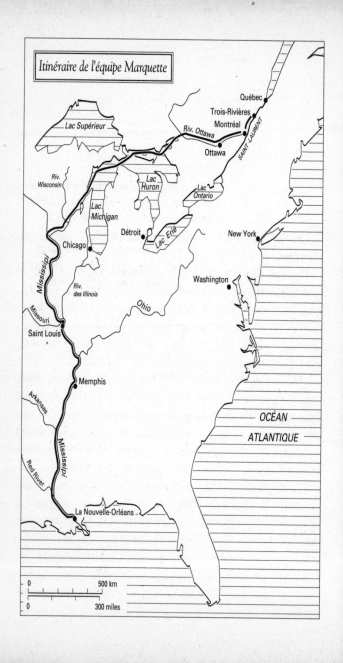

Saint-Laurent

On les appelait *voyageurs*, ou *engagés du grand portage*.

Par les fleuves, les lacs, les rivières qui formaient une trame naturelle dans l'immensité nord-américaine, aux XVIIᵉ et XVIIIᵉ siècles, convoyant à bord de leurs canots des explorateurs et des missionnaires, des marchands ou des officiers du roi, des soldats en tricorne gris des compagnies franches de la Marine, des pelleteries, des armes, des outils, renouvelant jour après jour, les mains crochées sur l'aviron, des exploits exténuants, ils donnèrent à la France un empire qui aurait pu la contenir sept fois. A chacun de leurs voyages, ils en repoussaient encore les frontières, vers le nord-ouest, vers l'ouest, vers le sud.

De Québec, de Trois-Rivières, de Montréal – qui se nomma d'abord Ville-Marie –, ils embarquaient dès la fonte des glaces, au printemps. On ne les revoyait qu'aux portes de l'hiver. Beaucoup ne revenaient jamais. A l'assaut des premiers rapides, ceux de Lachine, sur le Saint-Laurent, tout juste passé Montréal, à la sortie du lac Saint-Louis, les équipages chantaient :

> *Ah ! c'est un mariage*
> *Que d'épouser le voyage.*
> *Jamais plus je n'irai*
> *Dans ces pays damnés.*
> *Grand Dieu que c'est donc de valeur*
> *Que d'être voyageur...*

Ils pagayaient – ou plutôt : ils *avironnaient*, c'est ainsi qu'on dit au Québec et que je dirai désormais, car il y a tout un langage du voyage, de même qu'un canoë est un canot, qu'on prononce *canote*, à la bretonne – ils avironnaient quinze heures par jour, dormaient cinq heures, martyrisés par les maringouins, les mouches noires, les brûlots, exposés aux attaques des Iroquois et des Algonquins, *portageant* canots et marchandises à dos d'homme pour remonter les grands rapides, y laissant des lambeaux de chair et des chapelets de noyés, à la descente, canots brisés sur les rochers...

> *A genoux dans mon canot d'écorce,*
> *Je vogue à la merci des temps.*
> *Je brave toutes les tempêtes*
> *Dans les grandes eaux du Saint-Laurent,*
> *Et plus tard, dans les rapides,*
> *Je prendrai la Vierge pour bon guide...*

J'ai chanté cela, moi aussi, *mangeur de lard* puis vieux *canotier*, pour rythmer dans l'effort les coups d'aviron, réveiller mes muscles fourbus, mon corps transi et trempé, et quelquefois pour chasser la trouille.

Du 25 mai au 10 décembre de l'année 1949, pendant deux cents jours, j'ai avironné 2 837 miles, soit 4 565 kilomètres, de Trois-Rivières à La Nouvelle-Orléans par les grands chemins d'eau du roi, le Saint-Laurent, l'Outaouais[1], la rivière des Français, le lac Huron, le lac Michigan, le Wisconsin et le Mississipi[2], ce qui était à peu près dans les temps. En 1730, par exemple, il fallait presque un an et demi au marquis de Beauharnais, gouverneur résidant à Québec, pour expédier un courrier au capitaine de Pradel, commandant du fort Rosalie, sur le bas Mississipi, et en recevoir une réponse.

Les canotiers chevronnés, nourris frugalement, à l'indienne, de sagamité et de pemmican – farine de blé d'Inde et lanières de viande séchée –, appelaient mangeurs de lard les novices fraîchement engagés, le plus souvent de jeunes paysans attirés par l'aventure mais ignorant ce qui les attendait. L'apprentissage était rude. Beaucoup renonçaient dès les premiers jours et retournaient à leurs fermes la tête basse. Les autres, ceux qui avaient tenu le coup, accédaient au titre envié de voyageurs et à l'honneur d'arborer la tuque (bonnet) de laine rouge à pompon, le sac à feu et la ceinture fléchée. Mieux qu'une corporation : une tribu, un clan, dédaignant à jamais la vie sédentaire.

C'est donc quatre mangeurs de lard maladroits qui embarquèrent dans leurs deux canots sur les quais de

---

1. La rivière Ottawa.
2. Avec un seul *p*, selon l'ancienne orthographe française.

Trois-Rivières, au ponton du club Radisson, le 25 mai 1949, à deux heures de l'après-midi. Notre équipe portait le nom de Marquette, une Robe noire [1], le père Jacques Marquette, natif de Laon, en Picardie, qui partit de Trois-Rivières en 1673, en compagnie de l'explorateur Louis Joliet (on prononce *Joliette*), découvrit le Mississipi, c'est-à-dire le cœur des Etats-Unis, et mourut d'épuisement sur le chemin du retour à l'endroit même où s'élève aujourd'hui la vertigineuse forêt de béton du quartier des affaires de Chicago. Quasi oublié en France où ces héros-là ne font plus recette, il a sa statue au Capitole, voisine de celle de Lincoln. Des villes et des comtés portent son nom, des collèges, une université renommée, une prestigieuse équipe de base-ball.

Avant même d'avoir risqué le moindre coup d'aviron, grâce à lui nous étions déjà célèbres !

Il y avait un monde fou sur le quai, le maire, l'évêque, la presse, le clergé, les enfants des écoles, les scouts, la fanfare et ses majorettes, les vieilles moustaches du club de canotage Radisson – auquel j'ai toujours l'honneur d'appartenir – avec qui, hâtivement, nous nous étions entraînés. Etait même accouru de New York, la veille de notre départ, un envoyé de la direction du *National Geographic Magazine*, brandissant, comme dans un film, un contrat qu'il me suffisait de signer, avec un chiffre en dollars à trois zéros, dont la moitié payable sur-le-champ, qui paraissait à mes vingt-trois ans un pont d'or. Outre l'exclusivité, il n'y mettait qu'une condition : que nous fassions tout le

---

1. Surnom que les Indiens donnaient aux jésuites.

voyage en costume d'époque, moi vêtu d'une robe noire de jésuite (le père Marquette), mon compagnon de canot Philippe Andrieu en bonnet de fourrure, veste à franges, jambières de daim et mocassin (Louis Joliet), et mes deux autres camarades accoutrés comme des canotiers, avec barbe et calumet. Une sorte de show-biz avant la lettre. Cela nous avait semblé grotesque. J'avais refusé. Ce n'était pas le genre d'équipée dans laquelle il est honorable de se lancer avec de l'argent plein les poches. Simple décence sur cette route où avaient souffert tant de milliers de gens. Les cinq cents dollars de notre cagnotte nous apparaissaient plus convenables. D'ailleurs nous n'en possédions pas plus. Même en rognant sur l'essentiel, à mi-chemin il n'en resterait rien. Le complément, nous avons dû le gagner. Le *sponsoring* n'avait pas encore frappé...

Deux textes rescapés de l'oubli sont à l'origine du récit que j'entreprends aujourd'hui avec cinquante-cinq ans, six mois et treize jours de retard sur cette longue aventure qui décida de mon existence.

Le premier est un miraculé. Il s'agit de mon journal de bord rédigé chaque soir au bivouac. Une écriture mal-habile, heurtée, contrariée. Vingt-cinq coups d'aviron à la minute et huit à dix heures par jour tétanisaient les doigts de ma main droite, celle qui fournissait le plus gros effort sans possibilité d'être relevée : Philippe Andrieu, mon équipier d'avant, étant gaucher, nous ne permutions jamais nos postes ni ne changions de côté d'aviron, lui à bâbord et moi à tribord, sous peine de ralentir l'allure d'un bon tiers, si bien qu'au terme du voyage nous y avions gagné l'un comme l'autre une épaule hypertrophiée, mais pas la même. A cela il fallait ajouter l'état de fatigue vespérale du scripteur qui ne prédisposait pas aux épanchements littéraires. Cet épais cahier à spirale et couverture cartonnée, enveloppé de toile imperméable et rangé dans une cantine placée devant moi, dans mon canot, réchappa de deux naufrages et d'innombrables accidents de route. Il avait bu tant d'humidité que, sur ses pages gondolées, les lignes serrées que j'y avais écrites bavaient et tendaient à se confondre à la limite de l'indéchiffrable. Peu de temps après mon retour en France, préparant une nouvelle expédition – en automobile cette fois, de la Terre de Feu à l'Alaska –, et tôt marié, je le perdis de vue. Dès mon premier déménagement, qui fut suivi de beaucoup d'autres, le précieux journal disparut pour réapparaître il y a trois ans à la faveur d'un énième exode. Il avait eu, en cinquante ans, largement le temps de sécher. J'y ai découvert de nombreuses bestioles de désagréable compagnie, aplaties comme des fleurs dans un herbier et encore roses de mon propre sang.

Refit surface simultanément, du carton où ils dormaient côte à côte à fond de cave, le second de ces manuscrits, un roman de quatre cents pages bien pesées et sans interlignes que j'avais commis en 1948. Il portait un titre ridicule et fut refusé par tous les éditeurs de Paris – et c'est ainsi, soit dit en passant, que par crainte d'une nouvelle blessure d'amour-propre, je n'avais point écrit de livre sur ce voyage en canot, seulement quelques articles de journaux. Un vieil ami de mon père, l'académicien André François-Poncet, consulté en dernier recours, m'avait gentiment déclaré qu'« il ne me voyait pas, mais pas du tout, réussir une carrière littéraire ». On imagine la vanité brisée du jeune homme qui se prenait pour Gide comme tous ceux de son espèce ces années-là, qui s'était fait tirer une prétentieuse photo posée chez Harcourt en prévision de sa célébrité et croyait avoir pondu un chef-d'œuvre dont il s'était déjà tant vanté auprès de ses copains garçons et filles, leur infligeant de pathétiques lectures à haute voix en tirant gravement sur son fume-cigarette. Ma mémoire n'en avait rien retenu et j'ai eu la curiosité de m'y replonger. Je n'y ai pas trouvé plus de dix bonnes pages. Pour le reste, un vide vaguement autobiographique, nombriliste et consternant, s'ajoutant à des études chaotiques et à un bac trois fois raté par je-m'en-foutisme invétéré... Ah, je n'étais pas Alain-Fournier.

Mon père avait sportivement entretenu de ses deniers pendant un an le futur « grand écrivain ». Il était encore plus désolé que moi et je suis content qu'ayant vécu jusqu'à un âge vénérable, il ait pu entrevoir le début de la revanche. L'oracle Poncet ayant parlé, il me demanda : « Et comment envisages-tu ta vie, à présent ? » Sonné, je n'envisageais rien. Il ne manquait pas de relations mais il appartenait à la vieille école, qui est la bonne, celle qui actionne le piston lorsque le bénéficiaire n'en a plus besoin. Il me dit : « Je pourrais te recommander, en effet, mais à quoi cela servirait, mon pauvre Jean, tu ne sais rien faire... », ce qui était la vérité, j'en convenais. Restait à sauver la face, peut-être me sauver aussi.

Il fut un moment question de l'Afrique, une

factorerie en forêt, une sous-agence de compagnie de navigation au fond d'un port tropical crapoteux... Nos belles colonies, en ces temps bénis, ont recyclé pas mal de bons à rien. C'était même une de leurs fonctions, et de ce point de vue, aujourd'hui, on s'aperçoit qu'elles nous manquent cruellement. J'ai toujours marché à l'imagination, mais là, elle a carrément refusé. Je n'étais pas non plus Rimbaud. L'armée ? Mon père avait été un brillant officier. Mon frère aîné également. On conserve pieusement dans ma famille la croix de la Légion d'honneur d'un aïeul réchappé de la retraite de Russie, héros du bataillon sacré. Je piochais passionnément dans la bibliothèque paternelle, *Les Hommes sans nom* de Jean des Vallières, Vigny, les *Mémoires* de Marbot, Jünger, Ernst von Salomon, Camerone et la liturgie légionnaire... Cela n'a pas suffi non plus. J'ai vite écarté cette idée, de la même façon qu'en 1944 – j'avais alors dix-neuf ans – le désir de rejoindre la Résistance ne m'a jamais effleuré, pas plus que celui de prendre en marche le train de l'Histoire et de m'engager chez De Lattre ou Leclerc pour purifier le passé national. Un certain nombre de jeunes Français l'ont fait, au même âge. Pas moi. Sans moi. J'ai longtemps cherché à comprendre pourquoi. La crainte d'y laisser ma peau n'a pas joué le rôle prédominant...

En ce début d'année 1949 sortit à Paris *Rendez-vous de juillet*, de Jacques Becker. L'expression *film-culte* ne sévissait pas, mais on s'était rué dans les cinémas, moi le premier. Il racontait l'histoire d'une bande de jeunes gens qui en 1946 se cherchaient un destin dans les caves de Saint-Germain-des-Prés. Ne l'y trouvant pas, ils s'envolaient, après mille difficultés, vers le lointain pays des Pygmées. Becker s'était inspiré d'un fait vrai : la mission Ogooué-Congo. Un tour de force dans le dénuement de cette première année de paix. Financement, matériel, transport, des mois de démarches et d'acharnement. Après le long enfermement de la guerre, la jeunesse avait soif d'air libre, tel était à peu près le sens du film. Les filles n'étaient pas du voyage. Cela donnait des adieux déchirants. Le chef et l'âme de l'expédition s'appelait Noël Ballif. C'est Daniel Gélin qui jouait le rôle, superbement, or ils ne se ressemblaient pas du tout. Je les ai connus l'un et l'autre. Gélin est mort récemment, dix ans après Noël Ballif. Ils ne s'étaient jamais rencontrés.

Rendez-vous de juillet, c'était nous, c'était moi, ceux qui voulaient changer de vie, et non pas changer la vie, ce dont nous nous fichions complètement, la nuance est d'importance. L'exploration fut leur planche de salut, à la fois un rêve vécu et une sorte d'alibi transcendantal. Courant sur son élan d'avant-guerre, Charcot, Alain Gerbault, Alexandra David-Neel, Audouin-Dubreuil et la Croisière jaune..., elle tirait ses dernières cartouches. Un fameux feu d'artifice, tout de même : Paul-Emile Victor, Ella Maillart, le commandant Cousteau première manière, Norbert Casteret, l'homme des gouffres, Henri Lhote, découvreur des peintures rupestres du Tassili, Frison-Roche, Paul Coze, qui vivait chez les Hopis, Joseph Kessel, Louis Liotard, assassiné au petit matin, sur les hauts plateaux du Yang-tseu-kiang, par un parti de brigands à natte, le navigateur Jacques-Yves Le Tourmelin, dont le *Kurun*, comme le *Pen-Duick* de Tabarly, vient d'être classé monument historique, Bertrand Flornoy, qui reconnut le premier les sources de l'Amazone et fonda le Club des Explorateurs, d'autres encore, Fred Matter, Jean de Guébriant, Solange de Ganay, Robert Gessain..., enfin leurs cadets de la dernière couvée, la tête emplie de projets baptisés « missions », ou « expéditions », la magie de ces deux mots ! Nous étions admis en bout de tablée aux dîners du Club des Explorateurs qui se tenaient le plus souvent au Procope, encore dans son jus d'autrefois, rue de l'Ancienne-Comédie, non loin de notre mère à tous, la Société de géographie. On flottait sur un nuage. C'était déjà une consécration d'être là. Trois mots de Kessel ou de Paul-Emile et l'horizon s'illuminait. On existait. Au café, pour la première des allocutions, se levait un très vieux monsieur décoré, en col cassé, ancien gouverneur général de l'Afrique-Équatoriale française, et le silence se faisait aussitôt. Il chevrotait. « Moi, commençait-il, compagnon de Brazza... » La formule ne variait jamais. Nous l'attendions comme un rite. Par sa voix, par sa présence, tous les grands explorateurs du XIXe siècle, et Dieu sait que la France en a compté, tous ces immenses personnages devenaient nos proches devanciers. A vingt-trois ans, cela vous marque.

Moi, c'était la baie d'Hudson qui parlait à mon imagination. *La Compagnie de la baie d'Hudson*, ou *Hudson Bay C*ie. Quelque chose comme Ultima Thulé, Samarcande, l'Atlantide, le cap Horn, l'Eldorado. Rien qu'à prononcer ce nom, à le tourner, le retourner, j'étais déjà parti, je m'y voyais. L'Epopée de la Fourrure ! Les grands canots de traite servis par vingt engagés s'élançant des rapides de Lachine vers les territoires vierges du Nord, des voyages de surhommes, des distances vertigineuses, avec quelques fortins de loin en loin, à des semaines l'un de l'autre, une tour carrée en rondins cernée d'une palissade de pieux, le drapeau de la Compagnie flottant aux vents glacés de l'Arctique. Je suivais la route du doigt sur le vieil *Atlas général* de mon père, la route du Pays-d'En-Haut, Fort Rupert, Fort Monsipi, Fort York ci-devant Bourbon, Fort Churchill, Fort Resolution, Fort Providence, Fort La Baleine, chacun de ces noms suivi de parenthèses encadrant les initiales emblématiques H.B.S., Hudson Bay Cie. L'atlas datait de 1880, à peu près l'année où l'épopée se tarit et où les canots fabuleux commencèrent de pourrir dans les hangars, mais pour moi ils vivaient encore. L'H.B.S. s'est aujourd'hui repliée dans la grande distribution. Son magasin principal de Ville-Marie, le centre commercial de Montréal, vend tout ce qu'on s'attend à y trouver, c'est-à-dire la même chose que ses concurrents, mais son enseigne légendaire brille dans la nuit de l'hiver : COMPAGNIE DE LA BAIE D'HUDSON. Chaque fois que j'en ai franchi les portes lors de mes récents séjours, me surgissaient à l'esprit des *brigades* de canotiers avironnant furieusement d'un fort à l'autre, et je considérais les rayons d'un autre œil...

En fait il s'agissait d'un projet relativement peu coûteux, de conception simple et qui le devint plus encore, bien que modifié, quand l'ambassade du Canada me fit rencontrer à la mi-janvier 1949 un prêtre québécois [1] de passage à Paris. Il s'appelait l'abbé Tessier, directeur diocésain des Mouvements catholiques de jeunesse. Costaud, de petite taille, un grand air d'autorité, un regard bleu comme je n'en ai connu qu'à l'Acadienne Antonine Maillet, il devait avoir une cinquantaine d'années. Il logeait dans un hôtel confortable, sa soutane n'était pas lustrée, son épais pardessus aurait convenu à un archevêque, et il avait le dollar généreux. Toute sa personne incarnait la puissance, à l'époque, du clergé catholique canadien-français. A la suite de cette prise de contact, il me donna, à ma grande surprise, rendez-vous aux guichets du Louvre. Il neigeait.

– C'est là que tout a commencé, me dit-il. C'est à l'intérieur de ce périmètre réduit de pavés et de palais que furent évoqués pour la première fois les millions et les millions d'acres de forêts vierges, de plaines, de prairies sans fin reliées entre elles par cent mille cours d'eau différents, baignées par une enfilade de lacs qui sont les plus grands du globe, et gardées par une double chaîne de montagnes sauvages et silencieuses. L'Amérique ! l'Amérique du Nord, dont on soupçonnait à peine l'existence...

Il parlait un peu comme Malraux, d'un ton inspiré, mais avec moins d'emphase et l'accent québécois en plus. Il me guettait de son œil bleu. Je crois qu'il était ravi de son numéro. Il enchaîna.

– Ce petit coin de Paris, en 1534, contenait à lui seul toute l'Amérique. C'est ici qu'elle a été rêvée, quand Jacques Cartier, venu de Saint-Malo, fut reçu au

_____

1. On disait alors *canadien*.

Louvre par le roi François Ier. Que lui dit-il pour le convaincre ? Assurément il inventa à partir du peu qu'on savait, la tête emplie de songes grandioses, la porte de la Chine, le mystérieux *golfe carré* (l'estuaire du Saint-Laurent), sur le rivage duquel il érigea, le 24 juillet de cette même année, une immense croix de bois frappée d'un écusson à fleurs de lys. Les lys de France et la croix... Il avait cent ans d'avance sur les Anglais. A son retour, il se présenta au roi. Il n'était pas seul. Deux jeunes Indiens l'accompagnaient, Donnagaya et Taignoagny, fils du chef iroquois Donnacona. Imaginez le spectacle aux guichets du Louvre ! Monluc, capitaine-général du Palais, l'écharpe blanche de commandement en sautoir sur sa cuirasse, alignant ses gardes aux morions étincelants, pour rendre les honneurs à ces deux sauvages vêtus de daim grossier, le visage fraîchement peint, une plume d'aigle plantée dans les cheveux, qui s'avançaient noblement entre deux rangées de hallebardiers. Ils ont raconté la scène en rentrant chez eux avec Cartier, en 1535. Leur récit a couru de feu en feu, emporté par l'éloquence indienne. Il a fait le tour des tribus du fleuve et jusqu'à l'intérieur des terres, et Dieu sait où il s'est arrêté, peut-être au-delà des Grands Lacs. C'est ainsi qu'elle a commencé, l'Amérique française, et c'est ainsi que vous devez vous en pénétrer avant de plonger l'aviron dans les chemins d'eau du roi...

J'avais pris ma première leçon. Ensuite j'ai progressé vite.

Il m'invita à déjeuner à deux pas du Louvre, rue Croix-des-Petits-Champs, dans un bistrot gascon à l'enseigne de Blaise de Monluc, précisément. Le patron s'enorgueillissait d'être natif de Condom, tout comme le capitaine-général des gardes de François Ier. L'établissement n'existe plus. A l'image de la chèvre de M. Seguin, un matin, les loups d'une chaîne de pizzerias l'ont mangé. Ecartant provisoirement la carafe de blanc frais à la périphérie de la table, l'abbé entreprit aussitôt d'esquisser à grands traits, sur la nappe en papier, la carte du continent nord-américain au milieu du XVIIe siècle. Grâce à mon *Atlas général*, je n'étais nullement dépaysé. Je l'y aurais suivi les yeux fermés.

– Là, me dit-il, la Nouvelle-Angleterre, les six colonies de la côte atlantique coincées entre l'océan, les monts Appalaches et les Adirondacks. Des puritains, qui aimaient l'argent, mais ne firent pas de quartier aux Indiens. Ils prospérèrent, toujours plus nombreux, toujours plus riches. L'imagination ne les étouffait pas. Aucun désir d'aller voir plus loin à quoi ressemblait l'immense pays dont ils n'occupaient que la frange. Plus au nord, les Français, à peine une dizaine de milliers sur les deux rives du Saint-Laurent. Ceux-là étaient plus curieux, mais Colbert n'encourageait pas les coureurs de bois, les explorateurs, et à peine les missionnaires. Il avait déjà sur les bras cette petite colonie un peu trop septentrionale et ne souhaitait nullement qu'elle s'étende au-delà des rapides de Lachine. Pour s'en aller à la découverte, il fallait une commission royale. Elle était rarement accordée. Mais voilà, rien n'y fit. On était d'une autre trempe que les Anglais. Le premier à tenter l'aventure fut Jean Nicolet, puis Radisson – encore un Malouin – et son beau-frère Groseillers. Mon aïeul direct Pierre Tessier, à peine débarqué du Perche, déserta la charrue pour s'engager chez Groseillers. Après, ce fut une source continue d'où jaillissaient hommes et canots, le père Brébeuf, Dollard des Ormeaux, le père Jogues, Nicolas Perrot, des dizaines et des dizaines d'autres, rien ne pouvait en arrêter le flot. Franchi le milieu du siècle, ils avaient déjà dépassé le lac Huron, puis le lac Supérieur et le lac Michigan, à quinze cents kilomètres des rapides de Lachine ! En 1673, Marquette et Joliet découvrent le Mississipi et l'embouquent jusqu'à son confluent avec la rivière Arkansas. Cavelier de La Salle, dix ans plus tard, bouclera définitivement la boucle en descendant l'immense fleuve sauvage jusqu'aux rivages du golfe du Mexique. Tous, sur leur route, ont planté des croix, des poteaux écussonnés aux armes de France gravées dans le plomb, un territoire qui s'étend, en longueur et en largeur, sur des milliers de kilomètres, enfermant les Anglais à l'est, tout cela à partir du petit Canada français ! Bon gré mal gré, l'autorité suivra, avec les officiers du roi, Céloron de Blainville, Le Moyne d'Iberville, et La Vérendrye, en conclusion, qui repoussera les frontières françaises jusqu'aux premiers contreforts des montagnes Rocheuses. C'est ce chemin, leur chemin, qui doit être le vôtre, mon ami. La baie d'Hudson, ce serait du beau sport, mais là, c'est l'Histoire qui vous attend !

Sur quoi il rapatria la carafe de blanc au centre de la nappe en papier, en plein confluent du Wisconsin et du Mississipi où sept mois plus tard j'avalerais excessivement d'eau, mon canot emporté sous la tornade par le flot furieux du fleuve. Tandis que nous levions nos verres, je pensais en moi-même : « Fermez le ban ! »

Je le trouvais magnifique, cet abbé. Cependant, je regrettais mes forts et la série des rapides à affronter. Il me regarda d'un air amusé.

– Vous ne perdrez rien, je vous l'assure. Depuis Lachine jusqu'à Mattawa, la première partie de votre itinéraire reste la même. C'est la plus difficile. Huit cents kilomètres à contre-courant. L'Outaouais n'est pas une rivière pour demoiselles. Elle a cassé bien des équipages. Quant aux forts, vous en trouverez sept ou huit, sans compter tous ceux qui suivront. Savez-vous combien de forts les Français ont construits sur les chemins d'eau ? On en a répertorié plus de cent.

Vint ensuite la question des canots, en même temps que le civet de lièvre. On n'utilisait plus l'écorce de bouleau, bien sûr, remplacée par un entoilage étanche qui facilite les réparations, mais les lignes de forme et l'armature de bois léger n'avaient pas changé. Parmi les différents types d'embarcation en usage jusqu'au XIXe siècle, le « canot de Montréal » mesurait trente-cinq pieds, chargeait trois tonnes de marchandises et il fallait douze hommes pour le mener, celui appelé « canot du Nord », vingt-cinq pieds, treize cents kilos de fret et huit hommes. L'abbé proposait « le canot de maître », quinze pieds [1], léger – une cinquantaine de kilos tout de même –, maniable à deux, élégant, affecté autrefois aux officiers du roi, aux fonctionnaires des compagnies de traite et au courrier. Je me demandais avec inquiétude combien coûteraient ces merveilles et comment se les procurer quand je compris que l'abbé Tessier me les offrait, ou qu'il me les faisait offrir, il

---

1. Cinq mètres.

ne me l'a jamais précisé. Les deux canots m'attendraient dès le mois de mai à Trois-Rivières, au chantier du vieux Moïse Cadorette, le dernier fabricant de *vrais* canots, qui avait appris le métier auprès d'un grand-père huron. Au fromage furent réglées aussi les dispositions d'accueil à Trois-Rivières. On nous hébergerait au club Radisson. Enfin l'abbé, pour terminer, m'assura qu'il m'obtiendrait un contrat pour quelques reportages dans *Le Nouvelliste* de Trois-Rivières. Je restais sans voix, mon émotion en travers de la gorge. En échange de tout cela, rien. Il existe une explication à cette générosité : le scoutisme catholique. Mes trois compagnons et moi, nous avions, à différents titres, appartenu aux Scouts de France, j'y reviendrai. Notre équipe et notre voyage étaient placés sous leur patronage, de même que nous avions obtenu celui du président de la République, un vieux socialiste pur jus, ce qui serait inconcevable aujourd'hui...

Nous buvions notre café, quand l'abbé me parla de Saint-Malo. Il y avait passé vingt-quatre heures et en était revenu la veille. Il l'avait déjà visitée avant la guerre, intacte dans sa splendeur de pierre. Détruite à quatre-vingt pour cent et sans le moindre bénéfice stratégique par les bombardements américains au début d'août 44, seuls ses remparts avaient tenu. Sa reconstruction avançait vite, mais l'ampleur du désastre restait visible. L'abbé en était indigné. Il avait fait le tour des remparts, côté extérieur, la mer et les passes par où les deux petits navires de Jacques Cartier s'étaient glissés vers l'océan pour découvrir leur Amérique, côté intérieur, encore des ruines, des murs béants, des rues coupées.

– Ce qu'ils ont fait là, les Américains, me dit-il, c'est tout crûment d'assassiner leur mère. Quatre jours de suite ils se sont acharnés, ils ont méthodiquement élargi les plaies, pour qu'elle soit bien morte. Il ne leur est pas venu à l'esprit que cette cité de dix mille âmes, qui a enfanté l'Amérique, serait en droit de revendiquer tout ce qu'ont produit ces milliards d'acres qu'elle a conquis et donnés au monde. Je les soupçonne, inconsciemment, d'avoir voulu effacer d'un coup la mémoire et couper définitivement les derniers lambeaux du cordon ombilical français. Mais cela n'est pas possible ! Avec vos canots, vous le verrez, vous l'éprouverez, vous ne quitterez pas la France du roi. Aussi loin qu'on se le rappelle, ce sont toujours les hommes de France qui sont arrivés les premiers. Ils sont les seigneurs de ces eaux. Vous naviguerez dans un flot de souvenirs. Tous ces rivages des lacs et des fleuves, ils continueront à les posséder, même s'ils sont aujourd'hui peuplés de dizaines de millions d'individus pour lesquels la langue française est un idiome inconnu, et la France un pays négligeable.

Il repartait le lendemain pour le Canada. Au moment de nous quitter, il me dit avec un brin de malice :

– Je vais vous faire cadeau d'une petite phrase. Elle vous servira de baume au cœur les jours où l'aviron vous pèsera si fort que vous aurez envie de tout abandonner. Elle a été écrite en 1913, avant l'effacement des mémoires. Son auteur est un historien américain, John Finley, dont un ancêtre, mêmes nom et prénom, officier de la milice de Virginie en 1760, fit campagne contre les Français du fort Duquesne, sur l'emplacement duquel s'élève aujourd'hui Pittsburgh. La voici :

» Combien ces rivières seraient moins suggestives, si les Français n'y étaient point passés les premiers, avec leur bravoure et leur esprit d'aventure...

Il faisait froid, ce 25 mai 1949 à deux heures de l'après-midi, et il soufflait un vilain vent du nord, quand engoncés dans nos anoraks, le moment arriva enfin d'embarquer dans nos canots. Les majorettes avaient des bas de laine blanche. La fanfare jouait le vieux refrain des engagés du grand portage. Tout le monde là-bas en connaît les paroles ; « C'est l'aviron qui nous mène qui nous mène, c'est l'aviron qui nous mène en haut... » En haut, le Pays-d'En-Haut... Je vois encore Moïse Cadorette, belle tête cuivrée et cheveux blancs, la larme à l'œil (nous aussi), clouer à la proue de nos canots la médaille de Notre-Dame-des-Voyageurs. Le maire de Trois-Rivières, M. Rousseau, était venu avec ses sept enfants, ce qui était la norme familiale en ce temps où « la revanche des berceaux » touchait à sa fin. Il nous adressa, au micro, quelques mots sincèrement affectueux, disant qu'il était fier de nous – nous n'avions pas encore bougé d'un mètre ! – et qu'il souhaitait bonne chance aux « maudits Français » que nous étions, expression familière sur les rives du Saint-Laurent, point du tout inamicale, seulement une façon de rappeler, sur le mode mi-plaisant, mi-sérieux, que la France, après le traité de Paris, en rapatriant, sans trop de regrets, ses élites et tout ce qui composait le fondement de ces « arpents de neige », les avait laissés seuls face aux Anglais, avec, pour toute armature sociale, morale et administrative, leurs simples curés de paroisse, leurs bonnes sœurs et leurs écoles catholiques, ce qui allait d'ailleurs les sauver. Flanqué d'un enfant de chœur en robe rouge et surplis blanc, l'abbé Tessier bénit les canots, les aspergeant abondamment à coups généreux de goupillon. Il se fit un grand silence dans la foule. Débordant l'un après l'autre du quai, nos deux canots pointèrent dans le courant, salués par une *Marseillaise* solennelle qu'interprétait brillamment, en dépit de nombreux couacs, la batterie-fanfare municipale.

Trois-Rivières est située à un étranglement du fleuve, entre le vaste lac Saint-Pierre, en amont, et en aval l'immense et puissante coulée liquide qui roule vers Québec et l'océan. Ce goulet, fatalement, amplifie la vitesse du courant. Condamné à se frayer un chemin à l'intérieur de ces berges étroites – deux kilomètres, tout de même, au lieu de cinq ou six –, le fleuve laisse éclater sa mauvaise humeur. Il se hérisse de vagues pointues, hachées, crêtées d'embruns. Nos amis du club Radisson avaient oublié de nous avertir que le Saint-Laurent est soumis aux marées et que l'heure de notre départ coïncidait fâcheusement ce jour-là avec la renverse et le début du jusant. Nous prenions tout dans le nez, le courant, la marée, et le vent ! Il avait tourné à l'ouest-sud-ouest, en plein de face ! Il dévalait de Montréal en rafales de plus en plus rageuses comme s'il avait décidé de nous en barrer le chemin. Nous avions pris, dans nos canots, la position à genoux, qui est la position de combat, celle qui offre le moins de fardage et le meilleur équilibre. Nous avions beau nager [1] comme des possédés, courbés bas sur l'aviron, au dernier refrain de *La Marseillaise* nous ne nous étions pas éloignés de plus de trente mètres. Il régnait sur le quai un silence consterné. Les vieux canotiers du club Radisson, songeant aux milliers de miles qui nous attendaient, contemplaient stoïquement ce désastre. Nos visages ruisselaient de sueur, celle de l'effort et celle de la honte. Le chef de musique, magnanime, nous accorda un sursis. La fanfare, pour nous soutenir, entama sportivement *L'aviron qui nous mène qui nous mène...*, enchaîna avec *Alouette gentille alouette...* et termina de surprenante façon par *Le Régiment de Sambre-et-Meuse*, qui, miraculeusement, enfin, nous permit de décoller une bonne fois. J'avais repéré une bouée du chenal à trois cents mètres au large – en raison de nombreux bancs de sable à fleur d'eau, on nous avait conseillé de longer le chenal maritime. Sous l'effet du courant, la bouée gîtait. S'y amarrer relevait de la voltige, comme prendre au lasso un cheval sauvage au galop. La bouée tanguait. Les canots, soulevés par les vagues, s'agitaient en bonds désordonnés. Après plusieurs tentatives qui le laissèrent trempé jusqu'à l'os, mon *devant* – en langage canotier, l'homme de l'avant, mon équipier Philippe Andrieu, moi, à l'arrière, étant le *gouvernail* – réussit l'exploit. Le second canot nous ayant rejoints, je lui ai lancé un bout (on prononce *boute*) que Yves, son devant, sous les risées, a pu attraper de justesse. Affalés dans nos canots, après avoir abondamment écopé, nous avons pu enfin souffler. Nous étions exténués, la tête

---

1. Ramer, aller à l'aviron.

vide, les bras tremblants. Nous n'aurions pas tenu cinq minutes de plus, et qui sait, sans cette bouée, jusqu'où le vent et le courant nous auraient emportés à contre-sens de notre histoire. Sur le quai, la foule s'était dispersée. Je me demandais ce qu'elle pensait des maudits Français. Et le vieux Moïse ? Et l'abbé Tessier ? Le ciel s'était chargé de nuages noirs et bas...

Je déployai ma carte du Saint-Laurent, un cadeau des gardes-côtes. Le chenal était la route directe, mais au plus fort du courant. La rive nord, où nous nous trouvions, n'offrait aucune protection, alors qu'entre le chenal et la rive sud se présentait une vaste étendue d'eau peu profonde, semée de bancs de sable au milieu desquels se glissaient en méandres des bras secondaires du fleuve. Cela doublerait la distance à franchir mais au moins on avancerait, à condition, d'abord de traverser le chenal, et pour cela d'attendre que le vent mollisse. Il s'y résigna de mauvaise grâce une heure plus tard, mais pas autant que nous le souhaitions. Tout de suite la pluie se mit à tomber, d'épais rideaux qui se fermaient sur le décor, les quais de Trois-Rivières, la ville, les usines à papier, comme au théâtre pour marquer la fin de l'acte I, tandis que sur l'autre rive la côte était devenue invisible.

L'acte II ne fut pas plus réjouissant. Il fallait naviguer au compas – le seul dont nous disposions se trouvait à mon bord, fixé sur la barre transversale, devant moi –, les deux canots en vue l'un de l'autre, ou à portée de voix, pour conserver le contact. Compte tenu de la dérive du courant qui devait être impérativement corrigée à chaque coup d'aviron sous peine de se retrouver au diable en aval de Trois-Rivières, c'est près de trois heures que nous avons dû lutter – ne jamais s'interrompre de nager, ne pas s'accorder la moindre pause au risque de perdre des mètres précieux – pour enfin rallier la rive sud. Des monstres menaçants chevauchaient les vagues, d'immenses fûts échappés des trains de bois flottants, prêts à nous réduire en copeaux au premier choc. Secoués comme des pantins, nous peinions à maintenir l'équilibre. Nos avirons, un coup sur deux, frappaient le vide dans le creux de la vague, nous privant de point d'appui, comme des cavaliers désarçonnés, cassant le peu d'erre que nous avions, les canots virant dangereusement en travers de la lame. Nous manquions de technique. Ce jour-là nous l'avons apprise et encaissée, surpris de constater qu'on s'y faisait vite. Des cargos descendaient de Montréal avec le jusant. On les guettait de l'œil, évaluant les chances que nous avions d'être repérés à temps, sans compter qu'il était assez rare qu'un navire de ce tonnage se déroutât au milieu d'un chenal fréquenté. L'un d'eux, qui passa tout près, actionna furieusement sa sirène. Enfin s'annonça le chapelet de bancs de sable, certains couverts d'arbres morts échoués qui avaient été stoppés dans leur course par une végétation de taillis, laquelle, au ras de l'eau, nous protégeait du vent. Ma carte indiquait : Marais de Longue-Pointe. Une sorte de rivière y serpentait. Les vagues s'étaient changées en clapot, mais le courant n'avait pas cessé pour autant. De la paume de nos mains, la peau se détachait. Nos genoux incrustés au fond du canot n'étaient plus que des pelotes de souffrance. Le jour baissait. Il fallait faire son deuil de l'anse de Pierreville, un hameau de pêcheurs sur le lac Saint-Pierre, à cinq kilomètres en amont des marais, seule escale possible dans ce coin. La *noirceur* y arriverait avant nous. Il ne restait plus qu'une heure de jour. Le plus sage était de *dégrader* sans attendre.

Voilà un mot qui revient souvent dans le vieux langage des voyageurs. Dégrader, c'est se réfugier quelque part à terre quand la fatigue, le danger, ou tout autre cause due aux éléments vous y obligent. La décision, cependant, n'appartient qu'au seul chef de canot. Il s'agit d'un renoncement provisoire, pas d'une lâcheté, ni d'une faiblesse. Aucun reproche ne peut lui être adressé, encore qu'on ait vu sur l'Outaouais ou sur les rapides de l'Abitibi des équipages prendre des risques insensés plutôt que de se résigner à dégrader. La pause, le plus souvent, était bien accueillie. Encore fallait-il *frapper une bonne place*. Frapper : découvrir, apprécier, choisir un lieu pour y débarquer. Un de ces îlots, plus élevé que les autres, offrait un emplacement de campement à l'abri de la montée des eaux et une grève en pente douce et sablonneuse pour y hisser nos canots. La pluie cessa, et la nuit tomba.

Une fois à terre, nous avons retourné de trois quarts nos canots. Appuyés quille au vent sur des piquets – élémentaire technique des voyageurs –, ils se transformaient en abris de fortune. Le bois mort abondait. En triant des rameaux secs à la lueur des torches électriques, nous avons pu allumer un petit feu, accroupis tous les quatre sur nos talons et guettant la naissance de la flamme avec la même anxiété quasi sacrée que devait éprouver *homo sapiens* au soir des déluges préhistoriques. Puis la flamme devint feu d'enfer. Débarrassée de sa gangue de fumée, elle s'éleva pure et claire au-dessus de nos têtes. Pour la première fois depuis le départ nous avions chaud. A la lueur du brasier, notre domaine sortait de l'ombre. Une trouée de sable entourée de taillis et la plage grise au bord de l'eau. Pendant que les nouilles cuisaient, j'ai fait le tour de l'îlet, qui n'était pas plus grand qu'un terrain de tennis. Nous étions les maîtres et les découvreurs de ce lieu, aussi isolés et loin du monde que le coureur de bois Etienne Brûlé qui dans les années 1610 s'enfonça le premier à travers les territoires algonquins. Parti de Trois-Rivières, comme nous, il était passé par là. Peut-être pas exactement par là mais qu'importe. Il avait édifié sur le rivage un camp protégé par des *flesses* [1], car les Algonquins n'étaient pas nos amis. Champlain l'appelait affectueusement « mon garçon ». Jeune paysan natif de Champigny-sur-Marne, arrivé à seize ans dans la colonie, il périt en Huronie au printemps de 1633, sans une plainte, grillé « à l'indienne » sur un bûcher.

Mon journal de bord, à la date du mercredi 25 mai 1949, s'ouvre ainsi :

Temps d'aviron : de 14 h à 20 h 30 (6 h 30).
Miles parcourus : 8 [2].
Nombre de haltes : 1 (à la bouée rouge n° 11 du chenal).
Moyenne horaire : 1,60 mile.

---

1. Palissades formées de branches entrecroisées.
2. Moyennes et distances, sur mon journal de bord, sont exprimées en miles anglais (1 609 mètres). Le Canada, à cette époque, n'avait pas encore adopté le système métrique.

Vent : nord au début, puis sud-ouest. Tourbillons très forts sur le Saint-Laurent. Sautes puissantes.
Température : 10 degrés tombant à 5 en soirée.
Dîner : nouilles abondamment graissées au lard, chocolat à croquer, eau du fleuve et un bon coup de rhum.
Evénement marquant : j'ai pris possession de l'îlet au nom du roi de France et je l'ai baptisé île Notre-Dame-de-Bonne-Nouvelle. Un parchemin (une feuille arrachée à un carnet) en fait foi, glissé en rouleau à l'intérieur d'une bouteille (celle du rhum, une mignonnette) enterrée sous un cairn de cailloux.

Suivait un petit croquis avec l'emplacement marqué d'une croix. Je doute que la bouteille y soit encore. L'îlet a dû être englouti depuis longtemps, ou déplacé plus loin par le courant sous une forme différente, à moins que la mignonnette du roi n'ait pris le chemin de l'océan, dérivant au large d'Anticosti – une île érigée au rang de seigneurerie et donnée par Louis XIV à Joliet, compagnon du père Marquette, « en considération de sa découverte du grand fleuve Colbert [1] et du pays des Illinois » –, puis en vue des îles de La Madeleine à la sortie du *golfe carré*, pour voguer ensuite jusqu'à Saint-Malo où elle finira bien un jour par arriver...

Je n'avais pas choisi ce patronage par hasard. Notre-Dame-de-Bonne-Nouvelle, au coin de la rue du même nom et de la rue de la Lune, dans le IIe arrondissement, était alors ma paroisse d'adoption. Les scouts qui tenaient réunion au 12 de la rue de la Lune m'ont

---

1. Le Mississipi.

supporté comme chef de troupe pendant trois ans, jusqu'en 1947. Cette vieille église passablement délaissée recèle quelques jolis secrets. Par une trappe et un puits d'homme dissimulés au coin le plus sombre de la crypte, on accède à la Grange-Batelière, privée de lumière depuis un siècle et demi, un fantôme de rivière qui roule sous la moitié nord de la capitale un flot noir mais encore vivant. J'y ai risqué mes premiers pas d'explorateur aquatique. Que le lecteur ne s'y précipite pas, la trappe est aujourd'hui scellée et recouverte d'une chape de ciment. En revanche, la sacristie contient un trésor de mémoire, cadenassé dans un profond tiroir. Il s'agit de la chasuble que revêtit le 21 janvier 1793 à l'aube, dans une cellule de la prison du Temple, l'abbé Edgeworth de Firmont, prêtre insermenté parce que irlandais, pour célébrer la dernière messe qu'entendit le roi Louis XVI, à genoux, avant de recevoir l'hostie, de dire adieu à sa famille, et de monter dans la berline qui le conduira à l'échafaud.

Pour ceux qui savent encore s'en souvenir, l'ombre du roi martyr sanctifie ce vieux quartier. Cinq cents gentilshommes avaient rendez-vous rue de la Lune, le 21 janvier au matin, à l'appel du baron de Batz, afin de tenter d'arracher le roi aux dix mille soldats de la République qui formaient autour du cortège un rempart infranchissable. Dénonciations, agents doubles, ratissages de police, il n'en vint que cinq. On entendit une voix formidable qui criait : « A nous ! A nous ! Sauvons le roi ! » C'était le baron de Batz, l'épée au poing, brandissant son chapeau. La bousculade qui suivit le sauva. Il s'échappa et disparut, tandis que deux de ses derniers fidèles, mitraillés à bout portant par la troupe, expiraient dans des flaques de sang sur les marches du parvis de l'église Notre-Dame-de-Bonne-Nouvelle. Nulle plaque commémorative ne célèbre leur sacrifice, pas même à l'intérieur du sanctuaire, le clergé pratique la vertu de prudence. La postérité n'a pas retenu leurs noms. Une île de sable, si précaire soit-elle, sur la route royale du Saint-Laurent, était bien le moins qu'on pût leur dédier...

Mais qu'est-ce que c'est que ce genre d'histoire ! Un jeu de gamins attardés, la tête farcie de nobles aventures périmées, les croisades, le roi-lépreux adolescent se faisant porter en litière au plus fort de la bataille, les chevaliers au siège de Malte, la mort de Montcalm, M'sieur d'Charette, les saint-cyriens en gants blancs, le père de Foucauld, le Prince Eric, tout le saint-frusquin « tradi-catho » de l'imaginaire juvénile de ce temps-là, cache-misère du monde réel ? J'en conviens, c'était un jeu, mais tout jeu de symbole, à l'exemple des enfants, se doit d'être joué sérieusement. J'ai souvent joué à ces jeux au cours de mon existence, du Pérou des Incas à la Patagonie. Je me demande si ce n'est pas, justement, en jouant de cette façon-là que le 21 janvier 1993, bicentenaire de la mort de Louis XVI, j'avais rameuté trente mille personnes à l'emplacement de l'échafaud, devant le Crillon, place de la Concorde, à dix heures vingt-trois, heure précise où tomba la tête du roi, les prières de la foule s'envolant au-dessus d'un océan de voitures bloquées, la chaussée jonchée de bouquets de lys blancs. Quand les convictions tournent à vide parce qu'on est débordé de toutes parts et qu'on ne distingue plus aucun moyen de les voir un jour s'imposer, il faut les habiller d'attitudes tranchées. Cela est un jeu...

A l'abri de nos embarcations prolongées par des toiles de tente, nous avons dormi comme des souches cette nuit-là. Nous avions tenu le coup, Yves et Jacques, du canot *Griffon*, Philippe Andrieu et moi, du canot *Huard*. C'était un bon début. M'est revenue avant de sombrer dans le sommeil la « phrase cadeau » de l'abbé Tessier : « Combien ces rivières seraient moins suggestives, si les Français n'y étaient point passés les premiers, avec leur bravoure et leur esprit d'aventure... » Je l'ai récitée à mes compagnons, qui ne la connaissaient pas. « Ça nous fait une belle jambe », a dit Philippe, puis nos rires se sont changés en ronflements. Nous étions tous les quatre férocement enrhumés.

J'ai revu l'abbé Tessier vingt-cinq ans plus tard à l'occasion d'une série de conférences au Canada. Il vivait comme un vieux général abandonné par ses troupes et démonté par les événements, au fond d'un petit appartement d'une résidence diocésaine presque déserte tenue par des religieuses également octogénaires. La grande débandade de l'Eglise du Québec, la moitié du clergé défroquant et l'autre chantant la liberté, la relève des vocations tarie, la messe aux guitares devant des bancs vides, les familles emportées par le tourbillon, « la revanche des berceaux » tournant à la débâcle, il avait pris tout cela de plein fouet. Comme je lui faisais remarquer que c'était grâce à lui, à ses appuis, à l'élan qu'il avait insufflé à mes projets, que j'avais pu engager cette expédition et qu'en somme, pour une bonne part, j'étais devenu ce que je suis, il m'interrompit :

– Parce que vous êtes arrivé au bon moment. Nous (sous-entendu : je), nous pouvions encore tout ces années-là. Le Canada français, c'était la foi, l'enseignement catholique, la jeunesse prise en charge, la solidité chrétienne des familles, le clergé. Nous l'avons payé. On nous a fait payer deux siècles de puissance paternelle en feignant d'oublier que sans nous, le Québec n'aurait pas duré. En vérité, nous n'avons pu que retarder l'échéance...

Il est facile de faire parler un mort. Cependant, c'est ce qu'il m'avait dit.

Il avait ajouté :

– C'est égal, mais en vous regardant vous débattre comme des mangeurs de lard avec vos canots le jour où vous êtes partis, je n'aurais pas misé une piastre sur vous.

Il nous a fallu une semaine pour rejoindre Montréal. Les jours se ressemblaient ; le fleuve ne cessait de se montrer hostile. Une monotonie hargneuse. Vagues courtes et serrées, pluies fréquentes. On écopait toutes les heures. Nuits humides, malgré le feu, transis dans des sacs de couchage humides, les reins douloureux, les paumes blessées, écoutant siffler le vent, et cependant chaque matin nous trouvait plus aguerris. Le métier rentrait. Par deux fois nous avons dû dégrader, la première pour réparer le *Griffon* qui avait déchiré sa proue sur un tronc d'arbre immergé, la seconde, le lendemain, en vue de la petite ville de Sorel, parce que la tempête nous y obligeait. Là aussi, nous avons frappé un banc de sable qui offrait une surface à peu près

sèche au milieu d'un amas de branches et de bois
flottés. Ce fut une étrange journée, pas désagréable
du tout, un de ces moments où l'esprit prend le large
sans plus s'occuper du temps qui passe. Réfugiés sous
la tente, avec nos couteaux, nous avons taillé, à la
chaîne, une infinité de modèles réduits de pieux et de
rondins calibrés, comme pour un jeu de construction.
Avant la nuit, la tempête faiblissant, nous avions édifié
au bord du fleuve, plantée dans le sable, une réplique
assez convaincante du fort Chambly de 1663, avec sa
redoute carrée, sa double palissade et ses bastions
d'angle.

Premier d'une série d'ouvrages fortifiés sur la rivière
Richelieu qui relie le Saint-Laurent au lac Champlain,
puis au lac George, dans le Vermont, Fort Chambly se
situait à soixante kilomètres droit au sud, verrou français face à la double menace des Anglais et des
Iroquois, leurs alliés. Colbert n'ayant encore envoyé
aucun renfort[1] pour soutenir nos trois mille colons –
les Anglais en comptaient déjà quinze fois plus –,
Jacques de Chambly, officier du roi, tenait la place
avec vingt soldats à mousquet, des coureurs de bois en
éclaireurs et une cinquantaine d'auxiliaires hurons. Les
Iroquois semaient la terreur. Ils surpassaient en cruauté
toutes les tribus de la région. Leurs prisonniers mou-
raient au poteau de tortures dans des souffrances
inimaginables, ensuite ils les dévoraient. Vingt ans
auparavant, un peu plus au sud, à la pointe du lac
George, le père Jogues, missionnaire jésuite, vécut son

---

1. Le régiment de Carignan-Salières, qui mena campagne contre
les Iroquois, ne débarqua au Canada qu'en 1665.

chemin de croix, mains et jambes lacérées au couteau, le corps brûlé, une oreille et des doigts coupés, les enfants mêmes étant encouragés à le « caresser » avec leurs petits tomahawks. Des nuées de moustiques suçaient ses plaies. Le lac George est le lac de Côme de l'Amérique. Ignorant le martyre du père Jogues qui fut le premier Européen à le contempler à travers des larmes de sang, les Anglais l'avaient baptisé du nom d'un de leurs rois allemands. A la pointe du lac, aujourd'hui, viennent s'installer chaque été des milliers de pique-niqueurs sans mémoire...

Assiégé par les Iroquois sous commandement anglais, Chambly résista trois jours, perdant au combat les deux tiers de ses hommes. Sachant le sort qui les attendait, la troisième nuit, qui fut sans lune, avec une poignée de survivants, il parvint à s'échapper. Quelques malheureux, laissés pour morts à l'intérieur de l'enceinte, mais encore animés d'un souffle de vie, furent dépecés par les Iroquois avec tous les raffinements de leur effroyable cuisine sans qu'aucun des officiers anglais présents n'esquissât le moindre geste pour tenter de s'interposer. Après quoi, ils mirent le feu au fort.

Cette forfaiture des Anglais fut constante tout au long des combats qui les opposèrent aux Français. Ils n'avaient pas débarqué en Amérique pour civiliser les sauvages, ni pour les christianiser, mais pour implanter des colonies de rendement et de peuplement sans se soucier d'honneur ou de charité. Les Iroquois étaient leurs molosses. Ils les lançaient en meutes et jamais ils ne les retenaient. L'épouvante qu'inspiraient ces guerriers, le fait qu'ils ne faisaient jamais de quartier les servaient. Qu'on torturât ou dévorât des Français ne posait aux Anglais aucun cas de conscience, à de rares exceptions près. A l'opposé, les Français, même lorsqu'ils perdaient patience, se conduisirent presque toujours humainement. Leurs alliés indiens n'étaient pas des anges de bonté, mais sous l'autorité des officiers du roi de France, on n'achevait pas les blessés, on ne leur coupait pas les mains et le nez, on ne les éviscérait pas vivants, on ne livrait pas les prisonniers aux griffes des femmes et aux tomahawks des enfants...

Notre fort Chambly avait fière allure sur son banc de sable. Il flamba le 29 mai, à la nuit tombée. J'y avais mis le feu. Le présent rejoignait le passé, simulacre cérémoniel dont nous étions les témoins muets. Nous contemplions les flammes vives, la palissade de pieux en moignons incandescents qui produisaient des craquements infimes que notre imagination amplifiait jusqu'à les rendre assourdissants. La fatigue et la tension des jours précédents aiguisaient nos sensations et du lointain XVIIe siècle nous parvenaient des messages qui étaient à nous seuls destinés. Ce fut une soirée inoubliable. Quand la redoute carrée s'écroula dans le crépitement d'un brasier qui nous paraissait gigantesque, c'est l'âme de Chambly qui nous habitait, de Chambly et de ses hommes qui fuyaient pour sauver leur vie et jetaient, en se retournant, un dernier regard sur le désastre. A une centaine de mètres de notre îlot, un navire descendait le chenal, ses feux de position allumés, son nom éclairé au pied de sa cheminée, qui se terminait par *Maru* : un cargo japonais. L'officier de veille à l'aileron tribord de la passerelle repéra l'incendie dans ses jumelles. La distance, les pièges de l'obscurité, la platitude de l'immense fleuve qui brouillait l'appréciation des volumes, peut-être aussi la brume qui se levait et les antennes particulières de l'imaginaire japonais, toujours est-il qu'ayant appelé par radio la capitainerie des gardes-côtes de Montréal qui me le rapporta trois jours plus tard, il signala, sur un ton pathétique très nippon, qu'un fort non porté sur la carte brûlait au large de Sorel. Ce marin japonais était mon frère.

Quand le fort ne fut plus qu'un tas de braises, nous nous sommes glissés dans nos duvets à l'abri des canots retournés. Mi-goguenard, mi-sérieux, Philippe m'a dit :

– Bonne nuit, mon cher Chambly.

J'aimais beaucoup Philippe Andrieu. Il est mort il y a pas mal d'années. Durant ces deux milliers d'heures de nage je n'ai vu que son dos. A bord, le silence régnait le plus souvent, car la manœuvre de l'aviron pompe le souffle et il n'en reste guère pour la conversation ; mais quand elle s'établissait, lors de la pause, nous trouvions tout de suite un sujet qui nous plaisait à tous les deux.

Naviguer en plein chenal du Saint-Laurent devenait dangereux. Le fleuve se rétrécissait. Face aux millions de mètres cubes qui débouquaient vers la mer, alors que nous allions en sens contraire, il n'existait plus d'autre moyen que de biaiser, de l'attaquer sur ses points faibles, par les rives *à mince d'eau* – peu pro-fondes – où le flot roulait moins violent. Ainsi, pendant les deux jours qui suivirent, avons-nous fait connaissance de la *cordelle*.

La cordelle, c'est un instrument de torture, un joug que les engagés sur les chemins du roi endossaient comme une pénitence nécessaire. Aucun moyen d'y échapper si l'on ne voulait pas être cloué dans le courant. On tirait une longue corde avec laquelle on remorquait les canots depuis la berge boueuse et glissante. Si la berge ne s'y prêtait pas, alors on entrait dans le fleuve jusqu'à mi-cuisses, la corde nouée autour de la poitrine, à la façon, mais sans coups de fouet, des esclaves halant les felouques du Nil. Des deux techniques, c'est la plus efficace. On contrôle mieux les embarcations. C'est aussi la plus douloureuse, les pieds gonflés, vulnérables, meurtris par les rochers invisibles sous le courant, et fort heureusement glacés, ce qui endort la douleur. On trébuche, on se cogne, on saigne, on boit des bouillons, on dérape, on est entraîné, après quoi il faut regagner le terrain perdu mètre par mètre, on souffre, mais tout de même on avance. A la fin, on en sort épuisé, mais heureux, parce que le boulot a été fait. Voilà ce que les engagés appelaient *la cordelle les pieds dans l'eau*, la qualifiant de *coûtante*, c'est-à-dire pénible, difficile. Encore une fois nous avions changé de siècle. Quand sont apparues les lumières de Verchères, un gros village avec une place et des lampadaires, un quai de pierre équipé d'une échelle de fer, nous avons dû nous secouer pour émerger, accueillis par une statue de bronze. C'était Madeleine de Verchères, l'héroïne du haut Saint-Laurent, longue robe de peau et bottes de trappeur, fusil au poing, chapeautée à la mousquetaire.

En 1692, trois quarts de siècle après l'arrivée de Champlain, sur la rive droite du fleuve entre Québec et Montréal, la petite colonie du Canada n'avait pas encore de frontières sûres. Des confins anglais du Vermont et du New Hampshire, les Iroquois lançaient des raids meurtriers par la rivière Richelieu, leur traditionnel chemin d'invasion. Madeleine de Verchères avait quatorze ans, fille d'un ancien officier du régiment de Carignan devenu seigneur des lieux, une maison entourée d'un rempart de pieux et une redoute de rondins avec un canon en batterie au-dessus du portail. Le 22 octobre de cette année-là, M. et Mme de Verchères étaient en voyage à Montréal. Dans le fort, il n'y a que Madeleine, Pierre et Alexandre, ses frères, douze et huit ans, un vieux domestique à bout de souffle et deux soldats de milice qui se révéleront des lâches. C'est là toute la garnison. Il y a aussi trois femmes de tenanciers et leurs enfants. Voilà qu'à cent mètres, sur la rive du fleuve, des coups de feu claquent. Une femme hurle : « Les Iroquois sont sur nous ! » Un canot a été attaqué, celui d'un M. La Fontaine qui revient de Montréal avec sa famille. Madeleine décroche son fusil, enfile une casaque militaire et un casque pour donner le change sur son sexe, hèle ses soldats – un seul la suivra, qui tournera bien vite les talons – et court au fleuve, face aux Iroquois. Elle en tue deux. Les autres reculent. La Fontaine et sa famille sont sauvés. Tout le monde se replie vers le fort et c'est Madeleine qui couvre la retraite, fermant de justesse le lourd portail au nez de ses poursuivants.

La nuit qui vient est une nuit historique. Elle appartient à la légende du Québec. On la contait jadis aux longues veillées d'hiver. Aujourd'hui on la joue au théâtre. Femmes et enfants, gémissant de peur, se sont enfermés dans la cave de la redoute, ainsi que La Fontaine et les deux soldats, qui abandonnent Madeleine à son sort. Elle reste seule pour organiser la défense, avec ses deux petits frères et le vieux serviteur courageux. D'abord elle fait tirer le canon, signal convenu pour demander du secours. Puis avec le plus grand sang-froid, elle va servir jusqu'à l'aube aux Indiens qui pullulent autour du fort une mirobolante comédie dramatique. Les deux gamins, forçant leurs voix, ainsi que le vieux bonhomme, se déplaçant de poste en poste, le long de la palissade, lancent à intervalles réguliers l'appel incantatoire des sentinelles : « Sentinelle numéro un, tout va bien-en-en... Sentinelle numéro deux, tout va bien-en-en... » Au sommet de la redoute, elle a planté trois casques sur des bâtons enveloppés de vieux vêtements qui leur prêtent une apparence humaine, et elle va de l'un à l'autre en tirant à chaque fois un coup de fusil. L'illusion du nombre a rendu les Indiens prudents, mais demain, au soleil levant, la supercherie ne tiendra pas, et alors la fin viendra. Madeleine, à l'aube, s'agenouille et prie, tout en foudroyant à vingt pas, entre deux *Ave Maria*, un sauvage gesticulant qui s'est aventuré sur le glacis. Le temps de recharger son arme – c'était une longue opération –, ils sont maintenant plus de cent qui se ruent à l'assaut du rempart en poussant leurs épouvantables hurlements. Nul n'ignore, dans la colonie, ce que subissent les femmes qui tombent entre leurs mains. Aux enfants, ils fracassent le crâne.

Mais Dieu a soigné la mise en scène, comme dans un

bon vieux western. Une mousqueterie pétaradante
éclate dans le dos des assaillants. Du haut de la palissade
sur le point d'être submergée, des corps peinturlurés
tombent. Ce n'est pas la cavalerie, c'est le capitaine de
La Monnerie et quarante hommes de la milice de Montréal accourus dans leurs grands canots. Ils ont avironné
toute la nuit, se demandant s'ils arriveraient à temps
pour donner une sépulture décente aux dépouilles
mutilées des assiégés. Les Iroquois s'enfuient, laissant
d'autres morts sur le terrain. Embrassades. Larmes de
bonheur. *Happy end*. Madeleine se mariera à dix-huit
ans et elle aura beaucoup d'enfants, six ou huit, peut-être
dix, qui à leur tour en engendreront autant et cela pendant cent cinquante ans au fil de six générations, des
dizaines de milliers de gars et de filles dans les veines
desquels coulera le sang vif de Madeleine de Verchères.
C'était cela, le Canada français. Les Québécois, ses
miraculeux héritiers, comblent aujourd'hui les vides
dans leurs rangs – « le déficit démographique » – par
d'autres milliers de milliers venus d'ailleurs et qui ne
sont pas leurs enfants...

Un projecteur illuminait la statue et je songeais, en la
regardant, qu'elle était une héroïne de La Varende. Nous
sommes restés plantés là un moment, partagés entre la
méditation silencieuse et la question bête, d'une tout
autre nature, qui se posait à présent : bivouaquer en
pleine ville comme des vagabonds, ou trouver un gîte
pour la nuit. Une automobile qui passait s'arrêta, bientôt
imitée par d'autres.

– Ah ! Vous êtes tout de même arrivés jusque-là !

Cette fois c'était un compliment. Les gardes-côtes
nous avaient cherchés, mais là où nous tirions la

cordelle, ils ne risquaient pas de nous repérer. Les stations de radio avaient pris le relais. On avait perdu l'équipe Marquette.

– A c't'heure, avez-vous soupé ? dit quelqu'un. Venez chez moi. On vous arrangera quéq'chose.

Une voiture de la police municipale se pointa, puis celles de Radio-Canada-Verchères, des localiers du *Devoir*, de *La Presse*, de *La Patrie*, quotidiens de Montréal, enfin une Pontiac conduite par une Robe noire. Promenés de studios en rédactions, nourris, abreuvés, interviewés, entourés de chaude amitié, nous nous sommes couchés, heureux mais vannés, minuit sonnant au clocher du collège des jésuites où au seul nom du père Marquette on nous avait préparé des chambres. La Robe noire nous demanda à quelle heure nous souhaitions décoller du quai. Une longue étape nous attendait. J'ai répondu six heures et demie.

– Je viendrai vous réveiller à cinq heures et quart, pour la messe.

Nous avons mal récupéré. La brièveté du sommeil n'était pas en cause, mais plutôt la souplesse du matelas et l'élasticité du sommier. Une semaine à coucher à la dure et déjà nous les avions désapprises. Il nous est arrivé, par la suite, lorsqu'on nous invitait pour la nuit, de dérouler nos duvets au pied des lits pour jouir de l'horizontalité rigide du plancher. A la demande du célébrant, j'ai servi la messe ce matin-là. Lobby catho, scout-toujours-prêt, messe basse en latin et dos aux fidèles, l'ombre brouillée du concile ne s'était pas encore levée.

La Robe noire, à bord de sa Pontiac, nous a reconduits à nos canots. Dans le sac d'épicier qu'elle nous tendit juste au moment d'embarquer, il y avait des fruits, du chocolat, du thé, du riz, des biscuits, du saumon fumé de Gaspésie. Le chef de la police, qui avait fait surveiller nos canots, y a ajouté un flacon de rhum brun et une cartouche de ces cigarettes blondes qui avaient en ce temps la saveur du miel. Notre bourse déjà plate s'en trouvait soulagée et c'est vrai que tout au long de ce voyage, sans que nous l'eussions jamais provoqué, ce geste spontané fut maintes fois renouvelé de la part de riverains des chemins d'eau du roi. Notre âge plaidait en notre faveur. Notre entreprise inspirait de l'intérêt, et aussi de la curiosité à l'égard du petit pavillon tricolore qui flottait à l'arrière de nos canots. Dans nombre de ces bourgades du bord de l'eau, en cet immédiat après-guerre, on n'avait jamais vu de « Français de France » ni, lorsque nous fûmes aux Etats-Unis, entendu parler leur langue. Nous représentions une sorte de préhistoire, ce qui fut et qui n'est plus : l'Amérique française. Nous étions quelque chose comme des explorateurs posthumes, des découvreurs d'un monde disparu venus l'espace d'un court moment réveiller de très anciens souvenirs et aussitôt les emportant avec eux dans le sillage de leurs canots.

A Trois-Rivières, le 25 mai, nous avions raté notre départ en fanfare. A Montréal, le 1ᵉʳ juin, nous avons raté notre arrivée, et aussi la fanfare, la police montée canadienne en tunique rouge et chapeau à quatre bosses, la délégation municipale, le représentant du cardinal-archevêque, le consul général de France, les photographes, les scouts en gants blancs, le petit

podium pavoisé pour les discours, la réception à l'hôtel
de ville et le déjeuner qui devait suivre, au total beaucoup de monde, sur le quai numéro un du vieux port,
qui s'étaient dérangés pour rien. Les journalistes ne
nous ont pas loupés. On s'est fait incendier dans
la presse du lendemain, traiter de petits mal élevés
en français et de « *gallant frenchies* » en anglais, sans
majuscules et avec guillemets sarcastiques. J'étais
aussi furieux que consterné. J'aurais voulu les y voir,
avironner contre le vent et le courant, car le vent s'était
mis de la partie, à zigzaguer entre les cargos, les dra-
gueurs et les chalands qui nous lançaient des appels de
sirène courroucés, sans pouvoir même tirer la cordelle
depuis des berges beaucoup trop hautes coupées de
quais perpendiculaires, de pontons, de ducs-d'albe en
épis, sur fond de grues métalliques d'un autre âge, de
silos monstrueux, de hangars sales et sombres. C'était
un port du XIXᵉ siècle, comme toute la ville à cette
époque-là – le changement radical est venu plus
tard. L'eau était noire et visqueuse, transformant nos
élégants canots verts en coques de vieilles barges char-
bonnières. On nous avait dépêché un pilote pour nous
sortir de ce labyrinthe. Il lui a fallu une heure pour
nous retrouver, amarrés au quai numéro quatre, à la
limite de l'épuisement, entre deux trampers bruyants
en cours de déchargement, et nous remorquer piteusement jusqu'au quai numéro un, site historique de
l'ancienne Ville-Marie [1], où Joliet et Marquette avaient
fait escale, halant leurs canots sur la rive boueuse. Là
aussi avaient abordé, pendant près de cent cinquante

---

1. Aujourd'hui, Montréal.

ans, les canots de traite à douze avironneurs, poupe et proue peintes de motifs à l'indienne, emplis de fabuleux ballots de fourrure troqués au Pays-d'En-Haut et bruissant de toutes ces histoires qui tissaient la légende des chemins d'eau. On avait beaucoup rêvé dans les tavernes et les comptoirs de compagnies qui s'élevaient ici, autrefois, bien avant qu'y fût construit cet antique quai numéro un. L'une des marottes de Philippe Andrieu était d'inventer des dictons qu'il nous servait à brûle-pourpoint sur le ton du sage sentencieux. Celui du jour et de l'instant, authentifié par l'accent du cru, nous parut frappé au coin du bon sens, lourd de toute l'expérience accumulée au cours de rudes campagnes par un vieux voyageur chevronné : « Il ne faut pas se tromper de siècle quand on hale les canots à la cordelle... »

Naturellement il n'y avait plus personne, mais au bout du quai, tout de même, une machine à redescendre le temps jusqu'à ce 1er juin 1949 à quatre heures de l'après-midi, sous la forme d'une cabine téléphonique rouge aux armes du roi George VI, comme à Londres. La mairie n'était pas rancunière. Le consulat de France non plus. Bientôt arriva un camion à plate-forme où une équipe de gros-bras chargea canots et bagages et c'est dans cet équipage que nous avons fait notre entrée à Montréal, dominant le flot de la circulation, le cul posé sur les ridelles, un trajet d'à peine trois cents mètres jusqu'à la rue Notre-Dame, juste derrière l'hôtel de ville, où se sont ouvertes pour nous les grilles d'une haute bâtisse solennelle qui ressemblait, en plus imposant, à une mairie d'arrondissement parisien. C'était le château Ramezay, Ramsay Castle pour les Anglais du temps que leurs gouverneurs l'occupaient, musée provincial d'ethnographie depuis 1895. Nous avions frappé la bonne place et déjà les passants s'arrêtaient. Des petits groupes de curieux, toujours plus nombreux, contemplaient à travers les hautes grilles cette étrange tribu de canotiers échoués en plein centre de la ville, lequel ne s'était pas encore déplacé vers les rues souterraines de Ville-Marie et le nouveau quartier des affaires qui n'existaient alors que sur plans.

Un adjoint barbu du conservateur – tout le personnel portait barbe en collier, prémonition socioculturelle ? – nous accueillit plutôt froidement.

– J'ai reçu des instructions de la mairie. Vous pouvez camper dans le jardin si ça vous chaut. L'eau de la fontaine est potable. Le musée ferme dans une demi-heure.

Sur ces mots il tourna les talons. Nous avions demandé à camper, c'est vrai, au plus près du fleuve, si possible. Ce fut une constante de ce voyage. Il y avait deux raisons à cela. D'abord jouer le jeu sans tricher, éviter de nous déconcentrer en nous éloignant trop souvent de l'élément liquide, et nous rapprocher le plus que nous pourrions des conditions de vie des voyageurs, nos devanciers. Ensuite et plus simplement : pour conserver notre liberté d'action, nous n'avions, pécuniairement, pas les moyens de faire autrement.

Par la rue Notre-Dame, parallèle au fleuve, qui était l'axe principal de communication nord sud, quatre lignes de tramways, sans compter les bus et les taxis, longeaient le château Ramezay et alignaient les aubettes de leurs arrêts sur le trottoir, au pied des grilles. Ces antiques machines bringuebalantes vivaient, m'a-t-on dit, leur dernière année, comme si elles avaient attendu le spectacle que nous leur offrions pour prendre enfin leur retraite. La sortie des bureaux sur la place de l'Hôtel-de-Ville voisine ouvrit les vannes à une marée humaine, avec en prime à tous ces braves gens, pour les aider à patienter, une attraction instructive et gratuite : nous, dressant la tente entre les canots, déballant le matériel des cantines et allumant un gai feu de bois pour *faire chaudière* – dans le langage des voyageurs : chauffer de l'eau pour le thé ou la cuisine. Cela me rappelait l'Exposition coloniale, porte Dorée. Mon père m'y avait emmené. Je devais avoir six ou sept ans. On défilait derrière des barrières pour regarder des Africains en pagnes piler le mil, sculpter des masques, s'exercer à la sagaie ou éplucher des bananes sur le seuil de leurs cases reconstituées. Cette fois les rôles étaient inversés. Comme nous étions bons sauvages, nous avons sorti le grand jeu, en l'occurrence un mât tubulaire démontable fabriqué avec des piquets de tente et muni d'une drisse et de haubans, au sommet duquel nous avons envoyé flotter, avec le cérémonial qui convenait, foulards à bague de cuir au cou, chemise d'uniforme réglementaire, les trois couleurs de notre cher pays. Salves d'applaudissement nourries, ce qui entraîna l'afflux de nouveaux venus. Chargé des « Relations extérieures », Philippe s'approcha des grilles pour répondre. Le cheveu et l'œil noir, beau garçon, il présentait cette particularité que je n'ai pas encore signalée d'être le sosie, à s'y tromper s'il n'avait été plus jeune que son double, de S.E. le cardinal Roy, archevêque de Montréal et primat du Canada. Les bonnes sœurs, rien qu'en l'apercevant, ployaient machinalement le genou.

La foule en resta bouche bée. Philippe fut sublime. Pendant près d'une heure d'horloge, il dédicaça à tour de bras des bouts de papier, des feuilles de carnets, des dos de tickets de tramway qu'on lui tendait à travers les barreaux des grilles, tandis qu'à l'abri de cette diversion se concoctait dans la marmite le huitième riz au lard vespéral de ce voyage (Jacques, qui officiait aux cuisines, les numérotait scrupuleusement, comme les canards au sang de la Tour d'Argent). Nous n'avions rien mangé depuis le matin.

La situation, tout de même, n'était pas tenable. Un coup de téléphone régla l'affaire. Décidément de bonne composition, la mairie nous offrait l'île Sainte-Hélène. Dès le lendemain, à l'aube, la voirie municipale nous enverrait un camion pour nous reconduire au quai numéro un avant que l'infernale ronde ne reprît.

Les derniers badauds quittèrent les lieux vers minuit, nous laissant seuls avec le chevalier Claude de Ramezay, onzième gouverneur français de Montréal et premier occupant du site en 1705, et les fantômes des administrateurs véreux de la Compagnie des Indes qui y avaient ensuite établi leurs quartiers.

Une bonne place, l'île Sainte-Hélène, à un kilomètre au large du vieux port dans le courant du Saint-Laurent. Champlain l'avait baptisée du nom de sa femme Hélène Boulé. L'endroit pullula longtemps d'Iroquois qui y regroupaient leurs bandes avant de fondre sur les fermes isolées. Lorsque j'y suis retourné bien des années plus tard, je n'ai plus reconnu *mon* île. L'Exposition universelle de 1967, qui s'était tenue sur ses rives, l'avait arrachée au passé pour la jeter en pâture au présent et à l'avenir. C'est maintenant le parc de loisirs de Montréal, avec restaurants, musée, théâtre de verdure, casino peuplé de milliers de vieilles dames accouplées aux bandits-manchots, piscines en été, pistes de ski en hiver, attractions foraines, biosphère, etc. En 1949, seule une petite partie en était aménagée, quelques sentiers en sous-bois, des tables et des bancs de pique-nique et une sympathique guinguette qui servait à boire et à manger. Nous avions établi notre campement au bord de l'eau, à l'écart, en vue des murailles du vieux fort, les canots quille en l'air sur la grève. Il nous semblait que la fuite du temps nous avait oubliés en amont du cours de l'histoire, tandis qu'en aval tout se précipitait, ce que nous savions déjà. Nous éprouvions la perception quasi physique, charnelle, matérielle, de vivre hier et non aujourd'hui. C'est une impression qui m'a poursuivi jusqu'au fort de Chartres, sur le Mississipi.

Nous y avons fait retraite pendant trois jours. Ce qui nous attendait méritait réflexion, près de mille kilomètres de remontée jusqu'au lac Huron, au maximum du débit des rivières, une échelle liquide interminable et tumultueuse, coupée de rapides et de chutes d'eau, le plus souvent en pleine forêt.

D'abord alléger le matériel, sachant que sur les chemins de portage, il faudrait tout charger sur notre dos. Nos équipements étaient beaucoup plus lourds et volumineux – pour le moins du simple au double – que ceux dont disposent les randonneurs du XXIe siècle. Nous nous sommes séparé de pas mal de choses, le réchaud à essence, notamment, divisant par deux linge et vêtements, ustensiles de cuisine, provisions de bouche, et supprimant toute réserve d'eau potable. Pendant toute la durée du voyage, nous avons bu l'eau qui nous portait, y plongeant un quart, quand nous avions soif, sans la moindre appréhension, ce qui, rétrospectivement, me remplit de stupéfaction. Aujourd'hui, ce ne serait plus possible. On aurait cent fois l'occasion de crever, comme les poissons des Grands Lacs. Pour la tente, nous avons hésité. Les voyageurs n'en usaient point. Ils bivouaquaient sous les canots retournés. Nous l'avons cependant conservée, à cause de son tapis de sol cousu et sa portière en moustiquaire. La suite a prouvé que nous avions bien jugé. J'ai gardé aussi ma machine à écrire. Les articles de presse que j'y ai tapés ont bouclé de justesse le budget. Nous avons encore sauvé deux hachettes, un rouleau de toile à canot et le pot de colle. Tout cela tenait dans deux petites cantines, l'une, étanche, dite « PC », la mienne, l'autre, étiquetée « Intendance », un gros sac à linge et vêtements, un sac à duvet, et le sac à tente, quatre-vingts kilos équitablement répartis entre le *Griffon* et le *Huard*.

Le huard, plongeon des mers arctiques, est un des oiseaux emblématiques du Canada. Au printemps, il indique le nord aussi sûrement qu'une boussole. On les voit passer haut dans le ciel, formés en V, se hâtant vers le septentrion. Cela faisait plaisir au vieux charpentier coureur de bois Moïse Cadorette qu'un de ses canots fût baptisé *Huard*, totem de son clan de Hurons, autrefois. L'autre rendait hommage au *Griffon*, un galion de quarante-cinq tonneaux que lança Cavelier de La Salle en amont du Niagara, premier vaisseau qui ait navigué, toutes voiles dehors, sur les Grands Lacs, battant pavillon du roi. *Griffon* me semblait, à l'évidence, destiné au « canot amiral », mais j'avais senti des réticences, un reproche d'abus de pouvoir. Afin de ne peiner personne, nous avions tiré au sort : le *Huard* pour Philippe et moi, le *Griffon* pour Yves et Jacques. Le hasard, finalement, m'a bien servi. La chance a rarement manqué au *Huard*. Le plus souvent, c'était le *Griffon* qui se plantait sur une souche d'arbre ou s'échouait sur des rochers, comme si le premier navire de ce nom, perdu corps et biens sans laisser de traces dès sa seconde traversée du lac Huron, lui avait légué un peu de sa poisse...

Avant d'embarquer pour les rapides de Lachine, il me restait à remercier le maire. En dépit du lapin posé à l'arrivée, il avait souhaité nous rencontrer. C'est ainsi que j'ai été mis en présence de M. Camilien Houde, monument historique vivant, un gros homme massif, autoritaire, à la fois teigneux et jovial, démagogue mais prêt à mordre dès qu'il s'agissait de contrer « les Anglais ». Toute la puissance économique, en ce temps-là, était détenue par les anglophones, pourtant minoritaires à Montréal. Bastionnés dans leurs quartiers chic de Westmount, leurs clubs, leurs bureaux, leurs magasins, leurs restaurants, leur université, farouchement opposés au bilinguisme, ils refusaient l'usage du français. « Speak white[1] ! » s'entendait-on encore répondre quand on osait s'adresser à eux en français. Mobilisé en 1917, réfractaire et jugé en cour martiale, Camilien Houde, à son procès, déclara que cette guerre ne le concernait pas et qu'il ne voyait pas plus de

---

1. « Parlez blanc », c'est-à-dire : « Parlez anglais ».

raisons de se battre pour les Anglais qui avaient conquis son pays par les armes que de voler au secours des Français qui l'avaient abandonné. Condamné à mort, puis gracié, il fut amnistié après la guerre.

Au cours de la conversation – en fait c'est lui qui parlait –, voulant imprudemment risquer quelques mots, je me pris à évoquer « les Canadiens français », leur accueil, leur générosité... Il m'avait interrompu, furibond.

– Apprenez, mon jeune ami, et retenez une fois pour toutes, qu'il n'existe pas de Canadiens français. Il n'y a que des Canadiens, point à la ligne, et c'est nous ! Les autres, ce sont les Anglais, établis par la force chez nous dans un pays qui fonctionnait très bien sans eux depuis plus de cent cinquante ans, un pays déjà exploré, cartographié, reconnu, administré, dans lequel ils n'ont eu que la peine de s'installer. Ça n'en fait pas pour autant des Canadiens...

Notre dernière soirée sur l'île Sainte-Hélène.

Deux découvertes heureuses avant de se coucher. D'abord une bienfaisante chaleur. Le printemps avait pris son essor. Il nous accompagnerait désormais. Ensuite les cals dans la paume de nos mains. Finies les ampoules sanguinolentes, les brûlures à chaque coup d'aviron. Finies aussi les crampes. Ce n'est plus des mains et des bras que nous avions, mais des machines.

De l'autre côté du fleuve, les lumières de Montréal s'allumaient. Les bouées du chenal et les balises d'entrée du port sortaient de l'ombre et clignotaient.

Assis... à l'indienne, devant la tente, nous avons laissé notre feu s'éteindre. La lune éclairait le camp et les remparts du vieux fort, plus loin. Les deux rives s'éloignaient l'une de l'autre, comme celles d'un fossé que le temps creuse.

Outaouais

En amont de Sainte-Hélène, le fleuve s'enfle sur une largeur de près de cinq kilomètres et forme une énorme poche en vessie de cornemuse, appelée bassin Laprairie, qui se termine par trois goulets où le flot se fraye un chemin entre la rive nord et l'île aux Chèvres, l'île aux Hérons et la rive sud. On l'entend gronder de loin. Il charrie vers l'océan l'eau des cinq Grands Lacs américains dont il est l'unique déversoir. Sur une distance de deux kilomètres, qui est la longueur de ces goulets, il a dévalé de vingt mètres, une cavalerie de vagues écumantes se bousculant au milieu des rochers. A la fois verrou et porte, ce sont les rapides de Lachine.

C'est là que tout commençait. Il n'existait pas d'autre passage vers l'ouest, pas d'autres voies de communication vers l'immense maillage liquide qui s'étend jusqu'aux montagnes Rocheuses et jusqu'au Mississipi, et, du moins le croyait-on autrefois, jusqu'aux proches confins de l'Asie. Le coureur de bois Jean Nicolet, compagnon de Champlain, fut le premier à se lancer à l'assaut de ce mythe. Chaque printemps, dès la fonte des neiges, il embarquait dans son canot et s'enfonçait toujours plus loin vers l'ouest, habillé

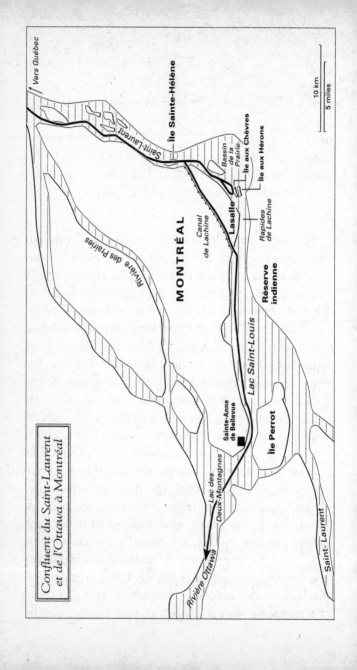

Confluent du Saint-Laurent et de l'Ottawa à Montréal

de pied en cap en mandarin, bonnet noir rond et longue tunique brodée de fleurs et d'oiseaux qui lui facili- teraient, pensait-il, ses premiers contacts avec les Chinois, lesquels ne manqueraient pas d'apparaître au détour d'une rivière. En 1635, alors que Montréal n'avait pas encore été fondée et que Trois-Rivières sortait à peine de terre sous la forme d'un simple poste fortifié entouré d'une palissade de pieux, il avait déjà reconnu le lac Michigan et remonté la rivière du Renard[1], à travers les plaines du futur Middle-West où se situe la ligne de partage des eaux entre le bassin des Grands Lacs et celui du Mississipi. C'est là que dans cet univers de prairies, il dut se rendre à l'évidence : les naturels du pays portaient pantalons et vêtements de peau, et non robes de soie à boutons. Disant défi- nitivement adieu à la Chine, il adopta la tenue indienne, qui lui parut bien plus commode que la sienne et devint celle de tous les coureurs de bois.

Mais les mythes ont la vie dure, celui de la Chine plus qu'un autre, puisqu'au début du XXᵉ siècle on cherchait encore le passage du nord-ouest. Pierre-Esprit Radisson le reprit à son compte, avec son beau-frère Chouard Des Groseillers, dans les années 1659-62. Cela les mena jusqu'aux hautes falaises et aux dunes de sable gris de la Grande Mer – le lac Supérieur – où le chef d'une tribu inconnue, les Crees, lui parla d'une autre mer qui s'éten- dait plus au nord et dont l'eau était salée : la baie d'Hudson. Mais toujours pas de Chinois, seulement une avalanche de pelleteries et de fourrures somptueuses dont il tira une fortune à son retour à Québec, et aussi

---

1. Fox River, dans l'Etat du Wisconsin.

une information, qui tenait de l'affabulation plus que de la réalité, selon laquelle, par la mer Salée, on pouvait atteindre enfin la Chine. Son histoire courut les tavernes. Chope en main, il l'embellissait. On n'y croyait pas trop mais on rêvait. L'Amérique française a été bâtie sur le rêve. Dès qu'on le voyait sortir ses canots de la remise, c'était toujours la même question : « Et alors, Pierre-Esprit, à c't'heure tu pars pour la Chine ? » Il s'était fait construire une maison forte à la sortie des rapides du Sault-Saint-Louis, laquelle fut surnommée Lachine par ses copains coureurs de bois...

Cavelier de La Salle, à ses débuts, partagea la même obsession. Arrivé dans la colonie à dix-huit ans, avec un pécule, des relations et une furieuse soif d'horizons, il apprit d'abord la forêt, la solitude, la manœuvre des canots, la frugalité, la mentalité des Peaux-Rouges et deux ou trois de leurs langages. Il parlait peu. Il écoutait. Il peuplait son imagination : la Belle-Rivière [1], l'Ouabache [2], le Père des Eaux [3], seulement des ouï-dire, des noms glanés dans les tribus et parés de tous les festons de l'éloquence indienne, mais qui sait si ne se cachait pas derrière la magie de ces mots quelque découverte plus tangible, celle d'un passage vers la Chine, par exemple. Car il était venu pour cela, conduit par ses rêves de jeune homme. En 1666, à vingt-quatre ans, il obtint des sulpiciens de Ville-Marie une vaste concession de terre à la pointe sud de l'île de Montréal, juste en amont des rapides. Il fallait tout défricher, tout

---

1. L'Ohio.
2. Wabash River.
3. Le Mississipi.

construire, tout entreprendre, tout défendre. Il baptisa
l'endroit Saint-Sulpice – aujourd'hui La Salle, un quartier de Montréal – à la fois base de départ et poste
fortifié d'avant-garde. Là s'arrêtait alors la frontière
ouest de la colonie. Le roi l'érigea en seigneurerie. La
Salle recevait beaucoup, il consultait, il collectait, il
recoupait et portait sur une grande carte, qui peu à peu
prenait forme, toutes les informations qui couraient sur
les Pays-d'En-Haut et de là-bas. Mais où placer les
confins de la Chine ? La Chine. La Chine... Lachine.
Il devint lui aussi seigneur de Lachine. Bien qu'il eût
vite mesuré son erreur, surtout après s'être rendu
compte que le Père des Eaux coulait vers le sud, ce
regret ne le quitta jamais.

A qui attribuer Lachine ? A Radisson, à Cavelier de
La Salle, contemporains l'un de l'autre ? Les chroni-
queurs de la Nouvelle-France sont partagés, mais parmi
les coureurs de bois, ceux pour qui plus loin, c'était
là-bas, et là-bas, plus loin encore, au plus lointain de leur
imagination, il n'en était sans doute pas un qui comme
La Salle, comme Radisson, n'eût mérité ce surnom
de Lachine. Voilà une race d'hommes, très française,
devant laquelle s'ouvrait un immense pays, des milliers
et des milliers de lieues, de quoi occuper plusieurs vies,
et qui, en s'y engageant, comme si l'affaire était déjà
dans le sac, portaient leur regard intérieur aux bornes
extrêmes de la Terre, en une sorte de transcendance. Le
monde appartenait à ces hommes-là.

Pendant ce temps, les Anglais, retranchés dans leurs
six colonies dévotes derrière les monts Alleghanys,
labouraient, défrichaient, plantaient, vendaient, ache-
taient, suaient à l'ouvrage, prospéraient et importaient

de Guinée leurs premiers esclaves noirs. Un abîme les séparait des Français du Canada. J'emprunte au sport une comparaison : d'un côté des amateurs de génie, doués d'intuitions fulgurantes, de l'autre des professionnels durs et obstinés, de ceux qui gagnent toujours, à la fin.

Partis de Sainte-Hélène au matin du 5 juin, nous avons dégradé vers midi à la pointe de l'île aux Chèvres, là où les rapides de Lachine commencent à perdre leur élan en pénétrant dans le bassin Laprairie. A pied le long de la grève, nous sommes allés reconnaître le monstre. Gorgé d'eau par la fonte des neiges, moins hérissé, moins houleux, mais d'un débit beaucoup plus puissant, il se présentait franchement hostile. L'attaquer à l'aviron ? Nous serions immédiatement refoulés. A la cordelle, courbés dans le courant, l'eau à la poitrine, le risque était encore plus grand. Les pompiers de Lachine, qui nous surveillaient depuis la rive, nous l'avaient fortement déconseillé : « On ne retrouvera que du petit bois. Quant à vous, mieux vaut ne pas y penser. Votre voyage s'arrêterait là. On va vous embarquer en camion. D'ici une demi-heure, vous serez de l'autre côté. Vous vous rattraperez sur l'Outaouais... »

La voix de la sagesse. Une question, cependant, se posait, qui se représentera plusieurs fois et toujours face au même type d'obstacle : comment ne pas tricher ? Canotiers et engagés, et non plus mangeurs de lard, à présent, l'honnêteté nous commandait de ne pas renier nos devanciers et de ne pas nous affranchir des difficultés qu'ils avaient eux-mêmes rencontrées, en recourant à des solutions de facilité dont ils ne disposaient pas, en leur temps. Evoquant cela, j'ai reçu du renfort. Je viens de lire, chez Sylvain Tesson, coureur de steppes qui a marché de Sibérie au Bengale sur les pas des évadés du Goulag, la juste analyse de ce souci d'éthique : « Je n'utiliserai pour progresser aucun moyen mécanique... Peiner sur une piste est une manière de rendre hommage à ceux qui y ont souffert avant soi. Les Anglais ont une belle formule pour parler de l'alpinisme. Ils disent que grimper sur une muraille sans utiliser ni pitons ni cordes, c'est pratiquer l'escalade *by fair means*. J'ai fait le serment du voyage *by fair means*... avec des justes moyens, ce qui revient à dire : honnêtement. Je trouve déloyal de se présenter devant la géographie armé d'un moteur, et je sais que le pas humain, la foulée du cheval, sont les meilleurs instruments pour mesurer l'immensité du monde...[1] »

Et le canot, donc !

Les brigades des compagnies de la Fourrure, de Montréal et de Trois-Rivières, les embarcations des missionnaires, des marchands, des colons, naviguèrent sur les chemins d'eau jusqu'à la moitié du XIXe siècle, jusqu'à ce qu'un autre chemin, celui du Canadian Pacific Railway, souvent parallèle aux fleuves et rivières, n'envoie définitivement les canots, la « civilisation du canot », au pourrissement et à l'oubli. L'épopée avait tout de même duré deux cent et trente années. Il nous suffisait, sans la trahir, de choisir le siècle approprié à un franchissement loyal de Lachine. Au XVIIe et au XVIIIe, cela aurait signifié *portager*. Un sentier

---

1. *L'Axe du loup*, Robert Laffont, 2004.

de portage courait autrefois le long des rapides, sur la rive nord. Il avait bien élargi depuis, asphalté, coupé de feux de signalisation aux croisements, le flot de la circulation partagé par une double voie de tram médiane : le boulevard La Salle. Deux kilomètres là-dessus, canots sur le dos, bagages au front, ne nous rebutaient pas du tout, un simple début de ce qui deviendrait vite une routine, mais les autorités municipales avaient prévu tout un cirque, motards de police devant et derrière, neutralisation des carrefours, voitures de presse, haie de scouts sur les trottoirs, camion des pompiers en cas de baisse de forme... Nous avons préféré changer de siècle et nous replier au XIXe où il y avait encore place pour nous, juste cent ans avant ma naissance, dans le respect des brigades de 1825.

La traite de la fourrure, sous régime britannique, avait atteint son apogée. Soixante-dix compagnies se disputaient le pactole ; une concurrence acharnée, parfois des batailles rangées dans le silence des Pays-d'en-Haut, des coups de main, des coups tordus, des débauchages. D'abord les petites, cinq ou six canots, en langage de voyageur les *Potties*, quelques autres plus importantes, la Compagnie XY, la Compagnie Mackinaw, la Compagnie de Saint-Louis, et enfin les deux géantes, qui alignaient des centaines d'embarcations et des milliers de canotiers, la Compagnie du Nord-Ouest – la North-West, capitaux écossais – et la Compagnie de la baie d'Hudson – Hudson Bay Cie, actionnaires anglais. Ceux qui suaient sang et eau, les engagés, qui souffraient, l'aviron au poing, étaient presque tous canadiens, c'est-à-dire canadiens français, et le reste, catholiques irlandais.

Toute cette foule, dès la fonte des neiges, se rassemblait à Lachine, non plus au bord des rapides, mais dans la partie sud du vieux port, là où s'élève aujourd'hui le pont Victoria, et où, en 1825, après quatre ans de travaux, fut inauguré et mis en eau un modeste canal à sept écluses, long d'une douzaine de kilomètres, qui rejoignait le lac Saint-Louis entre deux rangées d'entrepôts nouvellement construits en pierre, de chantiers de canots, de bureaux de compagnie, de boutiques de changeur ou d'avitailleur, sans oublier des dizaines de tavernes où les équipages, avant d'embarquer, noyaient dans le rhum leur prime d'engagement. Bagarres, filles, ambiance de port, étrange port à huit cents kilomètres de la mer, d'où les bateaux qui appareillaient s'enfonçaient en sens contraire au plus loin de l'océan. Ces bâtiments existent toujours. Désaffecté en 1959 et remplacé sur la rive sud par la voie maritime du Saint-Laurent ouverte aux navires de gros tonnage, le canal de Lachine est aujourd'hui « muséifié », agréablement ludique, récréatif, longé par une piste cyclable qui se transforme l'hiver en sentier de ski de fond. En 1949, il lui restait encore beaucoup de son charme et de sa présence. Il parvenait au terme de sa première vie, la vraie, mais n'était point encore entré dans la seconde au titre de patrimoine « réhabilité ». Les entrepôts des compagnies alignaient leurs portails disjoints et leurs hautes fenêtres béantes surmontées d'un palan à poulie. Tandis que mon canot glissait doucement sur l'eau du canal entre la troisième et la quatrième écluse, j'ai pu déchiffrer sur toute la longueur d'une de ces façades, en majuscules noires presque effacées : HUDSON BAY COMPANY – COMPAGNIE DE LA BAIE

D'HUDSON. Inscription magique, charnière du temps, signal vivant à l'orée du passé. Des bruissements d'avirons semblaient nous suivre et nous précéder. Il flottait dans l'atmosphère de lointaines odeurs de cuisine, de viande forte, de rhum flambé. Dans une taverne voisine à l'enseigne depuis longtemps décrochée, des engagés chantaient :

> *Ce sont les voyageurs*
> *Qui sont de grands enfants ;*
> *Ah ! qui ne mangent guère,*
> *Mais qui boivent souvent !*
> *Sur l'air du tra, la-dira...*
> *Sur l'air du tra-déri-déra,*
> *La-dira !*

On l'a bien gueulée, cette chanson ! jusqu'à plus soif, au manoir Lachine, à la sortie de la septième écluse, sur le bord du lac Saint-Louis, au milieu d'un joli gazon où nous avions planté le camp pour la nuit. Ce n'était pas encore un musée, mais une sorte de refuge à boire où le *pro-mayor*, un Irlandais, traitait les hôtes de la municipalité. Buffet froid, porto et bière, puis scotch et gin. En plus de nous quatre, les échevins : trois Irlandais et trois Canadiens unis dans le même dédain de l'Anglais. Tout le répertoire à canot y a passé, en français. Les murs de pierre de la vieille maison en avaient entendu d'autres depuis deux cents ans, depuis que le marchand Charles Le Moyne y avait établi sa famille et ses magasins sous le règne du roi Louis XV.

A la date du 5 juin, pour clore cette longue journée, mon journal de bord, laconiquement, notait :

22 h 00 : Rétamés.

La déception, le lendemain, est tombée sur notre mal aux cheveux. Un très joli lac, le lac Saint-Louis. Sous le soleil matinal, une carte postale. Des rives élégamment arborées, ravissantes, d'immaculés cruisers blancs amarrés à des pontons privés, des résidences basses et très chic entourées de parterres de fleurs. Beaucoup de tulipes. Et aussi beaucoup de mâts aux couleurs, le pavillon britannique flottant dans le ciel bleu. Pas le moindre Indien en vue, pas d'avironneurs en tuque rouge, seulement deux jeunes filles en jupe de tennis, debout à l'avant d'un hors-bord cambré qui filait à toute vitesse tandis qu'elles nous adressaient, de la main, un petit salut désinvolte. Une image radieuse de vacances. Calme et bonheur. Facilité.

– On croit qu'on a avancé, dit Philippe. Erreur. On a fait du sur-place.

Ce siècle ne nous avait pas encore lâchés. Les canots à l'eau, promptement, à genoux en position de combat, muets, de mauvais poil, les dents serrées, nous avons mené un train d'enfer, cap à l'ouest, pendant deux heures, laissant derrière nous un double sillage qui en disait long sur notre humeur. J'avais l'œil rivé sur mon compas de bord. Objectif : les chutes de Sainte-Anne et l'île Perrot, à la sortie du lac Saint-Louis. Vers midi, le temps s'est bouché. Vent glacé et pluie violente. Entre l'hiver et l'été, le printemps canadien ne dure que quelques jours pendant lesquels les deux saisons extrêmes s'affrontent en prenant le pas tour à tour plusieurs fois au cours de la même journée. Les rivages de bonheur disparurent, et avec eux les cruisers blancs, les *college girls* de bonne famille et les tulipes fauchées par la grêle. Presque aussi hargneuses que sur le Saint-Laurent, les vagues ne nous impressionnaient plus. Seuls au milieu du lac, écopant, trempés, secoués comme des cavaliers de rodéo, mais joyeux et tenant le cap, nous étions enfin rendus à notre condition première. La voix jubilatoire de Philippe, dans une accalmie, récita l'antienne du jour, tirée du grand livre des Voyageurs, celle qui conjure les dangers :

> *J'ai promis au bon Dieu*
> *A la bonne sainte Vierge*
> *Dans le pays d'où je viens*
> *Grand'messe j'y ferai chanter...*

Le soleil nous a retrouvés au pied des rapides de Sainte-Anne-de-Bellevue, par lesquels la rivière Outaouais, dévalant du Pays-d'En-Haut, plonge dans l'obédience du Saint-Laurent. Un petit canal latéral les doublait, s'ouvrant sur le lac par une haute écluse. Gravée au sommet du contrefort de pierre, une inscription annonçait :

THE HIGH AUTHORITY OF THE OTTAWA RIVER
1916

Le XXᵉ siècle, encore ! Les brigades n'avaient pas survécu assez longtemps pour découvrir l'injure qui leur était faite, ce premier maillon artificiel de la domestication de l'Outaouais – qui est aujourd'hui achevée, comme on achève un blessé, j'aurai l'occasion d'y revenir. Les rapides descendaient en escalier. La cordelle n'était d'aucun secours. Eux, les voyageurs du vieux temps, calant leur chique au creux de la joue, ils avaient pris le sentier de portage, se hissant jusqu'à la forêt et au clocher de la chapelle Sainte-Anne par un raidillon à flanc de gorge. A présent que nous les avions rejoints, nous n'allions tout de même pas les planter là et monter dans cette espèce d'ascenseur ! On s'est interrogés de l'œil tous les quatre. Ensuite les trois autres m'ont regardé. Pas un mot n'a été échangé. Nous avons débarqué le matériel et sorti les canots hors de l'eau, en route pour notre premier portage.

Le plus ardu n'est pas de porter, mais de charger, de *se* charger. Pour le canot, la technique est simple... en principe, compte tenu de son poids, cinquante kilos, de sa longueur, cinq mètres, et pour peu qu'il y ait du vent, de son fardage. On fixe d'abord deux avirons dans le sens longitudinal du canot, d'une barre transversale à l'autre, le tout lié par des lanières de cuir, de telle sorte que ces avirons, le canot une fois retourné comme un immense bicorne sur le porteur, viennent prendre appui sur ses épaules. Encore faut-il, auparavant, arracher le canot du sol et l'amener à hauteur d'homme. Cet exercice s'accomplit seul. On saisit le canot d'un bord, la quille appuyée contre l'articulation du genou, et d'un mouvement continu de tout le corps – c'est un coup à attraper – on se le roule sur la hanche et hop ! on le fait basculer quille en l'air et on l'assoit sur ses épaules en prenant soin de le maintenir dans une horizontalité parfaite, sans heurter le sol de la proue ou de la poupe, faute de quoi, déséquilibré, il s'échappe, tombe lourdement avec des risques de dégâts et il n'y a plus qu'à recommencer, une sorte de discipline olympique qui combinerait vicieusement le lancer du marteau et les haltères à l'arraché. Après quoi il n'y a plus qu'à marcher, nanti de cet interminable et pesant chapeau. Comme on ne voit guère que ses pieds, on se sert de ses bras, qui font levier, pour déplacer d'*un brin* le centre de gravité et relever légèrement la proue afin de distinguer où l'on va et repérer les obstacles à éviter. Si l'on veut souffler un peu, on se cherche une branche d'arbre ou un rocher à deux ou trois mètres de hauteur et on y appuie le nez du canot, la proue reposant sur le sol. On peut alors se dégager, respirer, et repartir sans trop d'efforts. En revanche, si l'on n'en trouve pas et qu'on a grand besoin d'une halte, il ne reste plus qu'à se résigner à répéter la manœuvre à l'envers pour se défaire du canot, puis, au moment de repartir, à le hisser à nouveau d'un coup de reins, etc. Tel était mon poste de portage.

Philippe, lui, se coltinait les bagages, à savoir la cantine P.C., la tente et son fourniment de piquets, et divers sacs de moindre taille, environ une quarantaine de kilos, c'est-à-dire vingt de moins que n'en portaient nos devanciers, mais tout de même... Apprise des Indiens qui la pratiquaient [1], la technique est différente. On utilise une longue lanière de cuir, la *courroie* [2],

---

1. Tout comme les sherpas népalais et bien d'autres peuples d'Amérique et d'Asie.
2. En anglais : *temp-line*.

assouplie par la sueur et l'humidité, et dont le centre, évasé, se place sur le haut du front, à la façon d'un joug. On empile le matériel, on l'encorde comme un gros paquet, en souquant fortement les nœuds afin d'imposer à cet ensemble branlant une rigidité parfaite. Il suffit ensuite de l'arrimer aux deux extrémités de la lanière et de se coller tout cela sur le dos, ce qui, à la longue, devient un jeu d'enfant. On marche un peu courbé en deux, mais tout le corps porte, le front, la nuque, les épaules, les muscles dorsaux, les reins. Les mains restent libres, éventuellement, pour dégager le passage à la hachette ou s'assurer des prises dans les grimpettes. Si l'on veut se reposer, il faut là aussi se choisir un tronc d'arbre ou un rocher où l'on puisse *asseoir* la charge, sinon il n'y a plus qu'à débâter, rebâter, etc. J'ai essayé. J'aimais mieux le canot. Ceux du *Griffon* avaient tiré au sort : à Jacques la courroie, à Yves le canot.

Ce fut un petit portage peinard par un joli sentier de forêt aménagé en promenade, cinq cents mètres de montée vers Sainte-Anne et autant pour redescendre. En haut se trouvait la chapelle, autrefois bâtie en bois, à présent église paroissiale en néogothique du siècle dernier. C'est là que du temps des brigades commençait véritablement le voyage. Les engagés *allaient à confesse* et offraient un cierge à la sainte qui veille sur les coureurs d'eau comme sur les marins bretons. Aucun n'y manquait. Des milliers et des milliers de confesses, après les tavernes et les catins de Lachine. Ils repartaient, l'âme toute blanche, pour se saouler aussitôt, gaillardement, au campement, car une autre coutume, tout aussi sacrée, imposait aux maîtres

d'équipage de distribuer un gallon de rhum par canotier, la ration pour tenir jusqu'à la rivière des Français,
trois semaines au mieux. Cet usage en entraînait
un autre, également traditionnel, celui de consom-
mer ces quatre pintes sur place avant le lever du
soleil. Une nuit de beuverie... Les Indiens du coin, bons
catholiques, rameutaient en renfort. Chants, danses,
bagarres, hurlements, jactance, « regain de sauvagerie », disaient les missionnaires, navrés. Un sommeil
d'ivrogne fauchait les corps, ronflant pêle-mêle, la
bouche ouverte. L'absolution, c'était pour la vie qu'ils
venaient de quitter. Si Dieu le voulait, ils la retrouve-
raient au retour. Là où ils allaient à présent, plus besoin
de faire l'ange. Ainsi pensaient les engagés, en paix
avec leur conscience. A l'aube, ils ressuscitaient et
embarquaient pour le Long-Sault, de l'autre côté du
lac des Deux-Montagnes.

Et nous, en comparaison ? Misère ! Depuis notre
départ de Trois-Rivières, à peine quelques minables
péchés véniels, coups de gueule, manques d'indulgence – pour ma part, je trouvais que le *Griffon* se
traînait –, rien qui rendît urgente la confesse. Sainte
Anne devait nous prendre pour des petits garçons. Nous
lui avons brûlé un cierge en murmurant un bout de
prière. Vingt minutes plus tard, on remettait les canots
à l'eau, cette fois par un temps épouvantable. La nuit
tombait. Camp sur la grève. Riz au lard numéro quinze
et omelette. Lecture sous la tente pour se calmer. Camilien Houde m'avait offert un livre, une sorte de bible
canotière, *Les Engagés du Grand Portage*, de Léo-Paul
Desrosiers, histoire de savoir ce qui nous attendait.
Ce fut toute ma bibliothèque de voyage, avec *La*

Philosophie éternelle d'Aldous Huxley, qu'une fort jolie fille un peu bas-bleu avait eu l'étrange idée de me donner en viatique, à Paris, avec sa photo en marque-page qui m'accompagnait dans le sommeil. J'en lisais vingt lignes chaque soir, après mes yeux se fermaient. Je n'ai conservé aucun souvenir de cette lecture. C'est même le seul livre d'Huxley dont il ne me reste rien. Revenu en France, j'avais tant idéalisé la jeune fille que naturellement je m'en séparai...

La bonne sainte Anne, le lendemain matin, avait commandé pour nous un lever de soleil de plein été et un petit vent frais portant bien venu. Les maisons se faisaient plus rares, la forêt plus dense, sur la rive nord. Le paysage s'ensauvageait. En tête de la page du jour, mon journal de bord annonçait crânement :

A nous deux, l'Outaouais !

Pourquoi : « à nous deux » ? Nous étions quatre. Il faudrait peut-être confesser cela.

L'île Perrot, que nous venions de *débouter* en franchissant les rapides de Sainte-Anne, marque le carrefour majeur, géographique et historique. Là s'ouvrent deux chemins d'eau qui s'écartent vite l'un de l'autre, le premier au nord-ouest, le second au sud-ouest, et ne se rejoignent que mille kilomètres à vol d'oiseau plus loin, au détroit de Mackinac qui relie le lac Huron au lac Michigan [1].

Celui du nord-ouest est le plus court, douze cents kilomètres, presque en ligne droite, par l'Outaouais, la

1. Voir les cartes pages 60 et 110.

Mataouane[1], le lac des Népissingues[2], la rivière des Français, la baie Georgienne et les rives nord du lac Huron. Un itinéraire de raid, tout entier en territoire canadien. C'est le plus montueux des deux, le plus accidenté, périlleux. Une grosse centaine de rapides, à escalader ou à dégringoler, une infinité de portages, des forêts à perte de vue en lisière du monde boréal, au sein d'une nature sauvage. Le premier à s'y aventurer fut Champlain, dès 1615, puis Nicolet, Radisson, Dollard des Ormeaux, le chevalier du Luth, Le Moyne d'Iberville, Lignery, officier du roi, les Robes noires, les Robes grises, les Sœurs grises, le père Marquette, en 1673, enfin les brigades des compagnies, un flot continu, et les derniers des derniers, eh bien, c'était nous, et nos canots, les canots-balais de l'Histoire.

L'autre chemin, plus méridional, trace un large détour en V qui double la distance, empruntant d'abord, au *déboute* de l'île Perrot, le cours supérieur du Saint-Laurent, puis un itinéraire quasi maritime, par le lac Ontario, le lac Erié, le lac et la rivière Saint-Clair, et le lac Huron, du sud au nord. Un seul portage, mais de taille, les chutes du Niagara, qu'avait reconnues en 1640 le père Jean de Brébeuf, un jésuite aristocrate, pas plus impressionné que cela par la beauté grandiose du site et uniquement préoccupé d'en découvrir le contournement au plus vite, car il était pressé, le père de Brébeuf, des milliers d'âmes sauvages l'attendaient, ainsi que la sienne, au jour de son martyre... Expéditions lourdes, canots de haut bord, à vingt rameurs, souvent voilés,

---

1. Rivière Mattawa.
2. Lac Nipissing.

pour affronter ces mers intérieures. Une voie royale au cœur de l'Amérique, l'immense Louisiane septentrionale.

Deux hommes en avaient eu la vision, Robert Cavelier de La Salle et Louis de Buade, comte de Frontenac, gouverneur du Canada, tandis qu'à Versailles, le roi Louis XIV et Colbert ne s'y sont ralliés que du bout des lèvres. Le Canada suffit au roi. Il n'a aucune envie d'y ajouter une Louisiane.

Nous sommes en 1673. L'éclosion du rêve. Le premier envol des lys de France. La frontière de la petite colonie laurentienne et atlantique projetée à cent lieues à l'intérieur des terres en plein pays indien, après le passage des Mille-Iles, au débouché sur le lac Ontario, une colline stratégique assortie d'un mouillage sûr, la clef du bassin des Grands Lacs : Cataracoui. C'est là qu'est prévu le grand *parlement* entre les chefs et les Anciens des Cinq-Nations d'Iroquoisie, alliés des Anglais, ennemis des Français, et Frontenac. Voilà deux mois que Cavelier de La Salle la prépare. Il a dépêché des messagers. Ses réseaux ne doivent rien aux jésuites. Il s'est lui-même déplacé. Il parle iroquois mieux qu'un sauvage. C'est un homme grave, secret, impénétrable. Il tient parole. Il ne rit jamais. Il traite les Indiens d'égal à égal. Il emploie le même langage imagé et ne manque jamais de les aborder selon les arcanes compliqués de leur propre protocole. Les Iroquois le respectent. Il leur a appris à révérer et à craindre Onnontio, *Grande Montagne*, en iroquois, qui est le nom à consonance mythique que les Indiens donnent et donneront à tous les gouverneurs français

depuis le premier d'entre eux, Montmagny [1]. Dans cette
affaire, il sera le mentor de Frontenac. Au début de
juin, il envoie un courrier à Québec : « Que Son Excellence prenne la route sans tarder. Tout est prêt. »

La colonie, en 1673, ne compte guère plus de dix
mille habitants, religieux, militaires et fonctionnaires
royaux compris. Frontenac en emmène un millier
avec lui, quatre cents soldats et leurs officiers, avec
deux canons, son état-major au complet, sa maison
civile, sa garde, les notables et les membres de son
conseil, les échevins des corporations marchandes, un
clergé panaché, noir et gris, une musique, tambours et
fifres, des canotiers en tuque rouge, des ingénieurs,
ainsi qu'un fort contingent de forestiers et de charpentiers, et tous en grand uniforme ou parés de leurs plus
beaux vêtements. Si l'on se reporte aux modes colorées
et ostentatoires de cette époque où la cour de Versailles
donnait le ton en dépit de son éloignement, on peut
imaginer ce mirobolant kaléidoscope de tuniques à
boutons dorés, de chapeaux emplumés, de baudriers
rutilants, de nœuds de satin, de pourpoints brodés, de
surplis de dentelle, de mosettes mauves ou pistache,
de mousquets briqués, de parements, de galons d'or
et d'argent. C'est tout un fabuleux théâtre qui s'avance,
une France en majesté, dans ses habits de grandeur.
Ainsi l'a voulu le génial auteur de la pièce qui va être
jouée aux Indiens : le comte de Frontenac en personne.

Au matin du 11 juillet, illuminés par un franc soleil,
les cent vingt canots de la flottille, accueillis par une
avant-garde de guerriers iroquois, abordent en raclant

---

1. Du latin *mons magnus*, grande montagne.

de leur quille la grève sablonneuse de Cataracoui. Frontenac, pour l'occasion, s'est fait construire un podium flottant, une grosse barque à fond plat d'où il peut être vu de tous. Vu, c'est-à-dire admiré. Il éclipse le soleil. Tambours, mousqueteries, salves au canon. Onnontio débarque à pas mesurés. La scène est réglée comme une machinerie de ballet qui laisse les Indiens éblouis. Se déploie d'abord un village de tentes alignées militairement autour de celle du gouverneur qu'on croirait sortie d'un opéra de Lulli, face à un mât aux couleurs où s'élève avec une lenteur calculée l'étendard blanc à fleurs de lys d'or du roi de France. Les officiers saluent de l'épée au son des fifres, les canons tonnent, nimbant de fumée le décor ainsi que l'encens aux messes solennelles. Dans le camp indien, silencieux, on suppute la suite du spectacle. Ils attendront. Les troupes passées en revue, les officiers et notables remerciés, Onnontio s'est retiré sous sa tente. C'est lui le meneur de jeu. Il entend que cela se sache. Les pourparlers s'engageront à l'heure qu'il aura fixée, soit au matin du lendemain.

Le lendemain, toute l'Iroquoisie est là, Onondagas, Mohawks, Senecas. On a étendu des voiles sur le sol pour les chefs et les Anciens devant la tente du gouverneur, autour d'un feu de bois protocolaire allumé par respect des coutumes indiennes. Le peuple se presse derrière, debout. Le gouverneur offre du pétun. Les vieillards tirent gravement sur leur pipe. Onnontio va parler. Onnontio parle. Son allure aristocratique impressionne. Mutilé d'une grande bataille – il a perdu un bras en Italie –, c'est donc un guerrier courageux. Les seigneurs sauvages apprécient le seigneur visage-pâle.

Par le truchement de Charles Le Moyne, familier de l'emphase indienne, ce qu'il dit est proprement surprenant. Un discours minutieusement préparé, chaque mot pesé, choisi pour frapper. Il leur parle de leur Père le roi de France, maître de la paix et de la guerre, qu'il ne faut pas offenser. Il les appelle à la paix avec les Hurons, qui sont les amis d'Onnontio. Il les exhorte à apprendre le français, que les Robes noires pourront leur enseigner. Il propose aux principaux chefs de faire instruire leurs enfants à Québec, les filles chez les religieuses, les garçons auprès de lui, et ils auront le loisir de leur rendre visite aussi souvent qu'ils le voudront. Il est prêt à adopter leurs filles et à les marier à des Français. Il souhaite que tous deviennent chrétiens mais il ne les y forcera pas... Selon l'usage des parlements indiens, il ménage des pauses dans son discours, qu'il occupe par des remises de cadeaux cérémonieusement offerts, quinze fusils, de la poudre, du plomb, des biscuits, du vin, un peu de rhum, vingt-cinq manteaux du meilleur drap, autant de paires de bas et de chemises, des billes, des cognées, une fortune pour ces Indiens. Il leur promet d'installer un comptoir à Cataracoui, qui leur évitera un long chemin pour négocier fourrures et peaux. Et pour protéger le comptoir, il y bâtira un fort, dès le lendemain, sous leurs yeux. Enfin il convie à dîner le vieux chef Tonondishati, haute conscience de l'Iroquoisie et grand massacreur de colons français.

Le ton avait plu. Les propositions aussi. Les cadeaux avaient emporté le morceau. Selon le comte de Frontenac lui-même, Tonondishati « prit un air de gayeté qui ne lui était pas ordinaire ».

Le fort fut construit en une semaine, commencé le 12 juillet, achevé le 19. Le clou du spectacle. L'apothéose. Même les Français n'avaient jamais vu ça. Assis sur leurs talons, sidérés, se bousculant dès l'aube pour se placer aux premiers rangs, des centaines de Peaux-Rouges, Iroquois, Algonquins et Hurons confondus, prennent conscience de l'écrasante supériorité technique des Blancs. A demi nus sous le soleil, la peau cuivrée, le visage peint, une plume d'aigle piquée dans leur chevelure noire, quel est le cours de leurs pensées ? Quel est, tout au fond d'eux-mêmes, l'inéluctable aboutissement secret de leurs ruminations méditatives ? Le vieux chef Tonondishati, assis à la place d'honneur, sirotant le bordeaux du gouverneur, a-t-il eu, ce jour-là, prémonition de la chute ? L'ingénieur du roi, Raudin, responsable du chantier – on l'appellera le Vauban canadien –, a tracé le plan du fort sur un terrain plat boisé dominant stratégiquement le lac. Quatre cents hommes défrichent de front, dans un grand vacarme d'arbres qui tombent, de cognées, de haches d'élagueur et de scies débitant les troncs. D'autres creusent déjà les fossés, détournent le cours d'un ruisseau pour les remplir. Les équipes prennent leurs repas tour à tour. De l'aube à la nuit, le travail n'arrête jamais. L'approvisionnement se fait à la lueur des torches. S'élèvent en sept jours, simultanément, le double rempart, les bastions d'angle, les casernements, la sainte-barbe, le portail crénelé, les plates-formes de tir des canons, et enfin le fortin central. Salves d'honneur. Etendard du roi. Le gouverneur avait payé toute l'opération sur sa cassette personnelle.

Cataracoui change de nom. C'est désormais le fort

Frontenac, porte de la future Louisiane – aujourd'hui la ville anglaise de Kingston, cent trente mille habitants, province de l'Ontario, Canada, première capitale du dominion avant la fondation d'Ottawa. Ce même été 1673, le 26 juin, le père Marquette et Louis Joliet, escortés triomphalement par deux cents canots de guerriers illinois, pénétraient dans les eaux du Mississipi dont le cours marquait le sud aussi précisément qu'une boussole.

Onnontio s'en est retourné à Québec. La Salle poursuit son long chemin. La litanie royale des forts de Cavelier de La Salle : Fort Conti, en amont du Niagara. Fort du Détroit, entre les lacs Erié et Saint-Clair, où se situe à présent la capitale américaine de l'automobile. Fort Chicagoua, ou Chicago. Fort Saint-Louis des Illinois, Fort Crèvecœur. Fort Vincennes et Fort Saint-Ange, sur l'Ouabache. Fort de Chartres, Fort Prudhomme, Fort Saint-Pierre, Fort Rosalie, sur le Mississipi. Enfin le delta et le rivage de l'océan où, en un lieu qui n'a pas été retrouvé, il fait débroussailler le sommet d'une colline afin d'y planter un tronc équarri, visible de partout en ce pays plat, qui porte, gravée au fer rouge, l'inscription :

LOUIS LE GRAND, ROI DE FRANCE ET DE NAVARRE
RÈGNE LE 9 AVRIL 1682

Jacques de La Métairie, notaire de Fort Frontenac, qui accompagnait l'expédition, a calligraphié sur un parchemin, conservé aux Archives nationales, la harangue solennelle de La Salle, selon laquelle « *il prend possession, au nom de Sa Majesté et des successeurs de sa couronne, de ce pays de Louisiane, mers, havres, ports, baies, détroits adjacents et de toutes les nations, peuples, provinces, villes, bourgs, villages, mines, minières, pêches, fleuves, rivières, compris dans l'étendue de ladite Louisiane. Il proteste contre ceux qui voudraient à l'avenir s'emparer de tous ou chacun des dits pays, peuples, terres ci-devant spécifiés, au préjudice du droit que Sa Majesté y acquiert et du consentement des susdites nations... ».*

Salve de mousquets. *Te Deum.* Chant du *Vexilla Regis.* Sous le commandement de Cavelier de La Salle et de ses lieutenants, Henri de Tonty et Jacques de Bourdon d'Autray, ils se comptaient en tout et pour tout cinquante-deux, trente Indiens et vingt-deux Français. Isolés à des milliers de kilomètres de leur base et plus loin encore de leur patrie, ils ont conquis l'immensité. Ils l'ont marquée du sceau royal, trois fleurs de lys découpées dans le cuivre d'une marmite et clouées sur le poteau-signal, au sommet de la colline. Exaltante époque où les souverains d'Europe se partageaient le reste du monde... Marquette le 26 juin 1673, Frontenac le 12 juillet de la même année, Cavelier de La Salle le 9 avril 1682 : triple acte de naissance de l'Amérique française. L'acte de décès suivra vite. Il ne s'en faudra que de quatre-vingt-dix ans.

La mémoire des Indiens est une longue mémoire. Ceux d'entre eux qui se trouvaient à Cataracoui, Hurons, Iroquois, Algonquins, quand Frontenac, tel le Créateur, y bâtit son fort en sept jours, s'en sont long-temps transmis le récit. Puis le monde moderne les a balayés. Sous l'autorité de leur vieux chef Max Gros-louis, le Village des Hurons, à Loretteville, banlieue de Québec, rassemble les derniers représentants de cette nation qui fut indéfectiblement fidèle à la France et au Canada français et le paya de milliers de vies. Ils y ont construit des *maisons-longues* d'où la fumée s'échappe par un trou dans le toit, un chantier de canots d'écorce et de traîneaux, et de nombreux ateliers d'artisanats. On peut admirer dans leur jolie chapelle les missels, ornements, vases liturgiques et prie-Dieu des Robes noires, leurs anciens missionnaires jésuites. L'entrée est gratuite, les visages accueillants, la tradition vivante, non folklorisée, pas mercantile, mais le village ferme à dix-huit heures. Ses habitants ne l'habitent pas. Ils ont leurs maisons un peu plus loin. Des maisons modestes, des maisons de tout le monde, avec un petit jardin où l'on remarque, cependant, tout le réconfortant foutoir d'objets courants hétéroclites et d'accessoires ménagers au rebut qui marque l'estimable dédain que manifestent tous ceux qui ont une part de sang indien à l'égard des biens de consommation dont ils usent. Les Hurons de Loretteville sont fortement métissés. Contrairement à ses voisines anglaises, la colonie du roi de France ne professait pas la ségrégation et l'on a vu comment Frontenac encourageait les mariages mixtes. On chercherait le plus souvent en vain, sur leurs bonnes billes rondes, le profil en bec d'aigle du Peau-Rouge. En vérité, ils constituent la fraction visible d'une immense tribu informelle, confondue dans la population canadienne française, de milliers et de milliers de descendants de coureurs de bois ou de paysans qui avaient autrefois marié une

Indienne, catholiquement s'il vous plaît, et en eurent beaucoup d'enfants.

Quant aux Iroquois des Cinq-Nations, supplétifs des Tuniques rouges, ils finirent par tant irriter leurs employeurs que ceux-ci retournèrent toutes leurs forces contre eux dès la fin de la guerre franco-anglaise. Pleurs et sang. Il en périt des milliers. Les survivants n'ont pas oublié. Ils représentent le noyau dur et politisé des Amérindiens du Québec. Les Mohawks, l'une de leurs cinq tribus, sont repliés, toutes griffes dehors, dans leur réserve de Kahnawake, banlieue de Montréal sur la rive sud du fleuve, face à Lachine, en bordure de la voie maritime du Saint-Laurent. Ils regardent passer, excédés, les navires de haut tonnage qui glissent au-dessus des toits de leurs maisons en obscurcissant le soleil de leurs gigantesques superstructures et de leurs murailles de conteneurs. Cela les énerve considérablement. Mère nature est offensée. On vient les provoquer chez eux ! Ils taguent les murs des monstrueuses écluses de slogans vengeurs en anglais, car ils sont anglophones. Comme il faut vivre et qu'ils sont vivants, et pas man-chots, ils sortent en meutes de leur tanière pour s'élancer, rageurs, intrépides, sur des passerelles de chantier à des hauteurs vertigineuses. Leur métier : constructeurs de gratte-ciel et nettoyeurs de façades inaccessibles à d'autres qu'eux. Personne ne leur dis-pute cet honneur qu'ils assument au péril de leur vie, aidés par une disposition de l'oreille interne, qu'on pourrait qualifier de tribale, qui les rend insensibles au vertige. Aucune ville verticale, aucun building tutoyant les nuages ne peut se passer d'eux. On les a même

vus, naguère, escalader la pyramide du Louvre, mépri-
sants mais bien payés, la lance à eau et la grande
raclette de laveur de vitres funambule au poing. Rentrés
à Kahnawake, de temps en temps ils explosent. Ils se
plantent une plume d'aigle dans les cheveux, puis flan-
quent un bordel sans nom. Ils font des cartons sur la
police dont ils refusent l'entrée chez eux, établissent
des *check points* aux frontières de la Réserve et allu-
ment des incendies qui interrompent la navigation sur
la voie maritime, tout cela pour un oui pour un non,
simplement pour rappeler qui ils sont, et qu'ils sont là.
Les mânes du vieux chef Tonondishati tressaillent
de fierté. Arrêté par les forces de l'ordre fédérales
lors d'un de ces combats de rue, l'un des meneurs les
plus enragés, un garçon de vingt ans, qui se nommait
Simpson ou Adams, j'ai oublié, enfin un patronyme
très ordinaire, interrogé sur son identité, déclara
s'appeler Tonondishati et refusa de répondre aux questions qui ne lui seraient pas adressées sous ce nom-là.

Les Onondagas, les Senecas, les Oneidas, autres survivants iroquois, repliés dans leurs réserves entre Rome
et Syracuse, *New York State*, au sud du lac Ontario,
mènent leur combat différemment. Depuis qu'une loi
récente les y autorise, ils ont construit à Turning Stone,
« Pierre-qui-vire », ancien lieu de rassemblement de
leurs tribus, un gigantesque casino de marbre blanc et
de verre fumé, avec hôtels étoilés, golf de vingt-sept
trous, boutiques de luxe, restaurants, qui attire trois
millions de joueurs par an et qui est en passe de ruiner
Atlantic City. Avec les énormes bénéfices engrangés,
ils ont racheté près de dix pour cent des territoires
qu'ils occupaient avant le débarquement de William

Penn et de Champlain et ils en expulsent tout aussi légalement les Blancs, n'hésitant pas à employer des méthodes mafieuses d'intimidation pour accélérer leur départ. Si l'on s'étonne de leur inflexibilité, ils répondent qu'il y a très, très longtemps, ce sont eux qui avaient dû plier bagage et qu'on ne leur avait pas laissé le choix...

Sur l'Outaouais, d'abord nommée Grande Rivière, du portage de Sainte-Anne à Ottawa, à cent quarante kilomètres en amont, ce fut une sorte de promenade, agrémentée de rudes coups de vent, en fait sept jours de sursis avant le véritable assaut. Deux barrages munis d'écluses avaient noyé les rapides et domestiqué la rivière. La forêt s'épaississait peu à peu, découvrant encore de larges clairières où s'élevaient de gros villages et des clochers de couvent, ainsi que quelques enclaves résidentielles anglaises, notamment un Hudson Yacht Club tout ce qu'il y a de snob mais accueillant où nous avons pu réparer nos canots, malmenés par le Saint-Laurent, à grand renfort de colle, de bandes de toile et d'enduit imperméable. En raison des retenues d'eau qui en haussaient le niveau, la rivière était plus profonde qu'autrefois. Les rapides du Long-Sault, de la Chute à Blondeau, de Carillon, de Calumet, marches épiques de cette remontée, s'étaient en quelque sorte camouflés. A l'air libre, un courant violent, mais lisse comme une espèce de sirop, et à trois ou quatre mètres sous nos quilles, leur cortège caché de tourbillons meurtriers et de rochers en hérisson où s'étaient fracassés tant de corps noyés et de canots. Les brigades plantaient des croix de bois devant lesquelles ceux qui passaient ensuite se signaient, priant Dieu de les épargner. Etrange impression que de naviguer sur ce chemin dédoublé, d'abord le nôtre, à la surface, devenu étranger à son histoire, puis au-dessous, le vrai, le vivant, invisible et englouti. Souvent, nous scrutions l'eau, silencieux, mais rien n'apparaissait jamais, seulement le reflet de notre imagination. Nous avions cent cinquante ans de retard, et ce retard ne pouvait se combler.

Au moins filions-nous bon train, entre trois et quatre miles à l'heure de moyenne contre un courant non négligeable. Il faisait chaud. Le soleil tapait. Les escadrilles de maringouins ne s'étaient encore signalées que par quelques patrouilles de reconnaissance. Le *Huard* ouvrait la marche. Le *Griffon*, derrière, suivait, à une distance qui progressivement s'étirait. J'avais fini par éclaircir le mystère des retards constants du *Griffon*. Pourtant ils n'étaient pas des mauviettes. Ils souquaient courageusement, avec toute leur énergie, Yves en râlant, c'était sa nature, Jacques, au contraire, flegmatique, heureuse disposition de caractère qu'il tenait d'une mère anglaise, mais tous deux étaient droitiers. L'un plongeait l'aviron à gauche, l'autre à droite, l'un des deux toujours à contre-emploi. S'ils changeaient de bord, rien ne changeait, ils n'allaient pas plus vite pour cela, tandis que Philippe et moi, le droitier à droite, le gaucher à gauche, sans jamais intervertir, nous leur prenions cent longueurs en une heure. Un handicap non corrigeable. Il en fut ainsi pendant tout le voyage et leur mérite n'en fut que plus grand, si l'on compte les milliers de coups d'aviron qu'ils durent aligner en supplément. Je ne leur ai plus jamais adressé de reproches. On les perdait de vue. On les attendait. On allongeait la durée de la pause pour qu'ils puissent à leur tour souffler. On freinait l'allure du *Huard* afin de pouvoir naviguer de conserve. Avec plus ou moins de décalage, on s'est finalement toujours retrouvés...

Du temps de sa sauvagerie, au sein de la forêt primitive, le Long-Sault se composait de trois rapides échelonnés sur une dizaine de kilomètres, le Long-Sault lui-même, en amont, la Chute à Blondeau, enfin Carillon. A Carillon se situait, en l'année 1660, l'extrême limite ouest de la colonie. Ville-Marie, à trois jours de canot plus à l'est, était une bourgade mal fortifiée, défendue par une maigre garnison commandée par un officier de vingt-trois ans, Adam Dollard des Ormeaux. Au-delà s'ouvrait le chemin d'en haut, en territoire contrôlé par les Hurons et leurs cousins algonquins, alliés des Français, mais la situation venait de basculer. La guerre de la Fourrure.

Les Iroquois chassaient pour les marchands anglais. C'est à eux qu'ils vendaient les peaux, et les peaux, c'est *en haut* qu'on les trouvait, chez les Hurons, leurs ennemis héréditaires. D'où leur plan à trois étages, s'emparer des terrains de chasse et des voies de communication, détruire la nation des Hurons, et se retourner contre les Français pour en finir une bonne fois avec eux. Une campagne militaire stratégiquement organisée, une *blitzkrieg* à l'iroquoise suivie d'un génocide tribal implacable. Ne sortirent vivants du massacre que le chef huron Annaotaha et une cinquantaine des siens. Il ne restait aux Iroquois qu'à rassembler leurs convois sur l'Outaouais, des dizaines de canots, des centaines de guerriers, à dévaler la rivière en anéantissant Ville-Marie au passage et à faire irruption sur le Saint-Laurent. Seul obstacle à cette déferlante : le goulet du Long-Sault, encaissé, quelque chose comme les Thermopyles, Camerone, El Alamo. C'est là que Dollard des Ormeaux, à la tête de seize volontaires auxquels s'étaient joints Annaotaha et ses trente derniers guerriers, a décidé de prendre position...

Nous avions remonté nos canots sur la cale du petit port du village de Carillon, juste à la sortie des rapides. Quelques marches de terre à gravir et on découvrait le monument : *Aux héros du combat des dix-sept.*

– Le fort se trouvait là. Des palissades de pieux. Il n'en reste rien. On l'a appelé Fort Carillon, mais en fait il ne portait pas de nom. C'était un ancien fort algonquin, primitif et presque écroulé, que Dollard des Ormeaux, arrivé le soir du 1er mai, avait eu à peine le temps de retaper. Il avait posté ses sauvages un peu plus haut, en sentinelles. A la troisième heure du jour, le lendemain, les voilà qui déboulent terrorisés. On ne s'attendait pas à tant de monde, en face. C'est toute une armée de canots, hérissée de tomahawks et de fusils, qui surgit par les rapides, si vite qu'elle a l'air de les survoler. Les nôtres n'ont que le temps de s'enfermer. A Ville-Marie, avant de partir, ils s'étaient confessés et avaient communié. Des Ormeaux leur rappelle leur serment de ne pas *demander de quartier...*

Ainsi nous parlait le père Louis Hébert, archiviste bibliothécaire des Montfortains, descendu de son cou-

vent voisin sitôt notre arrivée annoncée. L'abbé Tessier
avait averti sans nous le dire tous les établissements
religieux de l'Outaouais. Du Long-Sault à Papineauville, c'était le fief des Montfortains. Venaient ensuite
les Sulpiciens, les Récollets, les Dominicains, les
petites sœurs de la Rédemption et j'en passe, puis à
nouveau les Robes noires. Nous naviguions sous pro-
tectorat, amical mais un peu encombrant.

– Il y avait un Roland Hébert parmi les dix-sept,
continua le père Hébert. Et aussi un Lecomte, un Robin,
un Boisseau, un Tavernier, un Martin, un Tremblay...
Des bûcherons, des laboureurs, des artisans, natifs du
Perche, du Maine, de Normandie. On compte bien trente
mille Hébert, à présent, au Canada. A peu près autant
de Boisseau et de Robin. Des Lecomte, peut-être cent
mille, et encore plus de Martin et de Tremblay. On était
vraiment bien représentés ce jour-là. C'était tout le
Canada qui combattait...

J'ai souvent ressenti la même impression, quelque
chose comme un sentiment familial très fort, devant
nos monuments aux morts de village. Les mêmes noms
répétés, des noms simples, ordinaires, très français, des
noms qui nous représentaient, qui étaient le peuple
français, en ces temps-là.

A nos pieds les flots du rapide s'apaisaient, revenus
à leur état premier de rivière. Du goulet nous parvenaient les derniers échos de leurs grondements.

– Les sauvages ont débarqué ici – le père Hébert
prononçait *icite* – et se sont tout de suite rués à l'assaut.
Peut-être deux cents hommes, l'avant-garde. Le gros
de la troupe était loin. Ils laissent de nombreux morts
sur le terrain, dont un chef onondaga. Nos Hurons se

battent à l'iroquoise. Ils ne scalpent plus. Ils tranchent les têtes. Celle du chef, ils la brandissent sur un pieu en hurlant toutes sortes d'injures et en défiant les autres de venir la chercher. Ce qu'ils font. Tous enragés ! Cette fois il y a des morts chez nous, mais encore plus chez les Iroquois. Ainsi se termine la première journée. Désormais le fort est assiégé. L'eau manque. Il faut aller la chercher à la rivière. Bientôt personne ne s'y risquera plus. Tant qu'ils ne sauront pas combien nous sommes, dit Dollard des Ormeaux à ses gars, ils ne viendront plus s'y frotter. Et en effet, ils cherchent à savoir. Ils tentent des reconnaissances de nuit, en silence. Ils balancent des torches, pour éclairer. Des visages apparaissent aux meurtrières. Personne ne dort plus. La soif torture les dix-sept, qui ne sont déjà plus que onze. Il faut prier, dit Dollard des Ormeaux. Les chapelets sortent des poches. Dehors, les cadavres pourrissent. Une odeur fétide enveloppe le fort. Au septième jour, des clameurs retentissent. Les tambours battent. Toute l'armée iroquoise est là, les cinq tribus, près de mille guerriers. Leurs chefs envoient des parlementaires, offrant la vie sauve aux Hurons sous condition de changer de camp. Vingt-quatre d'entre eux désertent. Annaotaha, qui est chrétien, a refusé. Il s'ensuit une grande confusion, ou bien les parlementaires se sont trop approchés, car Dollard des Ormeaux, craignant un piège, rompt la trêve et donne l'ordre de tirer. Cela déchaîne l'assaut final. Dollard des Ormeaux, en ultime défense, a fait exploser un baril de poudre qui va tuer beaucoup d'Iroquois, mais ouvre une brèche dans la palissade. Le fort est bientôt submergé. Le dernier des dix-sept encore valide achève au pistolet ses camarades blessés, pour leur éviter la torture. Annaotaha le Huron fidèle agonise, percé de flèches, près de Dollard des Ormeaux. Il mourra en traçant un signe de croix sur le corps sans vie de son compagnon. Ce qui va suivre n'est plus qu'horreur. Cinq Français ont survécu, que les tribus aussitôt se partagent, pour les attacher au poteau. Ils se sont partagé aussi les cadavres. Des dix-sept, on n'en retrouvera aucun. Dépecés, distribués, têtes, cuisses et jambes portées en triomphe, et, probablement, mangés. Taondahoren, un Huron chrétien, était parvenu à s'échapper après plusieurs jours de captivité. Il est l'unique rescapé. Devenu une sorte de saint, il vivra jusqu'à l'âge de quatre-vingts ans. Il racontera, aux veillées, comment au lendemain de cette victoire, épouvantés par le nombre de leurs morts, les Iroquois avaient rebroussé chemin et regagné leurs territoires. Les sorciers y avaient lu de funestes présages. Ainsi fut sauvée la Nouvelle-France.

J'ai retranscrit le soir même ce récit. Le père Hébert avait employé des phrases courtes, sans emphase. Seulement des faits. Un ton neutre. Une voix égale. Des dizaines d'années plus tard, j'ai eu l'honneur d'être invité par le colonel commandant le 1er régiment étranger à la cérémonie de Camerone qui déploie ses fastes liturgiques chaque 30 avril, à Aubagne, où après Sidi Bel-Abbès la Légion a replié son sanctuaire. Devant la main de bois du capitaine Danjou, qui commandait à Camerone, portée religieusement sur un coussin par un ancien combattant légionnaire à la poitrine couverte de décorations, en présence de tout le régiment figé dans un garde-à-vous d'éternité, le récit de la bataille sera lu par un sous-officier qu'on a dû entraîner longuement au *recto tono* des moines. De la première phrase – « *L'armée française assiégeait Puebla* » – aux deux dernières – « *Ils furent ici moins de soixante opposés à toute une armée, la vie plutôt que le courage abandonna ces soldats français* » –, l'émotion qui s'en dégage et empoigne l'assistance tient au contraste saisissant entre l'éclatante mise en scène légionnaire et l'extrême sobriété du ton du récitant, pas un mot plus haut que l'autre, au service d'un texte dépouillé. Alors je me suis souvenu du père Hébert, au monument de Fort Carillon. C'est exactement ainsi qu'il s'exprimait. Il est vrai que les deux récits se ressemblaient...

– Il y a eu un coup de téléphone pour vous ce matin, nous dit-il. L'ambassade de France à Ottawa vous cherche. Venez donc déjeuner avec moi. Vous la rappellerez de là-haut.

En l'absence d'ambassadeur, le chargé d'affaires s'appelait Jean Basdevant. Enthousiaste, au téléphone. La résidence se trouvant à l'entrée de la ville, au bord de l'eau, sur la rive sud de l'Outaouais, avant le courant des Chaudières, il proposait une arrivée officielle dans trois jours, à cinq heures de l'après-midi. Me rappelant, le rouge au front, notre fiasco de Montréal, je lui répondis qu'il nous en fallait quatre s'il voulait avoir quelque chance de nous voir exacts au rendez-vous, lavés, rasés, proprement vêtus et à peu près dispos. Ce fut une plaie de ce voyage, ou plutôt une sorte de devoir consenti, d'avoir à nous plier à des horaires, à des obligations de calendrier qui ne tenaient évidemment aucun compte des aléas du parcours, des coups de vent, de la vitesse du courant, de la pluie, de la brume, de l'état des sentiers de portage et même de notre propre fatigue, tout cela parce que telle ou telle ville ou telle ou telle autorité souhaitaient accueillir l'équipe Marquette à une date qu'on me priait souvent de fixer deux ou trois mois à l'avance. Ainsi, depuis Montréal, après un examen attentif mais théorique des cartes dont je disposais, avais-je dû m'engager auprès des services des gouverneurs du Michigan et du Wisconsin à deux rendez-vous majeurs : le lundi 25 juillet à Mackinac, entre les lacs Huron et Michigan, et le mercredi 31 août à Prairie-du-Chien, au débouché sur le Mississipi ! Une gageure presque impossible à tenir. Elle nous a imposé des risques qui ont parfois mis en péril l'expédition, des cadences de galériens, des sommeils écourtés, de dangereuses navigations de nuit. Philippe appelait ça plaisamment : *naviguer à l'agenda*. Mais comment faire autrement ? Nos canots, ostensiblement, battaient pavillon français. Munis de patronages ministériels[1] et de la bénédiction républicaine du président Vincent Auriol, nous représentions notre pays. C'est cela que j'avais voulu. Quelque chose entre la peine et l'honneur. Ajoutons-y « l'esprit scout », sans trop goguenarder. En 1949, il existait. Des milliers de jeunes gens le partageaient encore...

Dès le déjeuner expédié, nous avons remercié le père Hébert et sauté dans nos canots.

Il y a souvent du bon dans les rivières à fort courant,

---

1. Mais sans subventions.

lorsqu'on les remonte, ce sont les contre-courants. Ils longent un rivage, puis l'autre, jamais les deux en même temps, formant une sorte d'étroit tapis roulant liquide qui se fraye un chemin en sens contraire au ras des érables et des bouleaux, des souches immergées, des bancs de sable ou des pointes rocheuses au bord de l'eau. On risque l'avarie à chaque instant, mais avec le sentiment exaltant d'avoir feinté la rivière. C'est un sport très amusant qui exige du *devant* des réflexes instantanés pour déporter le canot de l'obstacle, et du *gouvernail* un sacré coup d'aviron pour accompagner puis corriger le mouvement. C'est dans les courbes, sur leur face interne, que les contre-courants se déploient le plus efficacement. Un vrai bonheur. On change de rive à la courbe suivante et ainsi de suite. Malheureusement, cela ne dura pas. L'Outaouais s'était transformé en un somptueux boulevard presque rectiligne, comme creusé dans la forêt. On devinait, en arrière des arbres, des villages, mais sur la rivière, nous étions seuls. Un samedi 11 juin par beau temps, et seuls ! Si loin qu'on voyait, il n'y avait pas d'embarcadères ni de pontons, pas de sentiers parallèles, de maisons, d'embarcations amarrées, pas de cabanes au Canada. La rivière nous appartenait. Depuis les voyageurs elle n'avait pas changé. *Griffon* et *Huard* naviguaient de conserve : une petite brigade attardée qui prenait le courant en plein dans le nez mais qui s'en sortait fort bien. Le silence de la nature n'était troublé que par le clapotis frappant les coques de nos canots et le bruissement rythmé des avirons attaquant l'eau. Une sublime passée d'oies sauvages a soudain survolé la cime des arbres avant de traverser la rivière.

L'homme au fusil, c'était Jacques, à bord du *Griffon*.
Il avait chassé en Ecosse, en Angleterre. L'écologie
naissait à peine. Les écologistes n'existaient pas, le mot
n'avait même pas encore été inventé. Il n'a pas hésité.
Il a lâché son aviron. Il a épaulé. Il a tiré. L'écho des
coups de feu a couru sur l'eau et deux oies sont tom-
bées à vingt mètres des canots en soulevant d'élégantes
gerbes de gouttelettes argentées. Il a dit seulement :
« Voilà le dîner. »

Au début de la soirée, un canot est apparu, qui descendait la rivière, éclairé par le soleil couchant. Le
voyageur était seul. Longue chevelure et barbe blanche
disposée en éventail sur sa chemise à carreaux, visage
buriné de coureur de bois, il plissait les yeux sous la
lumière. Devant lui une vieille valise de cuir sanglée
dépassait légèrement le plat-bord. Le courant l'aidait.
Il ne peinait pas. Il fumait paisiblement sa pipe. Au
moment de se croiser, il a levé sa main gauche, largement ouverte, la paume vers nous, salut et signe de
paix hérités du lointain protocole indien. Nous avons
répondu de la même façon. Aucun mot n'a été prononcé. Il n'a manifesté aucune surprise et le cours de
la rivière l'a vite éloigné. Durant tous ces mois de
voyage, c'est l'unique *semblable* que nous ayons rencontré. Qui était-il ? D'où venait-il ? Pourquoi lui aussi
s'était-il attardé au temps des brigades et des engagés ?
Aurions-nous eu la réponse à ces questions que cet
homme, son mystère dévoilé, n'eût pas resurgi du fond
de ma mémoire comme si je l'avais croisé la veille.

Nous avons planté le camp – les voyageurs disaient
l'*encampement* – un peu plus loin, au sein d'une idyllique petite clairière peuplée d'écureuils qui filèrent se

réfugier sur les hautes branches. D'autres habitants du lieu, moins charmants, se précipitèrent au contraire à notre rencontre. Il s'agissait d'énormes maringouins, non plus l'avant-garde, mais un fort détachement assoiffé de sang. On ne lutte pas contre les maringouins. S'administrer des claques sur les parties nues du corps qu'ils attaquent ne sert à rien. Ils sont trop nombreux. Dès qu'on ouvre la bouche, ils s'y engouffrent en commando de guerre, piquant la langue et le palais, causant d'intolérables démangeaisons que je ne souhaiterais pas à mon pire ennemi. Il n'existait que deux modes de défense, s'enduire de graisse animale sans oublier les lèvres, les oreilles et les narines, ou allumer le plus vite possible un feu qui produise beaucoup de fumée. Nous avons choisi la seconde solution. Les yeux pleurent comme des saules mais on n'est plus piqué. Ma carte d'état-major indiquait que là s'élevait autrefois le fort de la Petite-Nation. Il n'en restait rien d'apparent. Ou peut-être cette trace en équerre, vestige d'un fossé comblé ? Cela nous a suffi comme preuve. Nous avons réoccupé le fort, marquant notre prise de possession par l'envoi au mât aux couleurs du pavillon national français, avec commandements réglementaires et salut, le salut éclaireur à trois doigts verticaux accolés, le pouce allongé au creux de la paume sur l'auriculaire replié. Un grand jeu. *La Bande des Ayacks*, *le Prince Eric*[1]... C'était le propre de l'esprit scout, souvent mal compris, de mélanger le jeu et la vie en un dosage initiatique et subtil. Ainsi

---

1. Le premier, de Jean-Louis Foncine, le second, de Serge Dallens, aux Editions Signe de Piste.

jouaient sérieusement les fils de lord Robert Baden-Powell of Gillwell.

Plumées, vidées, embrochées au-dessus d'un lit de braises, les oies étaient succulentes. La peau dorée craquait sous la dent et nous nous léchions les doigts. Ensuite la nuit est tombée. Les écureuils, prudemment, supputant un garde-manger, sont redescendus de quelques branches. Que font les scouts autour d'un feu de camp ? Ils chantent, puis avant de se coucher ils prient en chantant. Cela n'a pas été notre pratique quotidienne. Sans doute, à vingt-trois ans, commençais-je à y croire un peu moins, et le plus souvent nous nous écroulions, épuisés, sitôt la dernière bouchée avalée, anéantis dans le sommeil. Il y fallait une certaine ambiance rare, la plénitude, l'isolement, l'élan religieux jubilatoire qui se dégage d'un environnement naturel et vrai, comme si le monde venait d'être créé, le sentiment presque monastique de s'échapper de l'univers réel et d'être mis en la présence de Dieu. Un faisceau de conditions qui ne convergent qu'exceptionnellement. Ce soir-là elles étaient réunies, et le chant montait dans le silence de la clairière. Peut-être, chez ceux qui me lisent, vais-je rafraîchir quelques souvenirs :

Le soir étend, sur la terre, son grand manteau de
[velours,
Et le camp, calme et solitaire, se recueille en ton
[amour.
Ô Vierge de lumière, Etoile de nos cœurs,
Entends notre prière, Notre Dame des éclaireurs...

Nous avons couvert le feu et nous nous sommes glissés sous la tente en prenant soin de ne pas éclairer avant d'avoir hermétiquement tiré les fermetures Eclair de la moustiquaire et inspecté minutieusement chaque pouce de toile à l'intérieur afin de s'assurer qu'aucune de ces sales bestioles n'avait eu le temps de s'y introduire, tandis que la nuée, à l'extérieur, s'écrasait, furieuse, en tentant de s'infiltrer entre les mailles. On n'imagine pas la panique et la dévastation que peut provoquer un couple de maringouins avec lequel on s'est enfermé pour la nuit dans un espace aussi étroit. Béni soit M. Guy Raclet, l'artisan fabricant, assurément archi-mort à présent, son entreprise déglutie depuis longtemps par un Trigano ou un Décathlon, d'avoir choisi un tissu à mailles extra-fines et d'en avoir vérifié lui-même la fixation. Les voyageurs n'avaient pas eu cette chance. Ils dormaient sans protection sous leurs canots retournés. Les Indiens, les ours, les loups, les rapides, ils savaient comment les affronter, tandis que ce zzzz... continu, ces milliers de maringouins vibrionnant toute la nuit à quelques centimètres de leur peau, les laissaient hagards, épuisés.

Le lendemain, nous avons appareillé à cinq heures. Les maringouins ne sont pas matinaux, et d'ailleurs ils détestent la pluie. Il pleuvait et ventait dru. L'aube rappelait encore l'hiver. Rouler la toile humide et froide de la tente pour l'introduire de force dans son sac représente une forme compulsive et radicale de mise en train. Avironner sous le déluge n'est pas triste non plus. A chaque mouvement de bras, l'eau se fraye un chemin en fins ruisseaux par les manches et le col de l'anorak modèle 1949 et dégouline le long de la poitrine en transformant chandails et chemises en éponges. La bâche qu'on a tirée sur ses genoux se creuse vite en cuvette qu'on vide dans le canot en déplaçant une jambe, après quoi il faut écoper. Trempés pour trempés, autant être à l'aise : nous nous sommes déshabillés de la tête aux pieds, ne conservant qu'un slip de bain, et nous avons pressé la cadence, unique moyen de se réchauffer. Le vent, tout de même, sur notre dos mouillé, faisait courir des claques glacées. C'est alors que, ô miracle, nous avons réalisé que ce vent, au lieu de souffler d'ouest à son habitude, avait tourné plein est dans la nuit et qu'au lieu de nous contrer, il nous poussait ! Les bâches aussitôt gréées en voiles, un aviron servant de mât, le devant accroupi au fond du canot pour abaisser le centre de gravité, nous avons avalé trente miles en trois heures, oubliant le froid et la pluie. Rarissime était cette chance, à la remontée, face à l'ouest. Dans les brigades, autrefois, lorsqu'une telle aubaine survenait, les engagés contemplaient, hilares, en chantant, l'eau qui défilait à toute allure sous la quille alors qu'ils avaient posé l'aviron...

Lève ton pied, ma jolie bergère, lève ton pied,
[légèrement !
Et qui en a fait la chanson ?
C'était un jeune garçon, qui s'en allait à la voile,
En la chantant tout au long...

Quant à nous, nous avons entonné, tel un péan, *Ah, c'est le vent, qui nous mène qui nous mène. Ah, c'est le vent qui nous mène en haut...*, en riant de cette bonne blague, comme des enfants. Vers huit heures, le vent est tombé, mettant fin à la récréation. Les nuages se sont écartés. La pluie a cessé. Ainsi que toutes les brigades avant nous, nous avons rejoint la rive nord, chauffée au soleil, pour nous sécher, et à partir de la baie de la Pentecôte, où Champlain avait bivouaqué le dimanche de la Pentecôte de l'année 1613, nous ne l'avons pas quittée. Nous avions gagné une demi-journée. Au soir, nous l'avions reperdue, contre le vent revenu à l'ouest et le flot grossi dans la nuit.

La rive droite, celle du sud, était plutôt anglaise (Ontario) ; la rive gauche, au nord, plutôt catholique et française (Province de Québec). Calumet et Pointe-au-Chêne faisaient face à Hawkesbury, Papineauville et Plaisance à Clarence et Windower, Masson-Anger à Cumberland et Gâtineau à Ottawa. Côté catholique, les clochers pointaient, collèges, couvents, églises parois-siales. A l'angélus, ils se répondaient avec une vigueur toute romaine qui noyait les frêles tintements angli-cans. Nous n'avons pas visité ces villages ni frappé à ces portes accueillantes. L'agenda nous le décon-seillait, et nous étions trop fatigués pour affronter dignement l'hospitalité, avec, dans les reins, deux por-tages, celui de la Petite-Nation, sportivement enlevé en dépit de l'existence tentatrice d'un canal à écluses, et celui de Fort Le Lièvre, le dernier avant Ottawa. Nous n'avons dérogé que deux fois, alléchés par la perspec-tive d'un bon repas comme les loups sortant de la forêt, et afin de ne pas peiner l'abbé Tessier qui nous y avait annoncés : un déjeuner chez les Robes noires de Papi-neau – remarquable vieux bourgogne du père supé-rieur – et un café-tartines-messe matinal chez les domi-nicains de Plaisance, ceux-là en avance de quatorze ans sur le raz de marée conciliaire, chemise Miami ouverte, jeans et baskets, et plus de froc blanc à l'horizon.

Cette fois le soleil tapait. Erables et bouleaux, en une semaine, avaient déployé leur feuillage d'été. Notre peau avait viré au brun rouge. En me rasant, je découvrais, dans ma glace de poche, un authentique visage de coureur de bois qui me plaisait.

Après trois jours de remontée face à un courant qui ne faiblissait pas, à la vitesse de trois miles et demi à l'heure, ce qui pour une brigade encore novice n'était pas trop démériter, le 15 juin vers trois heures, nous avons gagné la rive sud à environ un mile en aval de l'ambassade de France et remonté nos canots sur la grève d'une petite crique déserte, pour faire toilette et nous changer : culotte courte bleu marine à la longueur réglementaire (une largeur de main au-dessus du genou), ceinturon à boucle frappé de la croix potencée, chemise kaki à manches longues mais roulées à l'intérieur, avec insigne de poitrine et barrettes de fonction à la couture des épaules (les miennes étaient bleu à passant vert : assistant commissaire de province), foulard bleu de France bagué et cordelière blanche (mon foulard était gris mauve, signe distinctif des camps-écoles de Chamarande ou de Gillwell[1]), chaussettes beiges montantes à larges revers et béret style para à écusson de métal. Nous avions dû, à contrecœur, renoncer au célèbre chapeau, fort encombrant en canot. J'ai pris plaisir, je le reconnais, à détailler cet uniforme inspiré directement de la tenue des jeunes éclaireurs (en

---

1. En Angleterre, La Mecque du scoutisme.

anglais : *scouts*) estafettes du général Baden-Powell assiégé à Mafeking par les Boers, en 1900, il y a des années-lumière. Quand je le portais autrefois, comme tant de garçons de ma génération, je me sentais quelqu'un de nouveau, même de meilleur. A quelques simplifications ou nuances de couleur près, il ne s'est guère modifié depuis, au moins chez les Scouts unitaires de France, les Scouts d'Europe et les Scouts de Riaumont qui sont aujourd'hui, en France, les seuls héritiers plausibles de B.P. [1] – nous passerons charitablement sous silence cette espèce d'O.N.G. socioculturelle molle et édulcorée que sont devenus les Scouts de France, ou ce qu'il en reste...

Ensuite nous avons arboré les couleurs, pavillon national en poupe, guidon fleurdelysé de l'équipe Marquette à la proue – ce dont nous nous abstenions le plus souvent, en route, tant ce demi-mètre carré d'étamine battant furieusement au vent nous obligeait à des corrections d'aviron incessantes pour annuler la dérive qui en résultait – et nous avons mis le cap sur l'ambassade.

L'Outaouais, à Ottawa, se présente sous la forme d'une succession de trois rapides, baptisés Chaudières par Champlain, la Grande, la Petite, et la Troisième. Les brigades bivouaquaient en amont ou en aval avant d'attaquer ce triple portage. Les compagnies y édifièrent des relais, des comptoirs, puis un fort, ensuite un village. Au moment de la guerre anglo-américaine de 1812, le gouvernement colonial britannique prit la

---

1. *Bi-Pi*, pour Baden-Powell, abréviation familière chez les scouts.

suite et y installa une garnison. On construisit des
casernements, une église, des logements pour les fonctionnaires royaux. Les colons affluèrent, défrichant la
forêt primaire qui s'étendait à perte de vue, lançant des
trains de grumes sur la rivière, qui dévalaient jusqu'à
Québec, installant des scieries, des moulins, si bien
qu'en 1860, ce lieu qui s'appelait Bytown, du nom
de l'ingénieur général des travaux, se transforma en
Ottawa, capitale de la nouvelle Confédération canadienne, que les esprits forts du temps qualifiaient de
« village de bûcherons le plus proche du pôle Nord »,
ce qui, au moins au début, dans le grondement perpé-
tuel des Chaudières, n'était pas éloigné de la vérité.
Juste en face, sur la rive nord, à Hull, la grand-place
a été baptisée place du Portage.

Les Chaudières étaient toujours là, la Grande, la
Petite et la Troisième, domestiquées, anémiées, déri-
vées vers des turbines, mais ce qui restait de leur flot
vital, libéré par les barrages, se heurtait de front à
nos canots avec une vigueur très suffisante pour nous
empoisonner l'existence, et pas le moindre contre-
courant dans la courbe finale qui s'amorçait. Ce fut
une sévère bataille. Nous avons sué comme des bœufs
dans nos chemises fraîchement repassées. Je regardais
ma montre, puis la rive, guettant le mât de pavillon de
l'ambassade. Le *Griffon* perdait du terrain, mais qu'importe, il n'était pas dit que le canot amiral (je trouve
cette phrase sur mon livre de bord) se ridiculiserait une
seconde fois. Le canot vibrait, pavillons déployés, et
Philippe, comme toujours, magnifique, au point que je
tenais à peine sa cadence. Olympique !

– Là-bas, dit-il. Au-dessus des arbres. Le drapeau !

Ma montre indiquait cinq heures moins deux. Je faiblissais. Quant à Philippe, il chantait ! Toujours le chant fétiche des canotiers, mais avec une nouvelle variante : *C'est l'agenda qui nous mène qui nous mène, c'est l'agenda qui nous mène en haut...*

– Ne me fais pas rire, imbécile ! lui ai-je dit. Ce n'est pas le moment de perdre le rythme.

Les arbres s'étaient effacés pour faire place à un admirable gazon qui descendait en pente douce jusqu'à un embarcadère sur pilotis où ce qui me parut, de loin, une véritable petite foule, se pressait. Il y avait encore un épi de pieux à doubler. Naturellement le courant forcissait. Relâcher l'effort et on filait, emportés, déshonorés. Il restait quarante secondes, et soudain, tout s'est calmé. Nous avions franchi l'épi, et l'épi avait cassé le courant. Trois coups d'aviron souverains, et nous avons accosté en douceur, *à mourir*, comme disent les marins bretons. C'est un colonel de l'armée française en tenue qui a adroitement attrapé au vol la cordelle que Philippe avait lancée et l'a amarrée au quai. Il nous a tendu la main, pour débarquer.

– Colonel Audret, attaché militaire. Bienvenue.

Avec Jean Basdevant, conseiller d'ambassade, nous avons fait le tour des invités, parmi lesquels le ministre canadien des Mines et Ressources naturelles : « Vous naviguez en quelque sorte chez moi, me déclara-t-il plaisamment, car j'ai aussi les Eaux, les Forêts et les Affaires indiennes dans mes attributions... » Aucun représentant de l'épiscopat, cette fois – en changeant de rive on avait changé d'obédience, le roi George VI au lieu de Pie XII, et le bras long de l'abbé Tessier ne s'étendait pas jusqu'aux anglicans –, mais une nuée de

petits scouts, affairés comme des fourmis, qui s'étaient
emparés de nos bagages pour les porter à la résidence.
Il y avait aussi M. Laurent, vice-consul chancelier,
M. Queuille, attaché commercial, fils casé d'Henri
Queuille, président du Conseil – « mon père saura »,
me dit-il gravement – et enfin Nicolas, le maître
d'hôtel, qui zigzaguait d'un groupe à l'autre, son plateau de flûtes de champagne à la main. On me tendait
des micros. Vingt photographes nous mitraillaient. Il
fallut remonter dans nos canots, pour une photo
d'ensemble, sur le rivage (le *Griffon* avait fini par nous
rejoindre). Le mot *média* n'existait pas en ce temps-là,
ni son adjectif *médiatique*, avec toute l'enflure qui s'y
engouffre. Ils n'auraient eu aucun sens pour nous. Il
ne s'agissait d'ailleurs pas de cela. Tous ces gens semblaient heureux de nous voir, et nous heureux de ne pas
les avoir déçus. Une ambiance infiniment amicale, sans
chiqué, et son couronnement chaleureux : un superbe
et très vieux général canadien de la guerre de 14-18,
héros de Vimy, la culotte courte au ras de ses genoux
plissés comme ceux d'un éléphant centenaire, un
pompon vert dépassant des revers de ses chaussettes,
une canne à pommeau en tête de loup attachée à son
poignet par un lacet de cuir, cravaté de vert, avec badge
de bois du camp de Gillwell, sa vareuse de coupe
militaire constellée de décorations – il avait passé
autour de son cou, pour l'occasion, la cravate rouge de
commandeur de la Légion d'honneur –, la moustache
rousse, l'œil bleu ardoise, et enfin le chapeau à quatre
bosses au bord impeccablement plat orné de l'aigrette
blanche de *chief general commissionner of the Boy
Scouts of Canada* en pur poil de blaireau arctique : le

général Spry. En plus, il parlait français. Il a repéré instantanément la barrette bleue encadrée d'argent que Philippe portait épinglée au-dessus de sa poche de poitrine.

– La citation présidentielle américaine ?

– Oui, mon général, dit Philippe. Division Leclerc, août 44 mai 45.

Nous avons échangé des poignées de main gauche, en nous saluant de la main droite, ainsi que le prescrit le protocole scout. Puis le général a sifflé trois flûtes en nous appelant *dear old boys* et nous l'avons accompagné...

Nous avons passé soixante heures à la résidence de France à Ottawa. Tout le jour la machine à écrire crépitait. Philippe et moi, on s'y relayait : courrier, articles de journaux, cela pressait, la caisse était déjà presque à sec. Jacques et Yves vérifiaient les canots, la moustiquaire, les coutures de la tente, l'état des vivres et du matériel. Nous n'avons rien vu d'Ottawa. Pas le temps. Je me suis rattrapé depuis. Ensuite apéritif vespéral chez le vice-consul, dîner chez le conseiller, cocktail chez l'attaché, dîner chez le colonel, petite fête chez le maître d'hôtel avec tout le personnel, le gendarme, le chiffreur, le chauffeur, la gouvernante. Trois soirées y ont à peine suffi. On se couchait à deux heures du matin. Nous dormions dans le grand salon blanc, nos duvets déroulés sur la moquette immaculée. La veille de notre départ, la femme de chambre y a déposé tout notre linge, lavé, recousu, repassé.

Durant les années qui ont suivi, j'ai fréquenté un certain nombre d'ambassades, aimablement accueilli, c'est vrai, cocktails, dîners, parfois pour la nuit, mais immanquablement je me demandais : « Qu'est-ce que je fiche là ? Moi ou un autre, quelle différence ? » Alors je me souvenais d'Ottawa. Est-ce qu'ils s'ennuyaient tellement que cela dans le « village de bûcherons » pour nous avoir consacré tant de temps ? La réception officielle terminée, rien ne les obligeait plus à nous retenir. La singularité de notre aventure et notre âge jouaient sans doute en notre faveur, mais cela ne suffisait pas à expliquer cet état de grâce, ce bain de véritable amitié. Quelque chose a dû se perdre depuis cette époque-là, un certain esprit clanique français, une illustration à la française du célèbre appel de Kipling : « Nous sommes du même sang, toi et moi... »

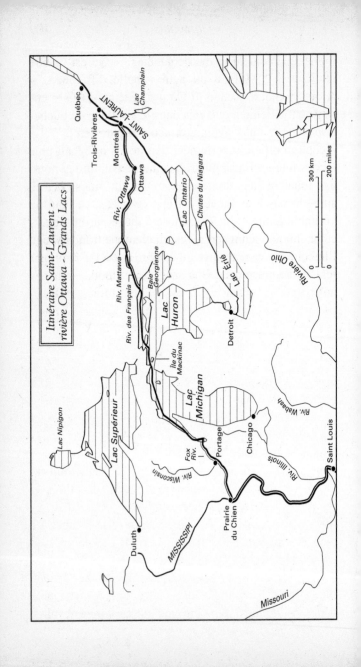

Itinéraire Saint-Laurent -
rivière Ottawa - Grands Lacs

Outaouais et Mataouane

Le 18 juin dans la matinée, ayant quitté Ottawa à l'aube, nous remontions à la cordelle et à l'aviron, par les contre-courants, le modeste rapide des Chênes aplati par le haut débit de la rivière, préface relativement facile qui n'annonçait en rien les quinze longues journées qui ont suivi...

Ainsi commençait l'Aventure sur l'Outaouais et la Mataouane. C'est à dessein que je la décore d'une majuscule méritée. A l'intérieur de ce voyage, elle forme un tout particulier, avec un début et une fin.

D'Ottawa, à North Bay, sur le lac Nipissing, plein nord-ouest en amont, deux cent cinquante-six miles anglais, soit quatre cent neuf kilomètres. Lever à cinq heures chaque matin, encampement à la nuit tombée. Douze à quinze heures de portage ou de nage à l'aviron par jour : horaire, rythme et allure des brigades d'autrefois. Une ascension, une escalade jusqu'à la ligne de partage des eaux séparant le bassin de l'Outaouais de celui du lac Huron. Entre des rives escarpées et souvent impropres à l'accostage, couvertes de hautes forêts, on se hisse par paliers, une chute, une cascade, une série de rapides, puis un lac admirablement bleu,

harmonieux, qui ressemble à une porte de paradis encadrée de pins centenaires droits comme des colonnes
mais trahit vite cette impression en se travestissant en
un goulet étroit, bordé de falaises, menaçant, tumul-
tueux, d'où la rivière dévale à la rencontre des canots
remontants, annonçant, un peu plus haut, une autre
série de cascades et de rapides, et tout recommence
dans le même ordre jusqu'au lac suivant, tout aussi
bienvenu et trompeur. Une centaine de rapides, à peu
près, j'ai eu du mal à en tenir le compte et certains ne
figuraient pas sur mes cartes. Les petits, d'abord, à
dédaigner. On les escaladait d'une pichenette, on les
chevauchait avec le même bonheur que le cow-boy
qui a dompté son cheval et galope dans la prairie de
façon un peu désordonnée. Mais les gros, les grands,
les longs, les puissants, les interminables, les haut-
perchés, les furieux, les vicieux, une autre affaire !

Du sud-est au nord-est, sans toutefois en garantir
l'ordre de succession géographique, ils s'appelaient
la cascade des Chats, le rapide de Fort Mondion, les
Sept-Chutes du Grand Calumet, la passe de Fort Cou-
longe, les rapides des Petites-Allumettes, la chute de
la rivière Creuse, le rapide des Vieilles, celui des Che-
vaux, de l'Oiseau-Roc, de Rocher-Capitaine, de la
rivière Muskarat, de Reuilly, de Malebout, du Moine,
les grands rapides des Joachims et bien d'autres. On a
noté la toponymie française. Nous étions chez nous,
mes camarades ! Est-ce que Melchior, comte de Lestang, qui figure comme tel au *Bottin mondain*, se
souvient toujours de Joachim de Lestang, un cadet de
famille, officier à l'état-major de Frontenac, puis colon,
sous le roi Louis XIV, qui en compagnie de son fils

également prénommé Joachim, défricha des terres par là-haut, juste en amont des rapides qui célèbrent leur souvenir en portant leur double prénom ?

Avant d'attaquer ces rapides-là, soit en canot, soit à pied, une sérieuse reconnaissance s'imposait. Elle ne s'apprend pas dans les livres, mais sur le tas. On apprend vite, d'autant mieux qu'il y a péril. Nous étions des remontants, c'est-à-dire qu'il nous fallait les aborder par le bas, à leur sortie, au milieu des tourbillons qui marquent leur changement d'allure, s'en approcher au plus près en se méfiant comme de la peste des troncs d'arbre à la dérive qui tournoient en bonds imprévisibles, choisir sur la rive un atterrage sûr et propice à la sauvegarde des canots, ensuite découvrir le sentier en surplomb, dans la forêt – si peu visible soit-il, il en existait toujours un, tant les brigades, en deux siècles, avaient foulé avant nous ces chemins –, et enfin prendre la mesure de la bête, jauger sa force, ses faiblesses, ses ruades, ses trahisons, estimer sa profondeur, deviner les contre-courants et repérer les bancs de rochers. L'exploration achevée, on décidait : le franchissement en canot, de front, à l'aviron, ou à la cordelle, si les rives s'y prêtaient, un canot après l'autre, deux hommes à bord et les deux autres à terre, la cordelle à l'épaule, halant. Variante : la cordelle à mince d'eau, de la même façon mais tout le monde dans l'eau, remorquant les canots. Sinon, le portage. C'était souvent la meilleure solution. Il n'était pas conseillé de se tromper. A la cordelle ou à l'aviron, toute retraite en bon ordre était impossible. Qu'un canot se mette en travers du flot, qu'une cordelle échappât des mains, qu'un pied glissât sur un rocher ou qu'un équipier tombât à l'eau, et selon le principe des dominos, à moins que ce ne fût celui des châteaux de cartes, la situation avait toutes les chances de devenir incontrôlable, la rivière raflant la mise et emportant tout avec elle, les canots retournés, le matériel pulvérisé, les hommes en très grand danger, un désastre, un point final. Sans témoins, sans secours possible : en 1949, l'Outaouais creusait encore sa course à travers une solitude presque parfaite – les voyageurs du siècle précédent parlaient de sa « sauvagerie » – au sein d'une région peu peuplée, le plus souvent sans route parallèle et sans chemin d'accès depuis les rares agglomérations masquées par la forêt. Plus on remontait vers North Bay, plus s'épaississait l'isolement et s'espaçaient les lieux-dits habités. Un intense sentiment de liberté, et pour ma part, comme brigadier, une énorme responsabilité. Pour toutes ces raisons que j'ai décrites, j'ai le plus souvent, pesant les risques, fait preuve de plus de prudence que n'en exigeait, peut-être, tel ou tel rapide.

Pour achever de brosser le tableau, signalons que les maringouins, devenus innombrables et plus volumineux, avaient reçu d'importants renforts de troupes fraîches et variées. D'abord les *brûlots*, plus mauvais encore. De la taille d'une puce, ils s'infiltrent dans la chair en y creusant un minuscule tunnel qui procure une intense sensation de brûlure, d'où leur nom, et crèvent sur place d'une indigestion de sang. Ils sont surtout friands des yeux, comme les Chinois de la cervelle de singe vivant, et le moyen le plus efficace de s'en protéger est de clignoter sans cesse des paupières. Les *frappe-d'abord* – en langage de coureur de

bois – sont de grosses mouches noires. Elles ne piquent
pas, elles mordent. Elles surgissent du ciel comme un
bombardier, plongent à la verticale sur leur victime en
vrombissant de toutes leurs ailes, arrachent un petit
bout de chair et repartent en flèche, laissant sur la
peau un cratère rouge qui le plus souvent s'infecte. On
ne les a pas vues, on les a seulement entendues. Pas
d'autre réplique possible que des bordées d'injures.
Enfin le redoutable *pique-la-mort*, qui est un combiné
des trois précédents. Il pique, il mord et il creuse des
tunnels. Toutefois un peu lent en vol, il peut arriver
qu'on le repère et qu'on l'écrase d'une claque de la
main : « Tiens, salaud ! Je ne t'ai pas loupé ! » Dérisoire consolation, car toutes ces bestioles virevoltaient
autour de nous par centaines – et qu'on ne me soupçonne pas d'exagérer ! – jusqu'à obscurcir le champ
de vision. La nuit tombée, c'était pire. Toute cette cavalerie lilliputienne invisible descendue pour l'été du
Pays-d'En-Haut produisait un bourdonnement infernal
qui irritait nos nerfs à vif. Avironner, ou portager, pour
s'en protéger, en anoraks boutonnés au col et aux
poignets, le capuchon relevé épousant les contours du
visage comme une cornette de bonne sœur, en pantalon
hermétiquement serré aux chevilles par des ficelles,
chaussés, chaussetés, de telle sorte que n'apparaisse
qu'une infime surface de peau, c'était une épreuve plus
qu'une défense : le climat devenait lourd, une succession d'averses orageuses tièdes et de moiteur, avec
quelques francs passages de soleil. Nous allions le plus
souvent torse et jambes nus. J'ai déjà raconté comment,
au camp, il suffisait de s'enfumer pour souper à peu
près tranquilles, mais le reste du temps ? Les produits

de pharmacie achetés à Montréal, dosés pour mousti-
ques de salon, s'étaient vite révélés inopérants. A
Ottawa, je m'en étais ouvert au vieux *chief*, le général
Spry.

– Essayez le *six-twelve*, m'avait-il conseillé. C'est
un truc de l'ancien temps. On le vend encore aux
bûcherons, dans le Nord. Cherchez dans les *general
stores* de village. Vous en trouverez certainement.

Nous en avons déniché à Grand-Calumet. Un pot
d'un kilo, bosselé, sorti d'un fond de placard. Cela se
présente sous la forme d'une épaisse substance gélati-
neuse marronnasse, du genre à graisser les moyeux de
charrette, d'un aspect plutôt repoussant, qu'on étale
comme une crème solaire, et ça pue abominablement,
à mi-chemin du munster en bout de course et de la
chaussette de collégien dans les internats d'autrefois.
Nous n'avons pas hésité. Nous avons pué. Notre sueur
servait de terreau à cette senteur répugnante mais proprement miraculeuse. Juste avant le terme de la charge
finale, maringouins, brûlots et consorts stoppaient
net, comme bloqués par une vitre invisible, vague après
vague s'entassant en un furieux tourbillonnement.
D'une efficacité limitée à quelques heures, il fallait
deux ou trois fois par jour s'en tartiner une couche
fraîche par-dessus la précédente, si bien qu'à la fin
de la journée nous ne distinguions plus notre peau sous
cette pellicule poisseuse malodorante et mélangée
de poils. Elle offrait aussi cette particularité d'être
résistante à l'eau. On arrivait à s'en débarrasser, le
soir, après des ablutions répétées dans la rivière et
des débauches de savon de ménage, mais on avait
beau frotter et racler, il en restait suffisamment pour

imprégner nos sacs de couchage et empuantir l'atmosphère de la tente. Je glisse sur nos plaisanteries de
potaches, nos exclamations comiquement dégoûtées.
Philippe, un soir, résuma la journée. Reniflant ostensi-
siblement, il dit, reprenant la phrase fétiche de l'abbé
Tessier :

– Combien ces rivières seraient moins suggestives si
les Français n'y étaient point passés les premiers...

A l'aube, parfois, nous étions réveillés par des ours,
encore plus matinaux que nous. Ils venaient faire leur
marché, sans succès pour eux, les pauvres, car selon
la technique des coureurs de bois, nous fourrions, avant
de nous coucher, tout ce qui était comestible dans un
sac qu'on hissait à une haute branche. Ils se prenaient
les pattes dans les bonamos[1], fouillaient la cantine-
intendance qu'on avait oublié de fermer, dans un grand
bruit de gamelles entrechoquées, puis s'asseyaient
sur leur arrière-train, perplexes, balançant gravement
la tête comme de vieux professeurs en congrès. On se
repliait sous la tente, la trouille au ventre. A la fin ils
se lassaient et regagnaient la forêt. Ces matins-là, on
démontait le camp vite fait. D'autres nuits, c'étaient
des loups qui hurlaient, mais loin. Les loups ne sont
pas à craindre, à moins qu'ils ne soient affamés, ce qui
n'arrive pas en été, dans ces forêts peuplées de petit
gibier. Ils fuient le contact de l'homme. Nous n'en
avons d'ailleurs jamais vu. Ils passaient à travers notre
demi-sommeil, comme un rêve.

Les riz au lard se sont raréfiés. On avait essayé de
pêcher, mais cela demandait trop de temps. Jacques

---

1. Faitouts de camp, dans le vocabulaire scout.

chassait la tourterelle des bois. J'avais lu dans ma bible de bord, *Les Engagés du Grand Portage*, que des *tourtes* se posaient en roucoulant, nullement effrayées, sur les basses branches des arbres, autour des encampements, aussi nombreuses que les feuilles, qu'on les tuait à coups de bâton, le temps seulement d'allumer le feu, et tout autant qu'il en fallait pour rassasier une brigade de cent canotiers. Les survivantes se méfiaient, mais pas assez pour Jacques, œil de lynx. Il en tirait deux ou trois chaque matin : « le hors-d'œuvre ». Le plat de résistance suivait en cours de journée, oie ou canard qui s'envolaient des couverts de la rive au premier bruit d'aviron et que Jacques ne ratait pas. La subsistance quotidienne assurée, il rangeait la carabine dans son étui et n'y touchait plus jusqu'au lendemain.

Le rapide des Chats se présentait en premier. Plus que les quatre-vingt-dix-neuf qui lui font suite, celui-là est emblématique. C'est aussi le plus dangereux. Infranchissable en canot, à la descente comme à la remontée, il s'agit d'une chute, d'une cascade, d'une cataracte, qu'un écrivain voyageur du nom de Bigsby, contemporain de Chateaubriand, décrivait comme le plus beau jaillissement d'eau, Niagara excepté, qu'il ait vu en Amérique. On l'appelle plus communément le portage des Chats, puisqu'on ne peut l'enjamber autrement qu'avec la courroie et le canot sur le dos.

On ne l'aborde pas n'importe comment, et encore moins facilement. En vue des Chats, dans les canots, les engagés se signaient et récitaient une prière, qui pour être courte, car le temps pressait, n'en était que plus ardente. Il n'existait pas de mécréants chez les canotiers. La Vierge Marie et la bonne sainte Anne sont inséparables du portage des Chats, une sorte d'octroi spirituel à payer. Même si elles n'ont pu ou n'ont voulu épargner tous ceux qui les imploraient, elles en ont cependant sauvé le plus grand nombre. La veille au soir, sous la tente, ouvrant ma « bible », j'avais lu à mes compagnons le récit de ce qui nous attendait, et tandis que le grondement de la cascade s'amplifiait et que le vent portait vers nous des myriades de gouttelettes d'eau, nous nous sommes fendus, tous les quatre, d'un *Ave Maria* et d'une double invocation à la Vierge et à sa Mère, après quoi la danse a commencé.

Il n'y a qu'un point d'accostage possible au rapide des Chats, sur la rive droite, presque au pied de la chute, une sorte de débarcadère naturel protégé par un petit promontoire boisé et trois rochers espacés qui pointent hors de l'eau comme des dos de chat, d'où le nom. La vitesse du courant est telle qu'on ne peut l'atteindre que par les contre-courants. Le *Huard* ouvrait la route. Jusque-là, tout allait bien, et pour la suite, j'étais prévenu. Les contre-courants ne sont pas des lignes de tram qui vous déposent à la station. Ils se glissent et sinuent entre les tourbillons qui se les renvoient de l'un à l'autre de façon souvent imprévisible, les divisant parfois en deux, un sous-contre-courant qui prend la direction qui convient, et l'autre qui vous mène droit sous la cataracte. On a une seconde pour choisir et donner le bon coup d'aviron. Seul à y voir quelque chose à travers ce brouillard liquide, Philippe, à l'avant, hurlait « droite ! », ou

« gauche ! », dans le vacarme. En position à genoux, à quatre mètres derrière lui, je l'entendais à peine. Alors que l'affaire semblait gagnée, au deuxième dos de chat, le pépin. Un tourbillon inattendu, creusé en spirale, comme un entonnoir, a fait virer le canot bord sur bord et l'a jeté dans un contre-courant vicieux qui le propulsait droit sous la cascade, une chaudière bouillonnante, hérissée d'écume, des tonnes d'eau qui tombaient en rideau du sommet. Il s'en fallait d'une quinzaine de mètres, ensuite, ensuite... Pas le temps d'y penser.

Philippe a gueulé :

– A gauche ! A gauche ! L'aiguillage !

Etant donné les circonstances, l'étonnant, c'est qu'il avait trouvé le mot juste. Au troisième et dernier dos de chat, le plus rapproché de la cascade mais également du rivage, s'ouvrait un maelström providentiel, une sorte de plaque tournante liquide : l'aiguillage ! Surtout ne pas le manquer... En trois coups d'aviron – et pas n'importe lesquels : à l'arraché ! –, nous étions dedans. Le canot a viré une seconde fois, et un autre courant, qui n'était plus contraire, nous a ramenés vers la grève, un petit mouillage idyllique abrité par le promontoire, en eau calme, à l'ombre des pins. Philippe a dit : « Ma mère sera contente... » J'ai toujours pensé qu'en l'occurrence, sainte Anne y avait mis du sien.

A bord du *Griffon*, Jacques et Yves nous observaient. Philippe et moi, nous avons sorti les cordelles, nous nous sommes postés sur la rive, un peu plus haut, face aux dos de chat, prêts à intervenir, et je leur ai fait signe d'y aller. Ils n'ont pas eu besoin de ce renfort.

Au hasard des aiguillages, ils s'en étaient mieux tirés que nous, par la voie la plus directe.

– Un coup de veine, a dit Jacques, sportivement.

Ma bible canotière racontait qu'on avait vu des engagés chevronnés, rompus à tous les pièges du métier, sous les ordres d'un gouvernail qui affrontait les Chats pour la vingtième fois, se faire prendre par un tourbillon et courir droit sous la cascade qui les engloutissait aussitôt, les douze hommes et leur grand canot, brisés, noyés, dispersés, tandis que des équipages de novices abordaient la grève frais et secs, comme s'ils sortaient d'une promenade. L'inverse se produisait tout aussi bien. L'expérience n'y jouait pas le moindre rôle. La mort frappait au hasard. On retrouvait rarement les corps, entraînés loin en aval. On dressait des croix de bois, au nom du souvenir, faites de troncs de pin grossièrement équarris, à la hâte. Droites ou penchées, vieilles ou récentes, solitaires ou en groupe, elles jalonnaient, sur l'Outaouais, la plupart des endroits dangereux, rappelant aux vivants qui passaient la mort d'un, de cinq, de dix, parfois de vingt voyageurs disparus au péril des eaux. Les croix plantées, le plus souvent anonymes, les survivants de la brigade chargeaient canots et marchandises et attaquaient le portage des Chats. La loi non écrite des engagés...

Nous en avons trouvé deux, Philippe et moi, au début de la montée, en allant reconnaître le sentier, puis deux encore au sommet du petit col à flanc de rocher qui surplombait la cascade avant de redescendre de l'autre côté. Nous les avons trouvées parce que nous les avons cherchées. Pèlerins aussi, nous étions. Il nous semblait inconcevable de ne pas en saluer au moins une parmi toutes celles qui avaient sacralisé ces lieux. La forêt les avait enfouies. Nous avons fouillé au bâton dès qu'un espace plat laissait supposer qu'autrefois il y avait là une petite clairière, comme un reposoir de procession. Nous les avons découvertes couchées sous la mousse et presque enterrées dans l'humus, leur bois pourri, spongieux, brisé en morceaux, mais toujours croix. L'une d'elles, en meilleur état, que nous avons soulevée, en a laissé au sol le dessin en creux. Trop fragile pour être plantée à nouveau, nous l'avons remise à sa place et recouverte de mottes de mousse avec le même geste d'adieu qu'on a pour jeter une poignée de terre sur le cercueil d'un ami cher.

Cette reconnaissance du sentier nous réservait une autre surprise, à mi-chemin : une espèce de buffet étroit et long, de portique, à hauteur d'épaules, en rondins massifs et chevillés, le cœur du bois encore sain sous l'étoupe de mousse et d'écorce délitée qui l'enveloppait. La « bible » appelait cela un *reposoir*. Les portageurs à courroie et les portageurs à canot qui avaient processionné sur le sentier, à la montée, pouvaient y appuyer leur charge pour se détendre, respirer, sans avoir besoin de fournir le double effort véritablement éprouvant de la déposer sur le sol et ensuite de se la hisser à nouveau sur le dos. Des relais de santé, en quelque sorte. Le vieux *chief*, général Spry, qui avait canoté par là dans sa jeunesse, aux alentours de 1880, doutait qu'il en existât encore. Lui-même n'en avait jamais vu, mais il ne s'était pas aventuré aussi loin. Nous nous en sommes nous-mêmes servis quand nous avons franchi à notre tour le col des Chats avec tout notre fourniment. Plus qu'une simple halte de repos, nous avions la sensation d'accomplir un rite. Chaque portage, sur l'Outaouais, en comportait autrefois un ou deux. Issues de compagnies rivales, souvent hostiles, les brigades mettaient leur point d'honneur à les réparer, à remplacer les rondins abîmés, à redresser l'édifice s'il était branlant. Les reposoirs formaient un bien commun à tous, amis et ennemis, tels des puits dans le désert. Nous n'en avons pas rencontré d'autres. Celui-là était le dernier et nous étions les derniers à l'utiliser. Nous fermions la longue marche des brigades.

J'ai déjà décrit la technique du portage. Celui des Chats était un portage court, mais raide et abrupt, un chemin terreux, instable et glissant de bout en bout sous le couvert humide de la forêt et la vaporisation continuelle qui s'élevait de la cascade. Certaines portions en surplomb au-dessus d'à-pics d'une trentaine de mètres étaient carrément dangereuses, et l'étroitesse du sentier ne permettait que le passage un par un. Ajoutons les maringouins et leur escorte au complet proliférant dans cette moite jungle septentrionale – le *six-twelve*, nous ne l'avons trouvé que le lendemain, au hameau de Grand-Calumet –, le renfort de toutes nos cordelles déployées d'un arbre à l'autre aux endroits les plus périlleux – les portageurs disposent d'une main libre, *la main de vie*, comme dans la marine à voile, l'autre assurant la stabilité de la charge –, et le décor était planté. Quelques émotions, un pied qui dérape en déséquilibrant le canot de cinquante kilos qu'on a sur le dos, mais à la fin, plein succès.

La désescalade achevée, au bord de la rivière, nous

nous sommes retournés pour contempler le chemin que nous venions de parcourir et en emporter le souvenir. Des milliers d'hommes étaient passés par là. Du Luth et ses coureurs de bois, en 1680, en route vers le lac Supérieur... Le Moyne d'Iberville et le chevalier de Troyes, qui nous en a laissé le récit, en 1686, avec trente soldats des compagnies franches de la marine et soixante-dix miliciens de Québec, à l'assaut des forts anglais de la baie James et de la baie d'Hudson... L'armée du major de Lignery, en 1728, quatre cents Français et huit cents Peaux-Rouges, partant pour les terres vierges du Missouri... Avant de conquérir l'Amérique, encore fallait-il, d'abord, franchir le portage des Chats. En colonnes interminables, plus lourdement chargés que nous, canots, armes, vivres, munitions, tous avaient descendu ce même sentier. Je les devinais sous les arbres, l'un derrière l'autre, un pas après l'autre, lentement. J'ai ressenti la même impression, des années plus tard, en découvrant les premières images du célèbre film de Werner Herzog, *Aguirre*, cette longue procession de conquistadors qui serpentait à flanc de montagne vers la jungle épaisse de la vallée et s'enfonçait dans l'inconnu à la poursuite d'un royaume qu'en fait ils portaient en eux...

Les sept rapides du Grand-Calumet, qui enserrent l'île du même nom et qu'on appelle les Sept-Chutes, sont inséparables de Cadieux.

C'était aux derniers temps de la guerre des Iroquois. Cadieux était un coureur de bois, voyageur et interprète, chasseur, trappeur, colporteur, conteur, poète naïf et un peu musicien, un de ces personnages en marge, décalé, aux frontières de la civilisation et peu enclin à s'y laisser piéger. Dans le langage des brigades, un homme *sans dessein*, c'est-à-dire sans souci, vivant au jour le jour. Marié à une Algonquine, il passait l'hiver à la chasse. Le printemps et l'été, il traitait avec les sauvages, pour le compte des marchands. Ce printemps-là, il s'était installé juste en amont du portage des Sept-Chutes où il avait *cabané* avec sa famille. Un matin qu'il attendait un convoi de Hurons revenant du Pays-d'En-Haut avec leurs canots chargés de pelleteries, on vint l'avertir qu'en fait de Hurons, c'était un fort parti d'Iroquois peints en guerre qui descendait la rivière à environ deux lieues de l'encampement et qu'avant une heure ils seraient là. Une seule chance de s'échapper : sauter les rapides, mais comme le disait une vieille maxime des brigades, *ils sont pas drus les canots qui sautent les Sept-Chutes* ! La cabane abattue, le feu couvert, les traces effacées, le canot équipé, toute la petite troupe familiale embarqua, l'Algonquine en gouvernail, et par miracle fut sauvée. La femme de Cadieux raconta plus tard qu'elle n'avait rien vu dans les Sept-Chutes tant le canot *couraillait* vite, seulement une grande dame blanche qui voltigeait en avant et lui montrait la route...

Cadieux, lui, était resté, avec fusils, haches et couteaux, une besace de sagamité, pour tenter de retarder les Iroquois. Un sauvageon algonquin l'accompagnait. Tout le jour ce fut une guerre d'embuscade. Il se hissait sur les rochers surplombant le chemin de portage où les assaillants s'étaient engagés, tirant dessus avec ses deux fusils, filait se cacher plus loin et recommençait. Au soir, son jeune compagnon fut tué et Cadieux se retrouva seul au milieu d'un fourmillement d'Iroquois qui battaient la forêt pour le débusquer. Epuisé par la course incessante, les émotions de la journée, l'angoisse quant au sort de sa famille, sans doute fut-il pris d'un malaise, usant ses dernières forces à se traîner jusqu'à un repli de terrain envahi par la végétation, qu'on appelle aujourd'hui la Fosse à Cadieux, à mi-portage, non loin du Petit-Rocher de la Haute Montagne. Pendant trois jours il y attendit la mort, après s'être mis en paix avec Dieu. Quand les secours arrivèrent, on découvrit son corps encore frais étendu dans la fosse, les mains jointes, comme un gisant. Il avait eu le temps, avant d'expirer, de se préparer une sorte de tombeau en accumulant des branchages et en liant deux bois en forme de croix. Sur sa poitrine était posée, en testament, une longue feuille d'écorce déroulée sur laquelle il avait tracé au stylet les onze strophes de son chant de mort : *La Complainte de Cadieux*.

> *Petit-Rocher de la Haute Montagne*
> *Je viens finir ici cette campagne !*
> *Ah ! doux échos, entendez mes soupirs,*
> *En languissant je vais bientôt mourir.*
> *Petits oiseaux, vos douces harmonies,*
> *Quand vous chantez, me rattach' à la vie...*

Puis c'est un loup qui s'approche de lui, menaçant. Ensuite un noir corbeau qui tournoie en le guettant :

> *Je lui ai dit : Mangeur de chair humaine,*
> *Va-t'en chercher autre viande que mienne...*

Le découragement le gagne :

> *Je reste seul. Pas un qui me console.*
> *Quand la mort vient par un si grand désole...*

Et enfin, apaisé :

> *Rossignolet, va dire à ma maîtresse[1],*
> *A mes enfants qu'un adieu je leur laisse,*
> *Que j'ai gardé mon amour et ma foi,*
> *Et désormais faut renoncer à moi !*
> *C'est donc ici que le mond' m'abandonne,*
> *Mais j'ai recours en vous, Sauveur des hommes !*
> *Très Sainte Vierge, ah ! m'abandonnez pas,*
> *Permettez-moi d'mourir entre vos bras !*

Pendant longtemps une copie de cette complainte, également transcrite sur de l'écorce, fut affichée à un tronc d'arbre, près du reposoir de Petit-Rocher, pieusement remplacée par une autre sitôt qu'elle se délitait. Des générations de coureurs de bois ont pleuré à cette lecture. Les équipages faisaient cercle, comme pour une messe, et reprenaient leur marche, silencieux. Nous avons fait halte nous-mêmes au Petit-Rocher de la Haute Montagne, le 20 juin 1949. Il n'y avait plus ni reposoir ni affiche d'écorce, de toile ou de papier. Nous avons déposé nos charges et j'ai lu, à haute voix, les onze strophes de la complainte de Cadieux. Avec le *six-twelve* du général Spry, c'était l'autre heureuse

---

1. Dans les honnêtes chansons du temps, ce mot signifiait toujours épouse ou fiancée.

surprise de l'épicerie-bazar-buvette du village de Grand-Calumet. L'accent « joual » dominait dans les campagnes canadiennes françaises et celui du vieux bonhomme, maître des lieux, était particulièrement soigné. Il me parlait d'un certain Cadieux, que j'ignorais, mais je comprenais à peine un mot sur deux.

– Tenez, v'la la choôse, me dit-il.

La chose se présentait sous la forme et le parfum de nostalgie d'un double feuillet plié, en épais papier ordinaire grisâtre, à la typographie chantournée, démodée, de la famille de ces contes ou chansons que les colporteurs, au siècle dernier – le XIXe –, proposaient encore de porte en porte. La complainte de Cadieux y était assortie d'une notice explicative signée de son découvreur, celui qui l'avait sauvée de l'oubli, le Dr Joseph-Charles Taché, professeur honoraire à l'université Laval (1820-1899). Elle datait de cette époque-là, et le bonhomme, fort honnêtement, me la vendit au prix imprimé : cinq *cents*...

A la date du 20 juin, mon journal de bord indiquait :

Miles parcourus : 13.
En canot : 0.
A pied : 13.
Temps de marche : 10 heures.
Arrêts : 3.
Forte chaleur et pluies alternées.

L'île aux Allumettes divise la rivière en deux, le bras nord, dit des Petites Allumettes, d'une dizaine de kilomètres, direct mais périlleux, une série de rapides teigneux et le bras sud, dit des Grandes Allumettes, qui double la longueur du parcours, ce qui donne un courant un peu moins violent, avec trois portages seulement lorsque nous y sommes passés. Il en exigeait davantage autrefois. Samuel de Champlain, en 1613, le premier à s'y présenter, sortait comme nous du Grand Calumet et ses équipages étaient épuisés. Trop chargés. Il décida de sacrifier vivres et vêtements, ne gardant que l'indispensable. L'emplacement de son camp est connu. Il l'a lui-même marqué sur la carte que jour après jour il levait. En 1867, lors des premiers travaux d'aménagement de la rivière, on y découvrit un astrolabe qui se trouve aujourd'hui au musée de Hull. Ce vénérable ancêtre de la boussole portait une date de fabrication, 1603, et la mention, *mécrométrie*, qui renvoyait à son concepteur, Guillaume de Nautoniez, cosmographe du roi Henri III. Il en fut déduit en bonne logique que l'astrolabe appartenait à Champlain. Pourquoi l'avait-il abandonné ? Etait-il concevable qu'il l'ait perdu ? Ce mystère, jamais résolu, fait partie de la légende de l'Outaouais.

C'est plus tard que l'île aux Allumettes a été baptisée ainsi. Le chevalier de Troyes raconte que le père Jean de Brébeuf, un jésuite, bivouaquant sur l'île en 1627, y oublia *sa boeste d'allumettes qu'il portoit pour faire du feu, ce qui a donné aux voiageurs ce nom à cet endroit*. Ces allumettes ne ressemblaient pas aux nôtres. Il s'agissait de petites bûchettes dures et très sèches qu'on tenait soigneusement à l'abri et qui servaient à faire partir le feu quand le bois était mouillé. Les Indiens s'en taillaient dans des roseaux. Elles servaient aussi à éclairer, à la manière d'une torche de poche.

Il existe une autre explication, appelée rituel des Allumettes. L'île était située en territoire algonquin. A la belle saison, des bandes s'y installaient pour se retrouver entre elles ou commercer avec les marchands qui montaient et descendaient la rivière. Réservée aux jeunes hommes de la tribu, la coutume s'étendit bien vite aux coureurs de bois et aux voyageurs des brigades, des gars costauds, pleins de vie. La nuit, les feux de campement éteints, s'éclairant seulement « à l'allumette », ils visitaient les cabanes, dispersées dans la forêt, où les jeunes squaws attendaient. C'étaient elles qui décidaient. Il leur suffisait de souffler l'allumette de celui qu'elles avaient choisi, et la conclusion naturelle en découlait. Il en résultait souvent des mariages, ou de solides concubinages forestiers, la femme suivant son homme à la chasse, en canot, sachant tout faire, le raclage des peaux, la trappe, la cuisine, l'amour, les marmots. Les mâles des tribus n'en prenaient pas ombrage. Cela faisait partie de ce que les ethnologues ont appelé, élégamment, dans leur jargon, « l'hospitalité sexuelle amérindienne ». Et puis, comme l'a écrit La Mothe Cadillac, *« il est certain qu'il n'y a point de sauvagesse, je ne sais par quelle inclination, qui n'aime mieux se marier à un médiocre Français qu'au plus considérable de sa nation ».* On nous aimait...

Mais où sont les squaws d'antan... A Pembroke, petite ville sans charme au bord des rapides des Grandes Allumettes, où nous avons déjeuné, invités par des journalistes en voiture qui nous cherchaient depuis Ottawa, une cheftaine à gros mollets nous a présentés à ses louveteaux, pour la photo. Ensuite nous avons rejoint nos canots, en contrebas, sur la rive, tels des gitans retrouvant leurs verdines et réintégrant leur monde à eux après avoir pointé le nez chez les gadgés.

Notre monde à nous, c'était le chemin d'eau. Nous commencions mentalement à ressembler à ces mammifères amphibies, à ces phoques, à ces lions de mer, si agiles dans l'élément liquide, et qui à terre se traînent comme d'énormes larves maladroites. Le chemin d'eau ne nous faisait pourtant pas de cadeau. Un fort vent de nord-ouest s'était levé, rameutant une pluie dense qui ne cessa pas de la journée. Le programme variait peu : la cordelle, les contre-courants, une attaque de front, en plein rapide, ruisselants, à genoux, l'aviron au poing – Philippe appelait cela *prière de combat* ou encore *combat en prière*, selon l'urgence des circonstances –, à nouveau la cordelle les pieds dans l'eau, un portage, et puis un autre, enfin un nouveau contre-courant, etc. Combien d'heures ? On n'y pensait pas. On tirait le bilan le soir. Dans cette répétition d'efforts, on acquérait une sorte de plénitude musculaire, un bonheur d'obstination qui nous rapprochait mètre par mètre du but, à trois mille trois cents kilomètres de là.

Nous avons campé à Fort William, au bout d'un petit cap perdu dans les pins, à la sortie – ou plutôt à l'entrée – des rapides, là où les deux bras de la rivière se rejoignaient – ou plutôt se divisaient. Anciennement fort des Allumettes sous le régime français, reconstruit par la Compagnie du Nord-Ouest, puis agrandi et transformé en factorerie par la Hudson Bay anglaise, il perdit de son importance au fur et à mesure que la

traite de la fourrure reculait au nord, jusqu'au jour où
le dernier commis du poste ferma ses registres et ses
entrepôts vides et s'en retourna à Montréal par le train
bi-hebdomadaire de la Canadian Pacific Railway qui
depuis peu doublait les rapides en les saluant à coups
de sifflet triomphants. Nous y avons débarqué par une
jetée conduisant à un hangar à bateaux aussi vaste
qu'une salle de bal, où ne subsistaient du passé que
quelques chevalets de chantier sur lesquels les voyageurs, jadis, hissaient les canots pour les réparer. Plus
loin, au milieu des pins, une série de bâtiments tout
aussi vides avait conservé, au fronton, leur pancarte d'af-
fectation : *Post Office, Grocery, Surgeon, Chaplain...*
Une croix marquait l'emplacement du cimetière. Une
seule maison était habitée, celle du commis, occupée
à présent par un fermier qui nous a dit aimablement,
avec un ample geste du bras, que nous pouvions
camper où nous voulions, que ce n'était pas la place
qui manquait, autrefois des centaines d'Indiens descendus d'En-Haut à la saison des trocs cabanaient à
Fort William...

Un grand silence nous entourait. M'est revenue une
fois de plus cette impression que nous nous mouvions
entre deux mondes dans un no man's land de cent
années, ceux des anciens temps nous ayant quittés,
ceux des nouveaux temps n'étant pas encore arrivés.
Ces derniers se sont rattrapés depuis. J'ai revu Fort
William en 1996. Là où cabanaient les sauvages et
où nous avions nous-mêmes campé, solitaires, des
dizaines d'autocars de tourisme étaient alignés. Il y
avait un centre d'accueil, des guides en costume
d'époque, de vrais faux Indiens, des ballots de fourrure

dans les entrepôts, de la marchandise de troc, des barils, des canots d'écorce, tout cela joliment reconstitué, avec dioramas, vitrines et sono à l'unisson. Un forgeron forgeait. Un trappeur façonnait des pièges. Des figurants jouaient des saynètes. Fort William était devenu « centre culturel, lieu de mémoire, musée de vie de l'Outaouais ». Des nuées de gamins d'origines variées s'y mêlaient à des bataillons de seniors québécois ou ontariens, à des Japonais, des Etats-Unisiens, des croisiéristes transportés en tapis volant depuis leurs paquebots sur le Saint-Laurent. Qu'est-ce qu'ils faisaient là, sur mon chemin ? Où était ma propre mémoire ? Comment la retrouver dans ce fatras humain ? J'étais pourtant venu à cet endroit. J'y avais rêvé. On avait court-circuité mon rêve. Tous ces gens effrayaient les ombres dont j'avais autrefois senti la présence, en un temps qui n'était ni le leur ni le mien...

A partir de Fort William et presque jusqu'à Mattawa, l'Outaouais s'enfonçait droit au nord-ouest sur une centaine de kilomètres à travers une immense forêt qui pour n'être plus la forêt première, n'en avait pas moins conservé son caractère sauvage des premiers temps de la colonie. Les voyageurs appelaient cette partie de la rivière : rivière Creuse. En anglais : *Deep River*. L'un des seuls villages accessibles, sur la rive ontarienne, porte ce nom-là. Un contresens : parfois même à mince d'eau, la rivière n'est pas profonde (*deep*), elle est creuse, en creux, encaissée entre deux pentes raides. Celle de la rive nord, la rive québécoise, se change sur de longs tronçons de parcours en de hautes parois rocheuses. A l'exception des confluents de trois ou quatre petites rivières venues d'En-Haut qui offrent un atterrage sablonneux, il est le plus souvent impossible d'accoster. Défendus par d'épais taillis, les arbres descendent jusque dans le courant. Les portages y sont rares mais sportifs. Pour le reste, on est prisonnier. L'unique porte de sortie, c'est là-bas, au nord-ouest, quand les rives, enfin, s'aplatissent. Quand le temps se bouche et qu'il pleut, ce qui fut notre lot un jour sur deux, on navigue dans une sorte de tunnel humide et glauque. S'il se lève, on remercie le Seigneur pour tant de pure beauté, pour cette lumineuse aube du monde. Si l'on n'a pas trouvé l'encampement pour la nuit, quand la noirceur se fait dense, ou que l'on en a laissé passer l'occasion, il ne reste qu'à frapper le tronc d'un pin émergeant de l'eau, le long du rivage, au pied de la paroi, d'y amarrer les canots à double cordelle et d'y dormir en chien de fusil, comme des galériens sur leur banc de nage.

En fait, sur la rivière Creuse, on s'est beaucoup amusés. Elle nous avait préparé un grand jeu aux multiples péripéties. Le portage de la chute Schyan, par exemple, au confluent de la rive du même nom. Une jolie petite chute, bien verticale, contournée par un sentier en élévation dans la forêt. Je marchais en tête, mon canot sur les épaules, regardant où je mettais les pieds. Le soleil brillait. Le *six-twelve*, sur ma peau, rissolait. Maringouins et brûlots reculaient au fur et à mesure que j'avançais, mais pas Baloo. Je l'avais naturellement appelé Baloo[1] : un gros ours brun – à la

---

1. L'ours ami de Mowgli, dans *Le Livre de la jungle*.

description que j'en fis, il s'agissait probablement d'un grizzli. Je montais. Lui descendait en grognassant. Une courbe du sentier nous dissimulait l'un à l'autre. Je l'ai entendu. Je me suis arrêté. Je l'ai attendu. Je n'avais pas le choix, sauf à abandonner mon canot et à m'enfuir à toutes jambes, ce qui est fortement déconseillé par les familiers de cet animal. Il a stoppé net à quinze pas, en position d'ours perplexe, se demandant sans doute, comme moi, qui allait, protocolairement, céder le passage à l'autre. Je me suis surpris à lui dire : « Vous voyez bien, mon vieux Baloo, qu'il est impossible de se croiser. La priorité est à celui qui monte... » J'avais en effet vouvoyé l'ours. Cela m'était venu comme cela. Je ne sais s'il y a été sensible, mais il a cessé de grogner. Il m'examinait attentivement. Ces plantigrades ont une très mauvaise vue. Ce qu'il découvrait en face de lui, déformé par le strabisme et la myopie, c'était un énorme lézard étrangement bipède et haut perché, pourvu d'une interminable carapace verte (la couleur de nos canots) et qui exhalait une odeur que jamais il n'avait reniflée auparavant. La sagesse de Baloo est bien connue. Son hésitation dura peu. Jugeant la partie inégale, il déploya toute sa taille, plus de deux mètres, pour montrer ce qu'il savait faire et que s'il avait voulu je n'aurais pas pesé lourd, leva haut ses deux pattes antérieures en un geste de boxeur qui salue, puis redevenu quadrupède fit prudemment demi-tour et fila.

Le portage de la chute Schyan se terminait à peu de distance de la cascade. Tout au moins est-ce ce que j'avais cru, et cette lourde faute d'appréciation faillit nous coûter, au moins à l'équipage du *Huard*, je ne dirais pas la vie, mais qui sait ? En réalité le sentier se prolongeait entre les arbres et les rochers de quelques dizaines de mètres le long du rivage, en amont, jusqu'à un endroit où la rivière n'avait pas encore accéléré, mais comme il n'avait plus servi depuis Dieu sait quand, son tracé était presque effacé. Je ne l'avais donc pas repéré. Nous avons chargé le canot, Philippe et moi, nous avons embarqué – trop tôt – et vas-y petit, à déborder, un bon coup d'aviron, gaiement, et nos compliments à l'ours Baloo ! Dix secondes plus tard, le canot refusait. Impossible de remonter le flot. Au contraire, mètre après mètre, il nous tirait vers la chute. Surtout ne pas virer en travers ! Surtout rester face au courant. Surtout rester manœuvrant. Derrière nous, vingt mètres de cascade tombaient avec fracas sur des rochers. J'ai vu plus tard ce genre de séquence dans je ne sais plus quel vieux western. Suspense classique, éculé. Gros plan sur le bouillonnement de la cascade. Gros plan sur le visage des malheureux crispés en un ultime effort. Au moment où leur canot est happé et où les corps, désarticulés, plongent, on sait que ce sont des mannequins. Ce triste sort nous a été épargné, un peu avant *in extremis*, par une grosse branche basse d'érable qui s'inclinait au-dessus de la rivière et que Philippe a enlacée à pleins bras, ne la lâchant plus en attendant que Jacques et Yves, depuis la rive, après plusieurs essais infructueux, parviennent à nous lancer une cordelle, etc.

Sur le moment, Philippe n'a rien dit. Nous étions sérieusement sonnés. Une fois l'émotion passée, en incorrigible ciseleur de calembours, il s'est défoulé :

– La chute Schyan ? La chute Schyan, oui ! – la

répétition de *Schyan* étant prononcée à la française, avec l'accent appuyé qui convenait.

Ce n'était pas son meilleur, je le reconnais. Il est cependant consigné au journal de bord. Accordons à son auteur les circonstances atténuantes...

Autre séquence de film : le soir de cette même journée, on nous a tiré dessus.

La nuit venait de tomber. Il bruinait à travers la brume, des myriades de petites gouttes glacées, pénétrantes. Les falaises de la rive nord formaient un mur sombre, inabordable. Nous avions gagné la rive sud, cherchant un endroit pour débarquer, une surface plate et dégagée pour camper, une cabane, n'importe quoi. Dans l'eau tous les quatre jusqu'à la taille, poussant nos canots dans le courant, les pieds dérapant sur les rochers, nous chantions pour nous donner du courage, ce qui était un signe de grande fatigue. Sont alors apparues quelques lumières incertaines, en amont, précédant un énorme cube de béton sans fenêtre qui ressemblait à une prison de haute sécurité, violemment éclairé par des projecteurs installés sur deux miradors protégés par des barbelés. Nous ne savions pas où nous nous trouvions. Ma carte n'indiquait aucun village. La Guerre froide, en 1949, venait à peine de commencer, Ian Fleming n'avait pas encore inventé James Bond, mais déjà l'ambiance y était. Tout s'est déclenché en même temps, les hululements d'alerte de la sirène, un double faisceau de projecteurs balayant la nuit jusqu'à nous, le crépitement d'un pistolet-mitrailleur (selon le caporal Philippe Andrieu), tandis qu'une voix métallique tombait d'un puissant haut-parleur :

– *Stop right now ! Don't move !*

Pas facile d'obtempérer, arc-boutés sur nos canots...
Nous étions plus près du rivage que nous ne le suppo-
sions. *Ils* sont arrivés très vite, six hommes et un
officier, émergeant de l'obscurité, la torche électrique
au poing, en battle-dress, bérets de para et cuissardes,
très efficaces, l'air pas commode. Ils ont déployé des
cordages et se sont attelés à nos canots. Deux d'entre
eux nous surveillaient, le pistolet-mitrailleur pointé.
L'officier s'est présenté, comme ça, dans l'eau, imper-
turbable, *so british :*

– *Captain Cowper-Wells, King's ontarian riffle regi-
ment, security officer. Are you the french explorers ?*

Occupé à évaluer mentalement le pépin, je répondis
machinalement que oui.

– *That section of the river is strickly prohibited to
anybody. You are under arrest.*

Une fois nos canots à terre, sur une petite plage
bordée de jolis cottages de bois, hors de l'enceinte des
barbelés, Jacques a tenté de s'expliquer, dans son
anglais impeccable, mais sans succès. Le *captain*, d'un
coup de menton sec, a désigné une maison un peu
plus grande que les autres, aux fenêtres brillamment
éclairées.

– *Major Grant, security commander, wants to see
you. Follow me, please.*

Nous avions pris dans nos sacs de quoi nous changer.
Il nous a conduits aux toilettes sans ajouter un mot de
plus, postant deux de ses hommes à la porte, puis il
est venu nous rechercher et a frappé à une autre porte
qui s'est ouverte à deux battants par les soins d'un
butler en veste blanche. Il y avait bien soixante personnes dans ce salon aux allures de club, des militaires,

des civils, des femmes, le verre à la main, qu'ils ont levé, en entonnant *Jolly Good Fellows*. Ensuite tous ont beaucoup ri à voir nos mines égarées. Après quoi ils nous ont entourés, conduits au buffet, abreuvés de scotch, nourris de quantités de sandwichs aux concombres, aux carottes, au stilton, aux harengs, au saumon fumé de Terre-Neuve. On nous a présentés aux officiers, aux ingénieurs, à leurs jeunes épouses, au directeur. Ingénieur en quoi ? Directeur de quoi ?

– Canadian Atomic Plant, a dit laconiquement le directeur. Et vous savez, a-t-il ajouté en français, c'est un endroit véritablement et strictement interdit. D'ailleurs il n'a pas de nom. Rappelez-vous que vous n'y êtes jamais venus.

Le major Grant semblait ravi de son coup. C'est lui qui avait tout manigancé. Il en ressortait que l'état-major de la Canadian Atomic Plant, averti de notre passage par l'ambassade – une surprise facétieuse du colonel Audret, l'attaché militaire – et surveillant notre laborieuse progression depuis la chute Schyan, au radar, avait décidé de nous servir le grand jeu. Pour se faire plaisir. Pour nous faire plaisir. Pour *jouer*. J'ai appris plus tard que dans ce salon, chez ces grands gamins décontractés, était concentrée une extrême densité de cerveaux de premier ordre. Quand la première bombe A anglaise a explosé le 3 octobre 1952, je m'en suis souvenu...

La soirée s'est poursuivie fort tard. Dehors la pluie avait repris. Le *captain* avait fait porter canots et matériel à l'abri. On nous avait préparé des chambres. Nous avons dormi dans des draps, au sec, au chaud, sans plus penser pour une fois aux brigades des temps anciens qui grelottaient près de leurs feux noyés, sous leurs bateaux retournés. Eux, au moins, se levaient à l'aube, peu désireux de prolonger une telle nuit. Et nous, ce matin-là ? Nous avons émergé à onze heures, et encore le *butler* est-il venu nous réveiller ! Cette exquise mollesse nous a présenté sa facture : rupture de rythme, reprise pénible, et six heures d'aviron à rattraper.

– Pourquoi ne resteriez-vous pas jusqu'à demain ? a demandé le *captain* Cowper-Wells. Il fait beau. Vous pourriez pêcher, jouer au tennis, vous reposer...

– L'agenda, a dit Philippe.

– *On schedule*, a traduit Jacques.

Un temps superbe s'était installé, sans vent, sans brume. Divine rivière, entre ses deux falaises, rapide mais remontable à l'aviron, un flot lisse, sans rochers. Parfois la falaise au nord s'échancrait, découvrant une étroite vallée, avec un ruisseau torrentueux qui se jetait dans l'Outaouais en y dessinant une pointe de sable où biches et chevreuils venaient boire. Ils haussaient leur long col à notre passage et nous contemplaient de leur regard brun sans manifester la moindre crainte. Pas d'autre présence humaine que la nôtre. Le journal de bord dit : « Le paradis. »

L'oiseau géant est apparu, perché sur un roc, immobile, au sommet de la falaise qui formait là un promontoire. D'abord on le devinait, puis peu à peu il se précisait au fur et à mesure que nous avancions, pour se révéler enfin en entier, les ailes repliées, le bec pointé, surveillant la rivière à ses pieds. Un oiseau de pierre, sculpté par le temps. Les sauvages l'appelaient Oiseau-Roc. Un banc de sable entourait le promontoire, comme une plage immaculée. Iroquois, Hurons, Crees, Algonquins, jusqu'aux lointains Maskégons venus du fond des Pays-d'En-Haut, tous s'arrêtaient en cet endroit, qui était une sorte de péage sacré. L'homme-médecine psalmodiait ses prières, puis chacun, bandant son arc et visant l'Oiseau, lui expédiait, en offrande, des petits bouts de tabac, des lambeaux de venaison, accrochés aux pointes des flèches. Certaines parvenaient à se planter dans des touffes de mousse, sur le rocher. Ensuite tous plongeaient, pour se purifier. Ces trois rites accomplis, les canots s'éloignaient. Il en était ainsi depuis des centaines d'années. Aucune brigade n'aurait franchi cette passe sans sacrifier à la tradition indienne, même les missionnaires jésuites, sous peine de voir leurs équipages, parmi lesquels de nombreux métis et des natifs fraîchement convertis, les abandonner et déserter. Risquant chaque jour leur vie sur le chemin d'eau, en pénétrant en territoire indien, ces hommes frustes jugeaient naturel de se concilier les esprits du lieu de la même façon qu'un mois plus tôt ils avaient invoqué sainte Anne. Dépourvus d'arc, ils ne décochaient pas de flèches, mais ceux qui possédaient un fusil saluaient l'Oiseau à grand bruit. Un signe de croix et une courte prière remplaçaient l'incantation des sorciers, et tous se précipitaient dans l'eau, s'éclaboussant comme des enfants, se balançant des *chaudiérées* de flotte, avec des cris et des exclamations. On faisait boire la tasse aux novices, on réglait quelque compte avec les mauvais coucheurs, et puis on se frottait le corps, on se lavait, on ressortait de là comme un sou neuf, on sifflait un bon coup de rhum et on repartait. Les voyageurs appelaient cela le *baptême d'En-Haut*, et la plage de sable, la *pointe du Baptême*.

Nous avons, à notre tour, échoué nos canots sur cette plage. La question s'est posée : saluer l'Oiseau dans les formes ou passer outre, comme des mécréants ? Nous aussi, nous entrions dans le territoire de l'Oiseau-Roc. Deux précautions valaient mieux qu'une. La « bible » le recommandait chaudement. Yves a pris cela à la blague. Ça ne m'a pas plu. Il en est des rites comme des jeux, on s'y applique sérieusement ou pas du tout, faute de quoi cela n'a pas de sens et on a salopé quelque chose, un rêve d'enfant, une étincelle de sacré. Voilà près de mille ans et plus que les habitants de ce pays, passant par là, se plaçaient sous la protection de l'Oiseau. Beaucoup lui avaient dû leur salut, une vie épargnée, une blessure guérie, un canot sauvé, du moins le croyaient-ils dur comme fer, au même titre que ces marins rescapés du cap Horn, des bancs d'Islande ou d'ailleurs, qui exprimaient leur reconnaissance en tapissant les murs de leurs chapelles de peintures naïves et en suspendant la maquette de leur bateau aux poutres centenaires, en ex-voto. L'Eglise des premiers temps n'avait-elle pas, abondamment, usé d'une forme de syncrétisme en christianisant à tour de bras les anciens sites sacrés païens, en leur attribuant habilement de nouveaux dédicataires, tous ces innombrables saints qui n'ont jamais figuré à l'ordo mais qui ont tissé la trame de l'antique foi populaire ? Ces relais ont tout de même tenu deux mille ans... Alors j'ai dit, en me signant :

– Saint Oiseau-Roc, priez pour nous.

« Amen », a répondu Jacques. « Amen », a dit aussi Philippe. Jacques a ajouté :

– Moi, je suis anglican par ma mère. Quelque chose comme schismatique. Alors un accroc de plus ou de moins...

Il a pris son fusil, une poignée de cartouches, il a visé le ciel. L'écho des falaises s'est joint à lui, triplant les salves. C'est ainsi que nous avons salué l'Oiseau-Roc, qui n'a sans doute, jamais plus, pour le bon motif, reçu d'hommage aussi bruyant. Restait à plonger dans la rivière, ce que nous avons fait, immédiatement, Yves aussi. L'eau était glaciale, nous le savions, nous y avions tant trimardé, à la cordelle, mais ce que nous n'avions pas soupçonné, c'était l'intense jubilation qui nous a saisis, corps, âme et esprit, à nous fondre dans ce courant, comme s'il était devenu, par la grâce de l'Oiseau, notre élément originel. Le rhum nous a remis les idées en place, quelques gouttes pour la rivière, aspergée du bout des doigts, une généreuse lampée pour nous, et nous avons repris la route.

Ecrivant ces lignes aujourd'hui en développant de mémoire cette scène mentionnée succinctement au journal de bord, le scoutisme m'est apparu sous un éclairage dont je n'étais nullement conscient à cette époque et à mon âge, à savoir que s'y mêlait une dose non négligeable de paganisme récupéré : symbolique de la nuit, des étoiles, de l'aube, du feu, de l'eau, signes et noms totémiques, esprit de clan, codes de conduite, initiation, légendes et contes, vertu du silence, célébrations religieuses en forêt, ou face à un lac, à un pic neigeux, au seuil d'une grotte... Parmi les principes majeurs du scoutisme que tout aspirant s'engageait à respecter lors du cérémonial de la promesse, il en est un qui s'énonçait ainsi : *Le scout voit dans la nature l'œuvre de Dieu.* C'était simple, clair et net. L'ordre de la nature, l'ordre naturel, transmis d'homme à homme depuis la Création et dont on était soi-même une part infinitésimale mais sacrée, comme la pousse d'arbre qui sort de terre, le petit d'aigle de son œuf, la source de la fente d'un rocher ou l'enfant du ventre de sa mère. Cela formait un tout inséparable, une sorte de panthéisme catholique, harmonieux, magique, apaisant.

Nos écolos voient-ils dans la nature l'œuvre de Dieu ? Sinon, à qui et à quoi se réfèrent-ils, quel autre mobile les anime que leur existentiel ennui, puisqu'ils ont perdu la clef ?

Le scoutisme, en son temps, la tenait, cette clef...

Je lis dans mon journal de bord, au soir de cette même journée, à la date du 26 juin :

Le Griffon s'est planté sur un rocher. Forte voie d'eau juste sous les pieds d'Yves, à l'avant. Toile déchirée sur trente centimètres. Deux membrures cassées net. Réparation de fortune. La proue reste fragile. On espère qu'elle résistera jusqu'à Mattawa où nous devrions trouver un petit chantier appartenant à un vieux copain de Moïse Cadorette.

Nous n'avons pas soufflé mot de l'Oiseau-Roc, par amitié pour Yves, mais visiblement il ne pense qu'à ça : il ne desserre plus les dents...

Longue étape vers les Joachims, sous le soleil, au sein d'une vallée sauvage et somptueuse, inhabitée, la rivière comme une large avenue liquide entre ses deux pentes boisées, les chevreuils pointant le col à travers les arbres, une abondance de gibier à plumes... On souquait ferme contre le courant, mais au paradis, l'effort ne coûte pas. Puis, soudain, une impression bizarre, inhabituelle, celle d'un nouveau changement de siècle, non pas vers le passé, mais dans l'autre sens, vers l'avenir, un avenir proche, un présage de menace, quand au premier rapide rencontré – « le rapide du matin », selon Philippe – le futur destin de l'Outaouais s'annonça clairement exprimé par un gigantesque panneau longitudinal dressé à mi-pente, sur la rive ontarienne :

THE HYDRO-ELECTRIC POWER COMMISSION

Un début mais ça partait fort. Pentes déboisées, essouchées, la terre à nu, dévastée, routes de chantier taillées en plein flanc, baraquements, bétonnières, engins de toutes sortes, entassements de matériel, sur les deux rives à la fois. Tout cela désert. C'était dimanche. Un gardien a surgi de sa cahute, ahuri de découvrir au petit matin deux canots et quatre garçons à la recherche d'un chemin de portage, celui d'origine ayant disparu. On l'avait réveillé, il était de mauvais poil, ne parlait qu'anglais, neuf mots seulement :

– *No trespassing. Strictly prohibited. You have to go back.*

– Ce sera plus dur qu'avec l'Oiseau-Roc, a dit Jacques. Combien nous reste-t-il en caisse ?

Yves, trésorier, avait retrouvé la voix.

– Trente-deux dollars et soixante-douze cents.

– Est-ce qu'on peut en miser dix ou quinze ?

– Si on ne peut pas faire autrement...

Jacques a d'abord essayé l'éloquence, la persuasion, le sentiment, la référence historique, Marquette, etc., il a déplié des coupures de presse, la lettre de recommandation de l'ambassadeur du Canada à Paris, le type s'en foutait. Le parchemin élyséen aux armes de la République française et paraphé de la main auguste de Vincent Auriol l'a plongé dans une sorte d'hilarité silencieuse fort désobligeante à la longue. Il a dit : « *Thirty bucks* », trente dollars. Jacques a transigé à quinze et une cartouche de cigarettes, la dernière que nous possédions. Pour ce prix, il nous guiderait de l'autre côté. Il marchait vite, ce salaud, et nous on trottait derrière, avec cinquante kilos sur les épaules, comme si on était des porteurs indigènes, et lui le patron arrogant, mais on aurait préféré crever plutôt que de s'abaisser à le prier de ralentir. Ni pour les muscles ni pour la dignité, cela n'a été un moment agréable. On grimpait, on descendait, on glissait, on se rattrapait, on serpentait parmi les bulldozers, les scrapeurs, les pelleteuses, les grues tractées, les camions de chantier aussi hauts que des maisons, une forêt d'acier peinte en jaune, tandis que gisaient encore sur la pente les cadavres ébranchés de l'autre forêt, celle des brigades, celle des Indiens. Enfin le rapide est apparu – sa sortie ou plutôt son entrée –, toujours vivace, mais en sursis, entre les deux mâchoires du piège, les premières fondations du barrage, sur chacune des rives, face à face, d'où bientôt s'élancerait la muraille de béton qui scellerait l'arrêt de mort de ce rapide si joliment appelé le rapide du Capitaine.

Nous avons acquitté le péage pirate et remis nos canots à l'eau. Le type a tourné le dos sans remercier. Il nous restait dix-sept dollars et soixante-douze cents. Au régime riz/nouilles au lard-omelette-chocolat-thé-biscuits, de quoi tenir largement dix jours.

Paradis perdu. Nous naviguions à présent au fond de ce qui ressemblait à un gigantesque caniveau, un large collecteur à ciel ouvert, ses rives inclinées rasées aux deux tiers, soit le niveau en hautes eaux du futur lac de retenue. Hormis les poissons, tout ce qui vivait avait déjà fui, tout ce qui était comestible aussi, poules d'eau, sarcelles, tourtes, oies sauvages, canards. Jacques a remisé le fusil dans sa housse. Nous campions dans des paysages lunaires, glanant des branches mortes sur la pente, pour le feu. Aucune visite de Baloo. Plus de chevreuils jouant à cache-cache, même plus de tronc d'arbre pour s'asseoir, les trains de bois flottants avaient tout emporté. La pluie s'est mise à tomber, ravinant sans grâce cette nudité en charriant tant de terre brune que les poissons de l'Outaouais s'imaginaient être devenus aveugles.

Au rapide des Joachims, même spectacle qu'au Capitaine, cette fois en triple grandeur, et un jour de semaine. Cinq cents types au boulot, en casque de chantier, bottes de caoutchouc. Un vacarme de moteurs à réveiller dans sa tombe, s'il en eut, le chevalier Joachim de Lestang, premier seigneur de ces lieux. Cafétérias, dortoirs, bureaux, ateliers, cinéma, avec, pour ce qui nous concernait, une heureuse variante, un ingénieur en chef épatant, chaleureux, parlant français, qui nous emmena déjeuner, déployant sa carte de la rivière zébrée de traits de crayon de toutes les couleurs.

– Jusqu'à soixante miles en amont, nous a-t-il dit, ce ne sera plus qu'un seul lac. Toute cette partie de la rivière va être bientôt interdite en raison des dangers que représentent les travaux. Vous serez les derniers à y naviguer. Rien n'y a encore changé. Vous trouverez intacts les rapides de Reilly, de McSourley, de Maraboo, des Deux-Rivières, de Rocky Klock... Je vous envie.

– Et celui des Joachims ? ai-je demandé.

Il s'est gratté la tête, faussement perplexe.

– Euh, il est toujours là. Il passe encore mais il a du mal à s'y reconnaître. Venez.

Le malheureux rapide courait comme un gros pipi furieux fortement chargé d'alluvions à travers une géographie chamboulée où il cherchait à se frayer un chemin comme un animal pris au piège.

– Vous voyez, a dit l'ingénieur, il n'a pas la vie gaie. Nous faisons sauter quelques rochers dans ce chaos pour qu'il puisse tout de même s'échapper. Sans nous, il mourrait ici. Ce serait trop tôt. Avec vos canots, vous n'arriverez pas à remonter.

– On portagera.

– Et par où ? Il n'y a plus la moindre trace de chemin. Sur cinq miles, le chantier a tout recouvert. On va vous emmener en truck de l'autre côté.

Truck : camion. Il a fallu s'y résoudre. Que les mânes des brigades nous soient indulgents, il n'existait pas d'autre solution.

L'ingénieur en chef se nommait Murphy. Il a grimpé sur la plate-forme et nous a accompagnés. Cinq miles plus loin, nous remettions à l'eau.

– Juste avant le rapide des Deux-Rivières, a dit

Murphy, vous verrez une petite île, avec quelques arbres et une plage de sable. Vous ne pouvez pas vous tromper, c'est la seule. Elle s'appelle l'île Oak, un nom qui ne correspondra bientôt plus à rien. Elle m'appartient. Quand on m'a confié ce poste l'an dernier, je m'en suis fait délivrer la concession jusqu'à la mise en eau du barrage. Il y a une cabane. Elle est ouverte. Personne ne débarque jamais là-bas. Vous y trouverez des bat-flanc pour dormir, un poêle, une lampe, un cruchon de scotch, des conserves. Usez-en à votre guise. J'y vais les fins de semaine, quand j'ai le temps. Je chasse, je pêche, je rêve, je pense à mon île, tout ce bonheur que j'y découvre alors que c'est sur mon ordre, à cause de tous ces travaux dont je suis l'organisateur tout-puissant, que la rivière va l'engloutir...

Il a ajouté :

– Ne nous désolons tout de même pas. L'Hydro Electric Power Commission n'est pas Attila. On sait à quoi cela ressemblera. Un grand lac calme et paisible dans la forêt. Réserve naturelle. Parc de loisirs. Des lotissements coûteux, des maisons de bois au bord de l'eau, pour jouer au trappeur, à deux heures de route d'Ottawa. C'est cela auquel les gens aspirent, à présent. Ce qui s'est passé là, autrefois, à cinquante pieds de profondeur, dans l'ancien lit de la rivière, leur restera étranger. Quelques-uns liront des livres sur l'épopée de l'Outaouais. Pour apprendre quoi ? Que l'histoire du Canada s'est faite sans eux et que la page est tournée. Les plus âgés méditeront, peut-être. A moi, il restera l'île Oak. Visible ou invisible, quelle différence...

Murphy. J'imagine mal qu'il soit mort.

Paradis retrouvé.

Ainsi que l'avait annoncé Murphy, les abattages d'arbres avaient cessé, sur les rives. La suite programmée faisait partie d'une autre tranche de travaux. Tout notre petit monde à plume est revenu. Nous avons dîné d'une grosse oie bien dorée, croustillante, sur le site du fort du Moine (envoi des couleurs, etc.), au confluent de la rivière du même nom. Des clans indiens, du Nord lointain, y descendaient autrefois à la rencontre des marchands. Au cours des trois derniers siècles, le poste, sa palissade et ses dépendances furent les seules constructions jamais érigées en ces lieux. Le *bourgeois*[1] qui commandait la place n'avait d'autre panorama sous les yeux, d'une intense beauté obsidionale, que celui que nous contemplions nous-mêmes, vierge de toute autre présence humaine. Il ne restait aucun vestige de ce fort. J'ignore si les fouilles archéologiques dont il avait été un moment question ont pu y gagner de vitesse Murphy et son armée de machines, lui-même en doutait, mélancoliquement...

Pour son dernier rendez-vous avec une brigade de canotiers, l'Outaouais s'est laissé chevaucher sans trop de mauvaise humeur. Grossie par les pluies continues des quarante-huit heures précédentes, elle avait mis une sourdine au déferlement des cinq rapides qui nous séparaient encore du village de Mattawa. Ils ne

---

1. Administrateur ou commis principal, dans le langage des engagés de la Compagnie du Nord-Ouest.

grondaient plus que faiblement, se contentant de nous opposer un courant lisse mais puissant qui réduisait notre moyenne horaire à deux miles et sans autre inconvénient que de nous faire lever dès l'aube et ne camper qu'à la nuit. Au Maraboo, nous avons dû portager. Quatre kilomètres, la routine. Ce soir-là, nous avons fait halte à l'île Oak, chez Murphy. Un royaume de cinquante mètres sur vingt et une cabane de rondins invisible depuis la rivière. Il y avait gravé dans le bois, au linteau de la porte basse, sa date de construction, 6 IV 1948 –. Le tiret donnait à penser qu'il y ajouterait, le jour venu, la date de son engloutissement, pour l'édification des poissons qui en seraient désormais ses seuls visiteurs. Nous avons vidé la moitié de son cruchon et Jacques a fait frire du jambon de Virginie avec des rondelles d'ananas. Il y avait deux livres sur l'étagère. Le premier, je le connaissais, il m'accompagnait, c'était la « bible » de Léo-Paul Desrosiers. Le second, les *Mémoires de Jean-Baptiste Perrault, marchand voyageur, parti de Montréal le 28ᵉ de mai 1783, publiés en 1939 à partir du manuscrit original déposé à la bibliothèque du Congrès, à Washington.* Au bord du sommeil, je n'ai pu en lire que les premières pages, dont cinq lignes du début que j'ai transcrites dans mon journal à la date du 30 juin :

« A onze heures du matin, j'étois prêt à partir. Ma mère me refforça à prendre la souppe, mais mon cœur ne le permit pas. Je pressentois dès lors ce qui devait dans la suite m'arriver, ce qui n'a pas manqué. Je me séparai d'eux en versant des larmes qu'ils accompagnèrent des leurs... »

Puis ce court passage, qui me parut destiné :

« Les Sauvages m'avoient donné le nom d'écrivain, ce qu'ils ont coutume de faire à tous ceux qu'ils voyent écrire... »

Le lendemain, Matouan, ou Mattawa. Le vieux Anselme Lacharité, dans la journée, a réparé le *Griffon* qui buvait comme une éponge et les jeunes élèves des Sœurs grises sont venues nous chanter *La Marseillaise* à notre campement du bord de l'eau.

Matouan veut dire « rencontre des eaux », en algonquin, que les engagés traduisaient par « fourche ». C'était l'endroit où la Petite Rivière, la Mataouane, rencontrait l'Outaouais, ou Grande Rivière, qui descendait à la verticale nord-sud de la baie James, appendice de la baie d'Hudson, pour fourcher brusquement au sud-est, vers le Saint-Laurent, d'où nous venions. Là bifurquaient les remontants. Ceux qui se rendaient aux Grands Lacs, à Mackinac et plus loin encore, prenaient la gauche, face au flot rageur de la Mataouane, en direction du lac Nipissing. Les autres continuaient droit au nord pour affronter les nombreux rapides que leur opposait l'Outaouais entre Matouan et le fort Temiscamingue, à la porte du Pays-d'En-Haut, et tout cela doit se comprendre en centaines, voire en milliers de kilomètres. C'est là, au poste de Matouan, que les derniers novices hésitants avaient encore le loisir de renoncer honorablement. Les brigades procédaient à des « échanges ». Parmi les équipages descendants, certains engagés signaient un

contrat pour changer de canot et remonter immédiatement sans revoir leur famille, à Montréal – comme ces
légionnaires qui rempilaient au bout de leurs cinq ans
en abandonnant leur temps de permission –, remplacés,
à la descente, par ceux qui renâclaient à monter. Nul,
en suite, ne pouvait se dédire, sauf à se déshonorer.

Nous avons pris la gauche, par la Mataouane. Une
vilaine rivière, peu profonde mais à fort débit, sautant
continuellement d'une cascade à l'autre, si froide qu'en
y poussant nos canots, pour embarquer, nous n'avons
soudain plus senti nos pieds.

– Bon, a dit Philippe. Pas de relève ? Pas d'échanges ?
Eh bien, on y va !

De bons compagnons nous ont quittés là, qui avaient
choisi l'autre bras de la fourche. Ils nous étaient
devenus familiers, ils nous avaient escortés d'un siècle
à l'autre. Sœur Claire, sœur Cécile, sœur Gertrude,
sœur Félicité, en 1843. Elles avaient vingt-cinq, trente
ans. Le vicaire apostolique de la baie d'Hudson était
allé frapper à la porte des Sœurs grises de Montréal,
en quête de « mains maternelles » pour son immense
diocèse glacé. Trente-huit volontaires. Tout le couvent.
Quatre furent choisies, des filles de paysans, solides.
Et en route pour le nord du nord, par Temiscamingue
et l'Abitibi, jusqu'à Mose Factory, Fort Rupert,
Kanaaupscow, des jours et des jours, des centaines de
miles, en canots, pour ne trouver, à l'arrivée, qu'une
méchante cabane rudimentaire. Les petites sœurs,
quand c'était possible, portageaient elles-mêmes leur
baluchon, à la courroie. S'il fallait se mettre à l'eau au
moins au-dessus des genoux, ce que leur interdisait la
décence et surtout leur long scapulaire malcommode,

les canotiers de la mission les chargeaient sans façons sur leur dos. On sautait des rapides. Elles priaient en silence, elles tremblaient. Sœur Félicité a raconté : « Je riais de bon cœur, mais mes sœurs étaient pâles de frayeur... » Si l'on examine *aujourd'hui* la carte de cette immensité, on n'y découvre toujours aucune route, aucun autre moyen de communication que ces innombrables cours d'eau, lacs ou étangs, comme en 1843 et depuis l'aube des premiers peuplements. L'avion y supplée [1], à présent, mais pour le reste rien n'a changé. Les quatre Sœurs grises de Montréal y séjournèrent dix ans sans revenir. Les Indiens Crees, dont c'est encore le territoire, ont abandonné l'usage du français appris au contact des missions, mais sont restés catholiques.

Nous ont également quittés les brigades de la Compagnie de la baie d'Hudson qui s'en allaient plus loin encore à la rencontre des Esquimaux descendus de leurs villages d'été avec toutes sortes de fourrures immaculées, ours blancs, renards arctiques. Qu'un hiver précoce les surprît, au retour, et leurs équipages souffraient la mort. Certains disparaissaient à jamais.

Beaucoup plus nombreux étaient ceux qui avaient suivi le même chemin que nous. D'abord nos plus proches devanciers, les brigades de la Compagnie du Nord-Ouest en route vers le lac Supérieur, le lac Winnipeg, l'Athabasca et le Grand Lac des Esclaves. Ce sont eux qui peuplaient la « bible » de Léo-Paul Desrosiers. Au fil des quelques pages lues chaque soir auprès du feu, Nicolas Montour, André Bombardier,

---

1. Air Creebec, compagnie appartenant à la Nation cree.

François Lendormy, Louison Turenne, Philippe Lelâ-
cheur, Guillaume d'Eau, étaient devenus nos amis sans
que nous les eussions connus autrement que par la
magie des mots, l'enjambement imaginaire du temps,
la pérennité de la nature sauvage et la similitude des
difficultés que nous y avions surmontées, eux et nous...
Les canots des Robes noires dont les souffrances et les
exploits emplissent les dizaines de volumes des *Relations des Jésuites*... Ceux de Daumont de Saint-Lusson,
officier du roi, que nous retrouverions bientôt à Mackinac et au Sault-Sainte-Marie... Le père Marquette,
notre « patron »... Le chevalier d'Artaguette qui s'en
allait prendre son commandement au fort de Chartres,
sur le Mississipi, où nous avions rendez-vous avec lui
cent quatre-vingt-cinq ans auparavant... Enfin Champlain, le premier d'entre eux à avoir embouqué la
Mataouane en juillet de l'an 1615.

Ah ! Nous ne manquions pas de hauts exemples pour
venir à bout de cette escalade. Deux jours seulement,
mais quelles journées ! Evoquant nos amis passés par
là, la « bible » notait sobrement : « *La Mataouane les
a épuisés...* »

Pas de commentaires. On se contentera du journal
de bord sec des samedi 2 et dimanche 3 juillet 1949.
Je me demande, en le relisant, comment le soir j'avais
encore pu trouver le goût de tracer des mots sur le
papier, et même plus nombreux qu'à l'accoutumée :

*Lever 5 heures. Les équipages sont fatigués. Depuis
quelque temps nous ne dormons pas assez. Une heure*

plus tard, les premiers rapides, L'Epine, La Rose, Les Roches, + un autre petit en supplément : ceux-ci, pas encore trop méchants, sont remontés sans trop de mal, deux en canot, deux à pied, à la cordelle et à mince d'eau. Nous n'en sortons qu'à 10 heures. Vitesse moyenne : 1 mile et demi. Nous traversons le lac Bouillon, très joli, bordé de falaises découpées et couvertes de petits sapins. Mais impossible d'en trouver la bonne sortie parmi les trois ou quatre cours d'eau qui s'y jettent à travers les herbes hautes. On cherche la Mataouane à la boussole, plein ouest. En fait elle était au sud. A trois reprises on a dû rebrousser chemin et redescendre des rapides qu'on s'était esquintés à remonter. Une rallonge d'au moins 6 miles avec du rab d'éreintement à la clef.

Le rapide suivant est une succession de trois chutes appelées Les Paresseuses. Sans doute de l'humour canadien. Infranchissable. Plus aucune trace du chemin de portage. Les anciens avaient plus de chance que nous : ils le trouvaient aménagé. Nous battons les sous-bois à sa recherche. Après un détour d'un quart d'heure, on découvre un vague sentier. Le canot sur le dos, la courroie... Chaleur humide et accablante. Une odeur de marécage. L'eau s'est répandue sur les côtés en une multitude de mares où prospèrent maringouins et brûlots. Une nouvelle venue : l'herbe à puces[1], de simples feuilles vernissées qui jonchent le sol comme un tapis moelleux. Au contact de la peau, le poison se répand, plus virulent que celui de l'ortie. Nous en avons plein nos pataugas. Il y a aussi l'actée rouge

---

1. En anglais : *poison ivy.*

*aux baies vénéneuses. Les Indiens en enduisaient les
pointes de leurs flèches de guerre. C'est le pauvre Yves
qui est le plus atteint, avec sa peau de rouquin. Le
sentier s'interrompt. Il faut couper à travers bois en se
repérant, à l'oreille, d'après le grondement des chutes.
Portage « classique » impossible sous ce fouillis de
végétation. Trois voyages aller-retour sont nécessaires.
On retrouve enfin la rivière. Total de l'opération :
2 heures. Biscuits, chocolat, eau claire et on remet ça.*

*A nouveau une succession de rapides et de petites
cascades, sur 4 miles. On en franchit un en portageant
(de + en +, nos doigts ne répondent +), un autre à la
cordelle (les canots manquent chavirer et embarquent
énormément d'eau). Le reste à pied, cuisses et souvent
corps entier dans l'eau, traînant les canots dans le
courant à grands coups de biceps.*

*La chute Talon. Un gros morceau. On verra demain.
On n'en peut +. Camp à 8 h 30. Riz au lard n° 22.
Blanc d'habitude, Yves est tout rouge. Ses jambes sont
couvertes de cloques. « Poison ivy fever, m'avait prévenu le vieux chief à Ottawa. Il faut suer beaucoup,
boire de l'alcool fort. » Yves a fini le flacon de rhum
et s'est endormi comme une masse après avoir enfilé
trois chandails. Un moment après, il s'est réveillé, il
a dit « l'Oiseau-Roc » et s'est rendormi.*

*3 juillet. Yves semble guéri. Seulement un peu mal
aux cheveux. Temps splendide. Une lumière de matin
du monde. C'est dimanche. Les brigades n'avaient pas
d'aumônier. Le brigadier lisait l'Evangile du jour au
galop, ensuite un Pater et un Ave, pas le temps de
s'éterniser. Nous non plus. On ne s'était réveillé qu'à*

7 heures. La prière scoute chantée, on a filé vers la chute Talon...

Parmi ceux qui me liront, la plupart ne connaissent pas cette prière, mais certains s'en souviendront. Ce n'est pas une prière mièvre. Elle a le mérite d'être courte et d'en dire beaucoup en peu de mots, dans une langue claire. Mêlée au grondement de la chute Talon, elle avait, si j'ose dire, de la gueule :

> *Seigneur Jésus, apprenez-nous,*
> *A être généreux,*
> *A vous servir comme vous le méritez,*
> *A donner sans compter,*
> *A combattre sans souci des blessures,*
> *A nous dépenser sans attendre*
> *D'autre récompense*
> *Que celle de savoir*
> *Que nous faisons votre sainte volonté.*

C'est une prière de féodal adressée à son suzerain. On notera aussi le vouvoiement. Fermons la parenthèse.

... On se répète. Chute Talon, courte mais pas bonne. Portage « de montagne » : 2 heures. Lac Talon, superbe entracte[1]*. Quelques chalets avec des gens qui nous font des signes d'amitié. Un canot à moteur se détache du bord avec une invitation à déjeuner. Invitation déclinée. Si nous rompons le rythme, nous*

---

1. Aujourd'hui : Mattawa River Provincial Park.

sommes fichus. Il est encore trop tôt pour émerger de notre chemin d'eau privé. Nouveau portage (1 heure). Lac Robichaud. Re-portage (1 heure et demie). Lac de la Tortue. Dernier tronçon de la Mataouane, encaissée entre deux falaises. En guise d'adieu elle nous déploie le pot-pourri de ses talents. Tout à fait pourri, en effet. A la cordelle le cul dans l'eau : 3 heures. Au débouché sur le lac de la Truite, nous décidons de jeter l'éponge. Campement sur la rive sud, dans une petite clairière bien cachée. Sur la rive nord il y a des chalets habités. Difficile, dans ces conditions, de chasser. Ce sera le riz au lard n° 23. Lecture du passage édifiant de la « bible » sur la rivière et le portage de La Vase. Ensuite extinction des feux.

A mi-chemin du lac de la Truite et de North Bay, sur le lac Nipissing, passe la ligne de partage des eaux entre l'Atlantique et les Grands Lacs américains. Depuis Trois-Rivières, sur le Saint-Laurent, à peu près au niveau de la mer, jusqu'à ce lundi 4 juillet, nous avions parcouru 484 miles – 780 kilomètres – et nous nous étions élevés de 270 mètres, soit 93 de plus que le lac Huron, notre prochaine destination. Tant d'efforts pour 270 mètres ! Cet endroit assez inhospitalier forme un isthme bas et plat d'une dizaine de kilomètres de largeur, où de nombreux ruisseaux, coulant du nord, ne savent plus très bien où se diriger. Alors ils hésitent, ils serpentent, ils stagnent et s'étalent en marécage au milieu d'un dédale d'herbes hautes, de roseaux et de forêts inondées. Deux d'entre eux seulement sont praticables en canot. La rivière de La Vase, qu'on remonte à partir du lac de la Truite et le ruisseau de La Vase, qui descend vers le lac Nipissing. Entre les deux, le portage... de La Vase. Les brigades y passaient. Nous n'allions pas nous dégonfler.

La journée a merveilleusement commencé. Le soleil brillait. Le lac de la Truite, immaculé, nous offrait des transparences mirifiques. Des multitudes de poissons blancs s'y croisaient. L'eau atteignait des couleurs mystérieuses, du vert émeraude au bleu le plus royal. Nos canots glissaient, un bonheur qui jusqu'à présent nous avait été refusé. Abandonnant le nord aux villas de vacances, nous avions choisi la côte sud, jouant avec les courants dérivants. Je voyais, avec mes jumelles, qu'on nous regardait à la jumelle. Une embarcation à moteur est arrivée tout droit de l'autre rive avec deux jeunes gens de nos âges à bord en uniforme des B.S.C., Boy Scouts of Canada. Nous étions en territoire anglais, province de l'Ontario. Nous changions de « tuteur ». Après l'abbé Tessier, le général Spry. De la conversation qui suivit, il apparaissait clairement que le *district commissionner* jugeait tout à fait déraisonnable pour nous de s'enfoncer dans La Vase Country. Est-ce que nous disposions au moins d'une bonne carte ? Nous en avions une, celle de l'armée, où l'entrée de la rivière se dessinait parmi un fouillis d'îlots sans nom et de hachures figurant le marais.

– Vous ne trouverez pas La Vase River et ensuite vous vous perdrez, a dit le jeune *chief* délégué. Nous autres, nous n'y allons jamais.

Comme nous persistions, il a dit *so long, good luck*, avec un petit sourire en coin, et nous a laissés en nous quittant le numéro de téléphone du *commissionner*.

Le Pays de La Vase était une sorte de réserve historique non classée, mais tacite, à la façon d'un ancien champ de bataille protégé, quelque chose comme le Verdun des voyageurs. Aucune brigade n'en était sortie intacte, autrefois. La ville de North Bay s'est développée au nord, son usine de nickel, ses tanneries de peaux à fourrure, ses dépôts de chemin de fer, ses quartiers, mais au sud on ne touche pas au Pays de La Vase, bouillon de culture de maringouins, univers clos, presque maléfique. Il a, depuis, été assaini et humanisé.

D'abord en découvrir l'entrée.

La carte ne s'est révélée d'aucun secours. Même la boussole trahissait. Que signifiaient le nord, le sud, l'ouest, perdus que nous étions au milieu d'herbes plus hautes que nous, scrutant la surface de l'eau verdâtre pour y déceler quelque courant susceptible d'appartenir à la rivière ? Nous avions la sensation de tourner en rond. D'un îlot un peu plus élevé que les autres, nous avons entendu quelqu'un nous héler. Un vieillard hirsute et sale, vêtu comme un épouvantail, le cuir boucané, et deux yeux verts de métis qui nous observaient avec sympathie. Il était assis, sur le seuil de sa cabane, dans un fauteuil d'osier plus crevé qu'un panier à salade. Il mélangeait le joual et un peu d'anglais. Son absence presque totale de dents ne facilitait pas la compréhension. L'a rejoint un demi-nain qui semblait presque aussi âgé que lui, une tête de souris chauve, un cou de poulet, et un torse de déménageur. « C'est mon fils, un bon gars. Il coupe du bois. L'hiver est rude par icite... » Tous deux vivaient sur cet îlot, entourés d'un capharnaüm de boîtes vides, de meubles brisés, de vieilles fourrures pelées, de fils de fer, de pièges hors d'usage, toutes sortes de choses hétéroclites. Sur un amoncellement de pierres branlantes, une bouilloire sifflait. Il nous a proposé du café allongé d'un liquide alcoolisé brunâtre mais hautement révulsif. D'après ce que nous avons pu comprendre, il avait quitté, il y avait tant d'années qu'il ne s'en souvenait plus, la réserve des Algonquins de Sagonnik, sur le lac Huron. Autrefois il s'appelait Little Eagle, aujourd'hui : Joe. Nous avons demandé à Joe comment trouver le portage de La Vase et si nous étions bien sur la rivière. La question lui a paru toute naturelle. Il a dit :

– J'va vous m'ner un brin d'chemin. Follow moi.

Il a embarqué sur un bachot rudimentaire à fond plat qu'il manœuvrait à l'aide d'une longue perche.

Le ciel s'était couvert de nuages noirs. Le vent s'est levé. Joe a humé l'air ambiant. Il a levé le nez vers les feuilles des arbres qui commençaient à s'agiter, et il eut cette remarque sibylline :

– Ça va tourner ruff. C'est bon pour vous.

Un peu plus loin il s'est arrêté. Le flot glauque et visqueux se divisait en trois bras à peine plus larges que nos canots.

– La rivière, a dit Joe, elle est à drète. Après...

Le vent avait encore forci, chargé de pluie. Joe a posé son index sur sa joue droite, à toucher le nez. Il m'a dit :

– Easy. Tu sens le vent. Il doit t'venir dessus comme ça. C'est le bon chemin. Tu peux pas t'mistake. Et lorgne aussi l'eau. Avec la pluie, elle va grossir. Si tu vois l'courant se mettre en route, c'est que tu es sur la rivière qui s'en va vers le Trout Lake. T'as plus qu'à r'monter...

On a dû vite se mettre à l'eau. On avançait mieux qu'à l'aviron. On n'en avait qu'à mi-cuisses, mais comme le fond était vaseux, on y enfonçait jusqu'aux mollets et on s'y serait sûrement enlisés si l'on n'avait eu l'appui des canots. Ils nous soutenaient et nous les poussions. Glissantes et bourbeuses, les rives n'offraient aucun refuge. La voûte des arbres formait un tunnel. Les nuages bas ne laissaient plus filtrer qu'une lumière de crépuscule qui nous faisait apparaître aussi verts que nos bateaux. On s'est trompés de direction plusieurs fois. On a barboté là-dedans jusqu'à environ six heures du soir. La profondeur a diminué. Nos canots collaient à la vase, et nous, toujours dans la m..., poussant. On a fini par le trouver, ce foutu portage, entre ce qui restait de la rivière de La Vase et l'amorce du ruisseau du même nom. Six cents mètres sous la pluie battante, les pataugas soulevant des kilos de boue à chaque pas. Là aussi les temps avaient changé : le ruisseau de La Vase n'était plus navigable, d'aucune façon. A moins que ce ne fût pas le bon. Chercher encore ? La nuit tombait. On a décidé de dégrader, profitant d'un coin de terrain vaguement sec. On a doublé les piquets de tente qui s'enfonçaient dans la bouillasse. Le feu n'a pas voulu prendre. Les maringouins ont attaqué en masse. On s'est réfugiés sous la toile et on a fermé toutes les issues. Biscuits, chocolat, plus de rhum. Philippe a dit. Il l'a dit ! Nous avons ri : « Combien ces rivières seraient moins suggestives si les Français n'y étaient point passés les premiers... » Nous étions magnifiquement heureux.

L'aube s'est levée, plutôt clémente, sur le mardi 5 juillet. C'était le jour de mon anniversaire. J'avais vingt-quatre ans. Mon journal de bord n'en fait pas mention.

Un chemin de terre en remblai courait non loin de là, à travers le marais. Je l'ai repéré sur la carte. Nous savions enfin où nous étions. Jacques a marché jusqu'au croisement de la highway. A la première maison il a téléphoné. Le *district commissionner* a envoyé un truck. Il était assis lui-même à côté du chauffeur, surmonté de son chapeau à quatre bosses, tandis que sur la plate-forme des petits scouts chantaient *Jolly Good Fellows*. Trois voitures de presse suivaient.

L'aventure de l'Outaouais était terminée.

Nous nous sommes reposés deux jours à North Bay – ne serait-ce que le temps de faire sécher tout notre bazar imbibé d'eau –, tente et drapeau plantés sur l'impeccable gazon anglais de la villa directoriale du *north ontarian manager* de la C.P.R., Canadian Pacific Railway, lequel nous fit remarquer, en nous accueillant, que l'express qui partait de Montréal chaque matin à huit heures, via Ottawa, Pembroke et Mattawa, arrivait à North Bay le soir même à dix-sept heures quarante-cinq. A la *general delivery*, poste restante, j'ai trouvé une lettre de la demoiselle lointaine, qui m'appelait « mon chéri » et me demandait si j'avais aimé le livre d'Huxley, mais pas de mandat du *Nouvelliste*. Je les ai appelés, à Trois-Rivières. Mon papier allait paraître. Je trouverais l'argent à French River Station. En attendant, il nous restait seize dollars.

Nous sommes allés rendre visite aux Quints, audience privée aussi difficile à obtenir que celle du pape. Elles habitaient à Callander, près de North Bay, une immense maison fonctionnelle au fond d'un parc privé, avec guichets à tourniquets et parking à autocars, une sorte de monument national aussi fréquenté dans les immédiates années d'avant-guerre que la tour Eiffel, le Capitole de Washington, la tour de Londres ou Saint-Pierre-de-Rome. Elles se montraient beaucoup moins. En grandissant, leur célébrité s'émoussait. On les avait préférées bébés, ou petites filles courant après leur cerceau avec un nœud dans les cheveux, à chacune sa couleur pour les différencier. A présent elles avaient quinze ans. Elles étaient nées le 28 mai 1934 dans un cottage beaucoup plus modeste, en rondins, à la lisière du parc, toujours en état mais transformé en musée et en boutique de « produits dérivés » – une mine d'or –, au bout de l'allée fléchée qui conduisait à l'unique sortie. Cécile, Annette, Emilie, Yvonne et Marie. Les sœurs Dionne. Les Quintuplées. Des vraies. Monozygotes. Les seules de leur espèce dans le monde entier. Leur père était un brave homme de Canadien français, petit employé à la C.P.R. Sur le coup il ne réalisa pas qu'une fortune venait de lui tomber du ciel, d'autant moins qu'il n'était pas certain que ces cinq minuscules créatures survivraient. Elles vécurent, et le conte de fées à l'américaine commença. D'abord des cadeaux, des trousseaux, des landaus, des régiments d'ours en peluche, des nurseries toutes équipées, puis d'innombrables propositions de contrat. Les photographes assiégeaient la maison. Au baptême des Quints, ils se battaient entre eux. Un camion livra des

centaines de boîtes de dragées. Une marque de savon
offrit un somptueux buffet. Le père Dionne finit par
piger. Il engagea deux avocats et un conseiller finan-
cier. Il devint l'imprésario de ses filles. Leur image
fit le tour du monde, vantant l'excellence de toutes
sortes de produits dont le nombre se multipliait au
fur et à mesure qu'elles grandissaient. Aucune vedette
d'Hollywood n'a connu une telle célébrité. Les curieux
affluaient à Callander. Trois millions de visiteurs
payants dans la seule année 1937 ! La maison neuve
date de cette époque, avec sa nursery vitrée devant
laquelle la foule défilait, plus tard le grand salon de
réception où elles apparaissaient sur une estrade, et
jusqu'au parc où un chemin grillagé à hauteur
d'homme permettait de les apercevoir jouant à la balan-
çoire sous les arbres...

Il n'y avait plus d'estrade dans le grand salon, seulement un cordon de velours rouge, comme dans ces
châteaux historiques anglais ouverts au public mais
habités. Elles sont entrées à la queue-leu-leu, petites,
boulottes, avec un visage rond sympathique, vêtues de
robes de pensionnaire identiques, un sourire apprêté
aux lèvres, répétant un scénario appris dès leur plus
jeune âge et qu'elles avaient joué, combien de fois ?
Des centaines ? Des milliers ? Depuis combien de
temps cela ne les amusait-il plus du tout ? Elles semblaient faire un effort réel. Un monsieur qui s'était
présenté comme leur oncle – on ne les laissait jamais
seules en public – a écarté le cordon et nous nous
sommes tous assis en rond sur des chaises à haut dossier, les cinq Dionne et les quatre Marquette, muets.
C'est Jacques qui s'est jeté à l'eau, puis Cécile, la plus

éveillée des cinq. On a essayé de les faire rire, ce à quoi elles s'évertuaient poliment. L'oncle regardait sa montre. Nous souhaitions prendre une photo de groupe. L'oncle a dit : « La conversation, oui. La photo, non. » Ces demoiselles étaient sous contrat. Il aurait fallu prendre contact avec l'agence et payer la redevance. Les petites nous regardaient gentiment. J'ai demandé : « Et signer notre livre d'or ? » L'oncle a réfléchi, puis il a fini par lâcher : « Cela, elles peuvent. » Alors que la page était blanche, au lieu de disperser leurs paraphes, elles les ont alignés l'un au-dessus de l'autre, verticalement : Emilie, Marie, Yvonne, Cécile, Annette. Il paraît qu'elles signaient toujours dans cet ordre, et de haut en bas. Peut-être celui de leur venue au monde ? L'oncle a donné le signal du départ. L'entrevue était terminée. Une fois la porte du salon refermée, nous les avons entendues rire joyeusement, peut-être même à nos dépens. Nous en étions heureux pour elles. Notre gêne s'est dissipée. Cela nous a réconfortés.

L'une d'entre elles est morte à vingt ans. Elles n'étaient alors plus que quatre et les contrats sont devenus caducs. J'ignore si elles vivent encore, et où. Elles auraient aujourd'hui soixante et onze ans. A présent que les docteurs Folamour de la reproduction humaine ont suscité çà et là par le monde des multiples naissances de quadruplés, de quintuplés, de sextuplés, les Quints de Callander ont quitté la scène. Le mythe, cependant, perdure. Peut-être aussi quelques bénéfices. Devenue Quints' Museum, la maison de rondins a été transportée à North Bay avec leurs meubles d'enfant, leurs poupées, leurs vêtements. Exposition de photos. Cinémathèque. Quatre dollars l'entrée. La boutique vend des reproductions de leurs jouets. L'ours en peluche des Quints marche très fort...

Avant de quitter North Bay, nous avons refait nos provisions de bouche. Nos seize dollars y ont passé. Nous nous sommes même piqués au jeu, calculant nos achats de telle sorte qu'il ne nous restât qu'une seule pièce d'un cent que Yves a déposée religieusement au fond de son porte-monnaie vide.

La traversée du lac Nipissing en biais jusqu'à l'entrée de la rivière des Français, appelée ici French River, s'est révélée une partie de plaisir par grand soleil, vent arrière et eau calme : quatre miles à l'heure, onze heures d'aviron. Le *Steamer Ship Callander*, son pont supérieur chargé de touristes habillés en touristes, nous a dépassés à vive allure en nous saluant de coups de sirène tandis que nous nous débattions pour couper sans dommages son sillage. Cela nous a plu modérément. Sur le ton de la sentence, Philippe a dit :

– Les temps ne sont plus éloignés où nous allons devoir composer avec *ça*...

Campant à l'île Burnt, inhabitée, une grève de sable blanc entourée de rochers, nous avons ouvert le volumineux paquet que nous avait remis, en nous quittant de bon matin à North Bay, le très sagace *district commissionner*. Il contenait à peu près tout ce que nous n'avions pas eu les moyens d'acheter, rhum, cigarettes, cartouches de fusil, sans se tromper de calibre, boîtes de saumon et de jambon, miel, thé en sachets, quatre-quarts fait à la maison, tout un lot de timbres-poste pour notre courrier, une pipe pour Yves qui avait perdu la sienne, avec une bouteille de vrai champagne de

France et une carte à en-tête des Boy Scouts of Canada où il avait écrit, en français :

Bon voyage et que Dieu vous garde sur votre rivière. Faites-y rafraîchir le champagne et buvez-le ce soir à notre santé.

Harry.

Je termine ce chapitre le vendredi 4 mars 2005 au soir. J'avais mis une bouteille au frais en prévision de ce moment-là. Je lève mon verre à la santé de Harry, où qu'il soit dans l'au-delà. J'ignore s'il existe encore des Boy Scouts of Canada...

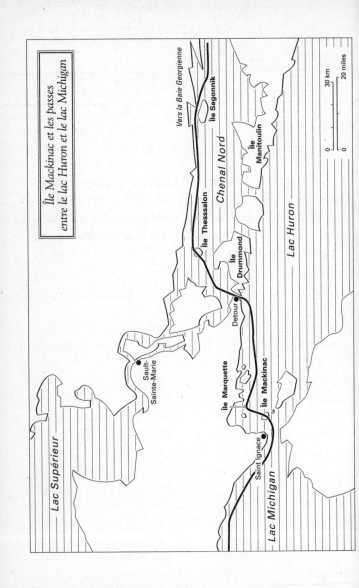

Île Mackinac et les passes
entre le lac Huron et le lac Michigan

Lac Supérieur

Sault-
Sainte-Marie

Saint Ignace

Lac Michigan

Île Mackinac

Île Marquette

Detour

Île
Drummond

Île Thessalon

Chenal Nord

Île Sagonnik

Vers la Baie Georgienne

Île Manitoulin

Lac Huron

0   30 km
0   20 miles

Grands Lacs

Le lac Nipissing appartient au bassin des Grands Lacs américains. Gorgé de toute l'eau qui lui vient du nord, il déverse son trop-plein dans le lac Huron, à cinquante miles – quatre-vingts kilomètres – à l'ouest-sud-ouest et quatre-vingt-treize mètres plus bas, par l'étroit couloir granitique de la rivière des Français, que précède une vaste et somptueuse entrée appelée le lac Saint-Joseph : *very exclusive place*. Un dédale d'îles et d'îlots, rochers rouges couronnés de pins, sable blanc, pour la plupart propriétés privées. Par l'éclatant soleil de ce matin du 9 juillet, un vrai paysage de Côte d'Azur. L'eau était d'un bleu intense. D'élégants Chris-Craft s'y croisaient. Un petit hydravion a décollé et nous a survolés en battant des ailes. La saison d'été venait de commencer. Tout l'Ottawa chic était là. On apercevait des hôtels, des restaurants, construits en bois, joliment inscrits dans le paysage, mais avec notre unique centime de dollar en poche, rien qui pût justifier un stop, sauf à s'y dégourdir les jambes. Nous nous sommes tout de même arrêtés au club-house très britannique de la Fishing and Game Ottawa Association, dont le président était un M. Nutting, déjà rencontré à l'ambassade. J'espérais des informations précises, un état détaillé de la rivière. M. Nutting semblait ennuyé, visiblement résolu à dégager sa responsabilité.

– Je ne saurais vous répondre, m'a-t-il dit. Nous n'allons jamais au-delà du premier des Five Pine Rapids. Aucun règlement ne l'interdit, mais c'est fortement déconseillé. Je vous le déconseille aussi. Même nos guides indiens s'en abstiennent. Vous devriez prendre un truck jusqu'au lac Huron. En deux heures vous y seriez, tandis que par la rivière... Je connais un chauffeur qui pourrait vous y conduire.

J'avais déjà eu cette impression en me renseignant à North Bay : la French River avait mauvaise réputation. Les brigades, autrefois, y avaient payé leur tribut. Ma « bible » y allait de bon cœur : *« Quand le chenal s'étrécit, les deux murailles se rapprochent tellement qu'on pourrait les toucher en tendant la main. Une fausse manœuvre, et tout se briserait sur les rochers... »* Nous avons pris congé de M. Nutting qui nous a serré la main comme s'il nous présentait ses condoléances.

Jusqu'à présent presque inexistant, le courant a commencé à se réveiller. Pour la première fois depuis Trois-Rivières, il nous portait ! Ineffable béatitude... Il suffisait de ne pas le lâcher, de se guider au frémissement de l'eau qui le rendait parfaitement lisible. Inutile de consulter la carte pour chercher le bon chemin entre les îles, il nous y engageait d'autorité. C'est ainsi que deux miles plus loin il nous a découvert une île absolument paradisiaque répertoriée Chaudière Island sur la carte, et, dans ma « bible », île aux Chaudières, annonçant le portage du même nom. Une sorte de relais routier : les brigades y faisaient chaudière, se cuisinaient un bon repas chaud et se reposaient une couple d'heures avant d'entamer la grande descente. Au fond de la crique divinement abritée s'élevait une guinguette façon cabane avec une estacade de rondins surmontée d'une pancarte : CHAUDIÈRE LODGE. BAR. LUNCHEON. BOAT RENTING. FISHING GUIDE. Un Indien à grand chapeau est venu saisir nos amarres au vol, comme un voiturier les clefs d'une auto. Il nous a dit, sans autre commentaire :

– *Take it easy. Have a good time.*

Le patron était un Français, la quarantaine, plutôt gras, à la jovialité méridionale.

– Mais c'est vous ! Je vous ai entendus à la radio de North Bay. Soyez les bienvenus. Avez-vous eu votre breakfast ce matin ? Et comme nous hésitions : Mais si ! Mais si ! Qu'est-ce qui vous plairait ? Qu'est-ce que je peux vous offrir ?

Notre petit déjeuner, pris à l'aube, s'était depuis longtemps éloigné. Proposé avec tant de spontanéité, un second ne nous paraissait pas superflu. Œufs brouillés au bacon, toasts beurrés, pine-cakes au sirop d'érable, des litres de café. Nous avons bavardé. La rivière en aval ne l'intéressait guère. Sur l'avenir du tourisme, en revanche, il s'est révélé intarissable. Depuis la fin de la guerre, le nombre des vacanciers doublait chaque année. Le fric rentrait à la pelle... Nous nous sommes levés. Nous avons chaudement remercié. Alors il nous a présenté l'addition : douze dollars. Yves a été impérial. Il a retourné son porte-monnaie sur la nappe en papier, d'où est tombée la pièce d'un cent sous l'œil incrédule, puis furieux, du maître des lieux.

– Qu'est-ce que vous croyez ? C'est pas la soupe populaire, ici !

J'ai appris une chose, ce matin-là, que j'ai vérifiée à de nombreuses reprises, par la suite, à savoir qu'une fois sur deux, lorsqu'on est français, à l'étranger, mieux vaut avoir recours à des Belges, à des Suisses, des Luxembourgeois, des Canadiens, des Italiens, même des Anglais, que de compter sur des Français expatriés. Il a rameuté sa troupe, l'Indien au chapeau et un autre avec deux nattes de cheveux noirs.

– Alors vous la payez, oui ou non, cette addition ?

On s'est levés tous les quatre d'un seul mouvement. On n'avait pas l'intention de s'expliquer. Ce type ne méritait pas un mot de plus. On a pris le chemin de la sortie. Il s'est passé quelque chose de surprenant : le gros lard s'est immédiatement écrasé. C'était la première fois que nous nous rendions compte que les chemins d'eau nous avaient transformés : boucanés comme des pirates, maigres, tout en muscles, la démarche souple, élastique, le regard peu concerné par ces contingences matérielles. Même Yves, qui était de petite taille, avec des boucles de gamin, avait pris l'aspect d'un dur à cuire à qui on ne la faisait pas. L'Indien à nattes nous a raccompagnés aux canots. La scène ne semblait pas lui avoir déplu. Revenus à l'estacade, il nous a dit :

– Les premiers rapides, ça ira. Les eaux ne sont pas trop basses, vous passerez. Au cinquième des Five Pine Rapids, il vous faudra portager. Un autre dont vous devez vous méfier, c'est le passage des Dalles. Ça paraît facile au début, mais ne vous laissez pas influencer. Quand vous apercevrez un grand rocher rouge, comme un pilier, planté en plein milieu de l'eau, arrêtez-vous. Il y a un petit coin de sable tout à côté. A peu près à mi-hauteur du rocher, vous verrez peut-être un large trait creusé à l'horizontale. Ce sont les Anciens qui l'ont gravé. Si vous le voyez à deux pieds ou plus au-dessus de l'eau, c'est que la rivière est basse. Alors vous devez portager, sinon vous jouez votre vie. Si vous ne voyez pas le trait, c'est que la rivière est assez haute et que vous pouvez tenter l'affaire. Mais surtout ne vous trompez pas. Une fois dedans vous n'aurez plus d'autre choix pendant deux miles. Les Dalles, c'est un *no return* rapide.

Comme un train qui accélère, le courant a pris son élan, nous emportant à vive allure, tandis que les deux rives se rapprochaient, vers une faille dans le rocher s'ouvrant à la façon d'une poterne sur la chute de la Chaudière, une cascade peu élevée mais à haut débit par laquelle la rivière amorçait sa descente mouvementée en direction du lac Huron. Il n'était pas question de la sauter. Aucune brigade ne l'avait jamais tenté. Un chemin de portage la doublait en surplomb, *trois ou quatre arpents*[1] *de long sur un roc vif*, annonçait ma « bible ». Il était assez bien aménagé par le club de pêche de M. Nutting dont une pancarte précisait cependant que quiconque s'y engageait le faisait à ses risques et périls et ne saurait, en cas d'accident, se retourner contre l'association.

---

1. Mesure de longueur canadienne valant 191 pieds, soit 58 mètres.

– Parfait, a dit Philippe. Après, on sera chez nous.

Nous avons remis nos canots à l'eau de l'autre côté, prenant de court trois pêcheurs de saumon en cuissardes qui n'eurent que le temps de mouliner furieusement pour récupérer leur fil en proférant ce qui nous a semblé des noms d'oiseaux en anglais. L'un d'eux a crié :

– *Eh ! You ! Are you mad ? It's not the right way !*

Ensuite nous n'avons plus rencontré personne. C'est vrai que nous étions *chez nous*, en la seule compagnie de nos semblables, ce qui, depuis Samuel de Champlain, faisait tout de même pas mal de monde. Le gentil rapide des Pins, premier du nom, nous a déposés prestement un mile plus loin, d'un trot enlevé mais un peu heurté, au sein d'un bassin calme et clair où la rivière marquait la pause avant les quatre rapides suivants de la série. Grâce à leur tonture Moïse Cadorette, les canots n'avaient pas embarqué une goutte d'eau. Nous avons amarré à un tronc d'arbre et j'ai déployé la carte, don de la Royal Mounted Police de North Bay, à peu près dans la même disposition d'esprit qu'un convive qui consulte le menu avant de commander et de se mettre à table.

La carte datait de 1906, révisée en 1926 et 1938, avec hachures, courbes de niveau et toutes sortes de signes pictographiques, imprimée en noir de Chine sur un épais papier parcheminé. Elle ne se pliait pas, elle se roulait. Graphiquement, elle était superbe, typographiquement, poétique, avec un air de petite dernière dans la famille des cartes anciennes dont s'était servi Bougainville, par exemple, officier du roi en Nouvelle-France pendant la guerre de Sept Ans et familier de ces régions. Tous les rapides de la French River y figuraient, parfois en anglais, surtout en français. Au service géographique de l'armée canadienne, les chemins d'eau du Roi de France n'avaient pas démérité. Le Petit et le Grand Récollet, deux rapides annoncés comme « très dangereux » selon la signalisation indiquée en légende, à savoir trois traits transversaux barrant le cours de la rivière : vingt morts d'un coup en 1690, des franciscains gris, dits Robes grises, autrement appelés Récollets. Le rapide des Normands, des engagés des premiers temps, un seul trait mais vingt-quatre morts à la remontée, trois canots surpris et leurs équipages massacrés par des Iroquois en embuscade. Le Petit et le Grand Parisien – Parisian Rapids – deux traits le premier, trois le second et dix-huit novices inexpérimentés, noyés et roulés par le courant. La rivière, en ses plus hautes eaux, en avait balayé toutes les croix. Les Grandes et les Petites Faucilles, trois traits, particulièrement meurtrières, d'où leur nom : le flot, enjambant les rochers submergés, prend la forme d'une succession de faucilles en mouvement, les petites d'abord, puis les grandes, corps de bataille en seconde ligne, qui guettent les voyageurs échappés du couperet liquide de l'avant-garde...

On a embarqué, décidés.

Au cinquième et dernier rapide des Pins, je me suis souvenu de l'Indien à nattes. On avait déjà sauté les quatre premiers, les doigts dans le nez, pourquoi pas le cinquième, d'autant plus qu'il se présentait aux canotiers aguerris que nous étions et qui pensaient pouvoir tout se permettre, comme une harmonieuse pente peu agitée. L'Indien avait dit : « Portager », ce que nous avons fait par une trace qui courait presque au niveau de la rivière. Passé la première courbe, nous avons compris. Elle masquait un tournant violent au milieu d'un amas de rochers affleurants. L'eau s'y précipitait avec fracas. Dans quel état en serions-nous sortis ?

Il faut se garder d'imaginer qu'emportés par le courant on peut s'abstenir d'avironner et qu'il suffit au gouvernail de gouverner et au-devant de veiller au grain tandis qu'on file sur des rails comme une cabine de scenic-railway. Si l'on se contentait de cela, le canot ne serait plus manœuvrant et chaque passe entre les rochers risquerait de lui être fatale, faute d'avoir manœuvré, précisément, pour la franchir en son milieu. Il faut au contraire souquer, en position de combat, à genoux, pour rester maître de son canot et l'engager dans les bonnes directions. En cas de pépin, on n'a pas d'autre ressource que de freiner sec et de modifier d'urgence le cap. Pour cela on plante son aviron dans l'eau, de toute sa surface portante, ainsi qu'une bêche en pleine terre, les deux équipiers ensemble, exactement au même instant, et on bat arrière furieusement, en s'arc-boutant sur l'aviron, ce qui ralentit l'espace de quelques secondes l'embarcation et permet, comme si on la soulevait, d'un coup de reins, de la déplacer latéralement et d'esquiver d'un poil l'obstacle. On se prend quelques litres d'eau mais on passe. Ainsi décrite pour l'édification de mes amis lecteurs, la manœuvre peut paraître hasardeuse, voire de dernière chance, alors qu'en réalité il s'agit d'une technique simple, instinctive, répétitive, qui exige seulement des muscles et une parfaite coordination entre le gouvernail et son devant.

Plus aléatoire à « négocier » sont les grands troncs d'arbres morts, coincés entre deux rochers, qui forment une sorte de pont au tablier extrêmement bas. Il n'y a pas d'autre solution que de passer dessous en espérant que le canot ne se mettra pas en travers, ce qui entraînerait la catastrophe. On n'a pas le temps de réfléchir, tant la vitesse du courant vous y porte sans échappatoire possible. Au dernier moment on s'aplatit et l'on se relève comme un ressort dès que l'obstacle est franchi pour reprendre en main le canot. L'exercice s'apparente à la roulette russe. On s'en est chaque fois bien sortis, sauf la dernière, un tronc de pin qui était hérissé de branchages, comme une herse. Certains ont cassé. D'autres résistaient, qu'il fallait trancher au couteau, tandis que le canot, immobilisé, se remplissait. On était couverts de bleus, le dos, la poitrine et les bras zébrés de griffures d'où le sang coulait, on avait perdu de menus objets insuffisamment amarrés, mais enfin, on était passés. Restait le clou de la journée, les fameuses Dalles.

Sont apparus le grand rocher rouge que nous avait signalé l'Indien à nattes, et l'étroite plage de sable à côté où nous avons échoué nos canots. La marque creuse dont il nous avait parlé était visible, mais presque au ras de l'eau, ce qui signifiait qu'on pouvait tenter le saut dans des conditions acceptables, mais sans plus. Nous avons aussi examiné la carte. Le sentier de portage y figurait en pointillé : six kilomètres. Ce qu'on en voyait depuis la plage ne se révélait guère encourageant, un raidillon à flanc de pente. Nous avons tenu conseil : quatre voix pour le saut, zéro contre. On a commencé par se soigner et se badigeonner l'un l'autre de mercurochrome, comme une tribu se peignant en guerre. Philippe a dit : « Les Iroquois ne s'y frotteront pas. » On a enfourné vêtements, tennis et pataugas dans un sac. On n'a conservé que nos slips de bain. On a tout arrimé dans les canots, paré les avirons de secours, bâché les cantines. On a mieux réparti les poids. Après quoi on a bu chacun un fond de rhum, on a adressé une pensée à sainte Anne et on a embarqué. J'ai regardé ma montre : cinq heures vingt-cinq.

L'eau bouillonnait, se propulsant comme un boulet, tout en demeurant étonnamment maniable. Les canots surfaient plus qu'ils ne flottaient. Un coup de gouvernail et on corrigeait. Le paysage, devant nous, semblait accourir à notre rencontre. Il se rétrécissait peu à peu. Rive droite, un mur granitique nu et lisse, du plus beau rouge, incliné à quarante-cinq degrés. A gauche, *à l'opposite*, une falaise verticale, du sommet de laquelle, autrefois, il arrivait que les Iroquois, toujours eux, expédiassent des volées de flèches qui en raison de la vitesse des canots causaient plus de peur que de mal. Pour ce qui est du redoutable goulet, ma « bible » avait exagéré. Du bras on ne pouvait en atteindre les parois, mais pour peu qu'on eût le loisir d'y ajouter la longueur de l'aviron, ce serait devenu chose possible. En fait, il n'y avait aucun danger. Les rochers étaient largement submergés et le couloir filait droit sans mauvaise surprise. On était seulement pas mal secoués et copieusement arrosés par les remous qui se cassaient sur les bordées des canots. Puis le débit s'est ralenti. La rivière, en s'évasant, nous a gentiment déposés au sein d'une merveille de petit lac secret, couronné de sable blanc, qui servait de retenue avant l'autre série de rapides. Il portait le nom de lac Sainte-Anne : les Anciens y avaient pensé avant nous.

J'ai regardé ma montre : cinq heures trente et une. Six minutes. Six minutes pour trois miles parcourus. J'ai vérifié la distance sur la carte avec la règle graduée. Incrédule, j'ai refait trois fois les calculs. Toujours le même résultat. Vitesse dans le passage des Dalles : trente miles à l'heure, soit quarante-huit kilomètres. Un record qui de tout le voyage ne sera plus battu ni approché.

Cela suffisait pour la journée. Nos mains tremblaient. On avait soudain froid. Réaction après l'extrême tension. Un second coup de rhum s'imposait. Comme Philippe ouvrait la bouche pour nous faire part de son commentaire, je lui ai coupé l'herbe sous le pied, en levant mon quart de métal :

– A la santé des Dalles en pente !

C'est ce genre de propos que je notais de préférence dans mon journal, plutôt que les longues conversations que nous avions sur toutes sortes de sujets, sitôt tenues, sitôt oubliées. On a planté le drapeau, mais pas la tente, faute d'une surface plane suffisante. On dormirait sous les canots rangés parallèlement au courant sur l'étroite frange de sable en pente. Jacques a tué trois tourtes bien grasses. On a déballé le saumon fumé, le quatre-quarts et le pot de miel de Harry. Pas de vent. Le silence parfait. Seulement le crépitement du feu. Aucune trace d'être humain. Des poissons argentés qui dînaient en gobant des insectes au ras de l'eau. Le soleil qui déclinait en illuminant plein est la trouée des Dalles dans la forêt. Un couple de chevreuils est venu aux nouvelles, puis une ourse et son ourson, qui

heureusement n'ont pas insisté. Nous avions le sentiment que quelque chose de très pur allait s'achever,
que nous ne reverrions plus jamais cela. Il ne manquait
à la fête que nos ennemis familiers, brûlots, maringouins, mouches noires. A la tombée du jour ils se sont
rués. Ils sont restés sur leur faim, n'appréciant pas
mieux le mercurochrome que le *six-twelve*. Chacun
s'est creusé, sous sa part de canot, une façon de ban-
nette de sable avec un petit remblai pour se caler.

Nous avons dormi comme des souches. C'est la pluie
qui nous a réveillés, une pluie lourde et froide, conforme
à cette alternance de très beau temps et de temps de
chien qui semblait en été la règle dans ce pays. Il était
six heures du matin. Trempés pour trempés, mieux
valait la rivière. Nous l'avons retrouvée à la sortie du
lac. Quelques rapides aimables, vite sautés, puis celui
du Petit Parisien, coopératif mais viril. Le Grand Parisien, infranchissable. Le journal de bord mentionne :

Portage très dur, sans chemin, long, rocailleux, etc.
(Deux voyages).

On a déboulé en eaux calmes vers onze heures, à
l'abri d'une langue de terre où se situait, selon ma
carte, le village de French River Station. Il n'existait
pas de village, seulement le pont du chemin de fer à
voie unique sous lequel nous venions de passer, et une
petite gare en rondins, avec son réservoir sur trépied
et son auvent à marchandises. Y avait-il un bureau de
poste ? Rien ne l'indiquait. Une sorte d'homme des
bois lisait le journal derrière son guichet, coiffé de

la casquette à longue visière de la Canadian Pacific Railway.

– Ah vous voilà ! Vous vous en êtes sortis !

Une phrase que nous avions déjà entendue et que nous entendrions encore, empreinte d'une réelle incrédulité. Il a ajouté :

– J'ai un mandat pour vous. Attendez-moi cinq minutes. C'est l'heure de l'express de Toronto.

On distinguait déjà la lugubre sirène et le tintement affolé de la cloche par lesquels s'annoncent les trains américains comme des navires pris dans la brume. Il n'a stoppé qu'une minute, juste le temps pour le chef de gare d'attraper un sac postal aussi flasque qu'une outre vide et de tirer de son sifflet quelques trilles réglementaires en agitant son drapeau sous la pluie. Aucun voyageur n'est monté. Aucun voyageur n'est descendu. Mais où était donc le village ? Il n'y avait plus de village. Il avait été déplacé vingt kilomètres plus loin, avec la scierie et les forestiers. Le chef de gare a changé de casquette. Il s'est planté sur le crâne celle de *postmaster* et m'a compté nos quatre-vingts dollars. D'énormes steaks saignants arrosés de flots de bière fraîche sont passés devant nos yeux comme des mirages. Existait-il un restaurant ?

– Deux heures à pied, a dit le *postmaster.* Je vous y conduirais volontiers en voiture, mais je ne peux pas quitter la gare. Il y a un bus, mais tard le soir, à l'arrivée de l'express de Montréal...

Il pleuvait toujours à seaux. Nous avons soudain détesté cet endroit. Nous en avions soupé, de tous ces rapides, et il en restait encore cinq avant le lac Huron, dont le Petit et le Grand Récollet. Nous en avions par-dessus la tête d'être enfermés dans ces couloirs rocheux. Un seul désir nous habitait : changer de rythme, de paysage, d'horizon. Le lac Huron nous apparaissait sous l'aspect d'un havre de délivrance. A dire le vrai, nous étions à bout. Autant sortir de là au plus vite.

Nos vêtements étaient trempés, collés au corps comme une peau glacée. C'est en slip de bain que nous avons embarqué, considérant avec le même mépris la pluie et le ressac des rapides. Ah, nous n'avons pas traîné ! quinze miles – vingt-quatre kilomètres – en une heure et des poussières. Ce n'était plus du sport, mais de la rage. On ne s'arrêtait que pour écoper. On a pris de gros risques, mais sans y penser, sans même s'en apercevoir. Contre toutes les règles de précaution en vigueur dans les brigades, on n'auscultait plus les rapides avant de s'y engager. On les a avalés sans les voir. Quatre garçons furieux dans leurs deux coquilles de noix qui bondissaient comme des chiens fous ! Quand on s'est vus dans le Grand Récollet, où toujours les brigades portageaient, il était trop tard pour aviser. Les faucilles nous ont happés. Philippe a failli être vidé deux fois. Les canots s'emplissaient d'eau, mais nous n'avons heurté aucun rocher, par la grâce de Dieu et de sainte Anne, et aussi de Notre-Dame-des-Voyageurs en effigie sur la médaille que le vieux Moïse Cadorette avait fixée à l'avant de nos canots et qui, sans doute, nous guidait, comme l'œil à la proue des jonques chinoises ou les animaux totémiques des navires vikings. Philippe a dit : « Tiens ! il ne pleut plus. » Le toboggan nous a recrachés sains et saufs dans une eau calme et lumineuse, au carrefour de quatre chenaux qui s'enfonçaient en direction du lac Huron tout proche à travers une étendue plate et boisée que survolaient toutes sortes d'oiseaux.

Nous avions quitté la rivière des Français.

A partir du lac Nipissing, l'actuelle French River – et non pas Frenchmen River, la nuance n'est pas innocente – est devenue le *must* du *rafting* de masse, tout au moins jusqu'au redoutable passage des Dalles, qui s'y refuse et sauve l'honneur. Des radeaux de la taille d'un petit autocar, bardés d'énormes boudins gonflables et pourvus de gouvernails de péniche, embarquent pour le grand frisson tarifé une vingtaine de passagers alignés sur des banquettes à un mètre cinquante au-dessus de l'eau, sanglés dans leurs gilets de sauvetage orange et la ceinture de sécurité bouclée. Une noria de bus et de trucks à plate-forme remonte tout cela au point de départ. La rivière, au cœur de l'été, est tout aussi saturée qu'un aéroport en période de vacances. Comme le Boeing 747 ou tout autre gros porteur desservant des lieux naguère préservés, le *raft* est un pollueur de rêve, un briseur d'aventure vraie, un casseur d'authenticité, un multiplicateur de parasites. Il introduit la foule là où elle n'aurait jamais dû pénétrer. Le monstre festif n'est plus à l'échelle de la rivière. Il l'écrase de toute sa masse surdimensionnée. Il l'a vaincue. A vaincre sans péril, etc. Autrefois les morts la sanctifiaient. La rivière ne prélève plus son tribut. Elle a perdu son caractère sacré...

En quittant la rivière des Français, nous nous sommes également séparés du plus ancien de nos compagnons, le doyen de tous les *voyageurs*, Champlain, qui pour sa part, en août 1615, avait mis cap au

sud-est en direction de la Huronie, au fond de la baie
Georgienne. Deux canots, dix sauvages et deux Français, dont le père Le Caron, une Robe grise, qui tenait
lui aussi son journal. Il y évoquait « *les moustiques,
ces insectes pernicieux, qui me feront souffrir le martyre... L'aviron à la main toute la journée à ramer en
compagnie des Indiens... Les marches dans les rivières
sur des roches coupantes qui me blessent les pieds, ou
bien dans la boue des forêts où il me fallait porter le
canot et mon petit bagage... Et je n'avais pour toute
nourriture qu'un peu de sagamité, une bouteille d'eau
et de la farine qui nous était distribuée matin et soir
en petite quantité...* ».

Champlain lui confia l'évangélisation de Canahouga, village-capitale des Hurons : « *Au milieu de
toutes mes peines, j'éprouvais une consolation. Car,
hélas ! lorsqu'on voit un si grand nombre d'infidèles,
et qu'on se dit qu'il suffit d'une goutte d'eau pour les
changer en enfants de Dieu, on se sent enflammé de
zèle et on est prêt à sacrifier à cette œuvre son propre
repos et même sa vie* », qu'il y perdit, effectivement.

A Canahouga fut édifiée la première église catholique des Grands Lacs, où le père Le Caron célébra la
messe en présence de Champlain et de milliers
d'Indiens. Il avait cinq ans d'avance sur les puritains
du *Mayflower*.

Champlain, pour rejoindre Québec, franchit toute
une série de portages reliant lacs et rivières jusqu'au
Grand Lac des Entouhonorons (Ontario), ce qui prouve
que, déjà, il était exactement renseigné.

C'est ainsi que les Hurons devinrent nos alliés...

Notre cap à nous, c'était l'ouest. Nous avions choisi

le Western Channel, qui s'est ensuite ramifié en pénétrant à travers un dédale d'îles où nous avons navigué au compas. Un reste de courant nous poussait. La température est devenue plus chaude. Nos canots ont été saisis d'un ample et lent mouvement de tangage qui nous semblait reposant, confortable, après six semaines de concassage permanent : c'étaient les premières vagues du lac Huron, sa carte de visite portée aux nouveaux arrivants. Au détour de la dernière île, l'horizon s'est ouvert comme un rideau de scène au prélude d'un opéra, découvrant une ligne d'eau silencieuse qui l'occupait tout entière et pas la moindre terre en vue. Le flot était bleu et pur, apaisant. Nos avirons y plongeaient sans émettre le moindre bruit. Le vent, aussi, est venu se présenter, un vent d'ouest léger, de fin de soirée. Nous avons campé sur cette île, qui ne portait pas de nom, face au lac. A l'ouest, azimut 270, se dessinait dans le lointain une pointe derrière laquelle le soleil s'est couché. Pointe Grondine, notre but du lendemain. Un feu fixe à éclats s'est allumé, la balise de Pointe Grondine, puis un autre qui se déplaçait, le feu de position d'un cargo dont la masse sombre s'apercevait encore. J'ai replié ma carte de la rivière et l'ai rangée au fond de la cantine, puis j'ai déroulé ma carte du lac. Nous l'avons explorée à la lampe torche, tous les quatre, impressionnés malgré nous, en échangeant de brèves remarques.

C'était une carte *marine*.

Deux mers, en effet, nous attendaient, le lac Huron, puis le lac Michigan, à parcourir sur quatre cent cinquante miles – plus de sept cents kilomètres –, de préférence en vue des côtes, la route traditionnelle des brigades. Il fallait commencer par oublier tout ce que nous avions appris dans le tumulte des rivières, les mouvements brusques d'aviron, les accélérations brutales qui exigeaient une grande dépense d'énergie, notre unique carburant. Ne lutter qu'à bon escient, sinon composer. Essayer de se faire un allié de ces longues vagues puissantes et régulières. Ne pas les affronter de face, mais de biais, puis se laisser glisser dans les creux pour enjamber, avec l'élan, la suivante, et ainsi de suite. Au moins demeurions-nous maîtres de nos choix, à condition de ne pas trop s'éloigner de la côte. Si la mer – quel autre terme employer ? – n'était plus maniable, on filait se chercher un abri. Nous avions compris, dès le milieu de notre première matinée, que le lac n'était pas aussi aimable dans la journée qu'il n'avait paru la veille au soir. A ces heures-là le vent se levait, parfois violent, le plus souvent d'ouest et dans le nez, soulevant des vagues de deux à trois mètres entre lesquelles nos canots culaient. On se choisissait une île, une baie, un cap abrité, et on patientait. On dormait. On chassait. En fin d'après-midi le vent tombait et on rembarquait. Désormais, nous nous levions à trois heures. On naviguait, au compas, environnés d'obscurité, sur une eau calme, apaisée, gardant le contact entre les deux canots à la voix ou au sifflet, comme des sentinelles dans la nuit.

C'est ainsi qu'à l'entrée de la baie Georgienne, par un temps qui s'annonçait exécrable, ayant doublé Pointe Grondine – qui « grondait » en plein ressac –, nous avons dégradé à l'île Sagonnik, sous le vent de la Grande Manitouline.

Il y a sept mille îles en baie Georgienne. Certaines ne sont que des rochers abrupts et nus, parfois couronnés d'une touffe de verdure. D'autres, de lourdes corbeilles de forêts protégeant des prairies naturelles. Les engagés les avaient baptisées Pot-de-Fleurs, La Cloche, Tombe des Géants, Purgatoire... Beaucoup ne portaient pas de nom. Leurs contours, sur la carte, étaient souvent imprécis, et leur position vraie, hasardeuse. A l'écart de la route des navires marchands, elles n'intéressaient personne. L'une d'elles, pourtant, de taille moyenne, avait échappé à l'anonymat, ainsi que le chapelet d'îlots voisins qui formait avec elle un archipel délimité sur la carte par un pointillé frontalier le long duquel se lisaient ces cinq mots :

SAGONNIK ISLANDS (ALGONQUIN INDIAN RESERVE)

assortis du pictogramme ⛺ : wigwam, un vocable précisément algonquin. A vingt ans, à vingt-quatre ans, surtout quand on s'est nourri d'indianisme comme tous les scouts de ces années-là, c'était un appel auquel on ne résiste pas. Comme nous mettions le cap sur Sagonnik, les grands cormorans noirs qui nous escortaient en tournoyant depuis Pointe Grondine en ont aussitôt fait autant.

On pénétrait dans l'île par le sud, un ruisseau navigable en canot qui serpentait d'abord à travers de hautes herbes puis s'enfonçait dans la forêt entre deux rives sablonneuses. Le silence régnait alentour. Je me souviens de mon émotion, comme si j'entrais dans une église et que j'y retrouvais la foi. Le ruisseau nous a conduits à une clairière où il a soudain disparu dans une anfractuosité de rocher, là où il était né, et nous avons découvert le village, quelques huttes de rondins grossièrement assemblés, disposées en arc de cercle. Des toiles à sac servaient de porte. J'en ai soulevé une d'où s'est élevé un épais nuage de poussière. Il n'y avait personne. Personne dans les autres huttes. Yves a émis l'hypothèse que peut-être les Indiens nous avaient aperçus et qu'ils se cachaient pour nous épier. Nous avons attendu. Rien n'est venu. Les Algonquins s'en étaient allés depuis des lunes. La cendre du foyer, au centre d'une hutte, m'a paru si froide et si morte que j'ai retiré vivement ma main avec un sentiment de frayeur désolée. Une vieille faux rouillée, des pierres à feu, des planches pourries marquées BORDENS, vestiges de caissettes récupérées, et un peu plus loin, sous les hêtres, une douzaine de croix branlantes, anonymes ; ils n'avaient rien laissé d'autre.

Un sentier continuait dans la forêt. J'ai prié mes compagnons de m'attendre. La trace en était si peu visible que, par moments, j'ai hésité sur la direction à prendre. Je suis resté là peut-être une demi-heure, seul, à fouiller du regard le sous-bois et à appeler en silence. Je savais que je venais de découvrir une porte dérobée qui ouvrait sur certains chemins de la vie. J'ai fait demi-tour et j'ai rejoint les autres qui, habitués à mes lubies, ne m'ont pas posé de questions.

Sur un panneau planté en terre, au milieu de ce qui avait pu être une place, une affiche de toile était clouée. De couleur grisâtre, effilochée, elle avait cependant résisté au temps et les lettres imprimées en noir s'y lisaient encore parfaitement :

NOTICE

TO TRESPASSAGERS

ON INDIAN RESERVE

Suivait un assez long texte en anglais où il était enjoint à toute personne étrangère à la nation des Algonquins de ne pas pénétrer plus avant sur le territoire de la réserve indienne de Sagonnik, de n'y point chasser, de n'y point pêcher, de ne point y couper de bois, de ne point en emporter, de ne pas fouler ni brûler l'herbe sauvage, toutes défenses exprimées avec une minutie de détails, sous peine d'être passible de poursuites, *will be prosecuted...* Marqué du sceau du Canada, à la date du 13 juillet 1923, soit deux ans avant ma naissance, c'était signé Harold W. McGill, Director of Indian Affairs, Ottawa.

J'ai décloué l'affiche au couteau, je l'ai pliée, je l'ai fourrée dans ma poche. A qui d'autre pouvait-elle encore *dire* quelque chose ? Sous verre, accrochée à un mur de mon bureau, elle ne m'a jamais quitté.

Le vent est tombé vers six heures, mais nous n'avons pas repris la route. Difficile de se déprendre de cette île peuplée de souvenirs, de ses habitants disparus. Champlain, en 1621, avait traité avec les Algonquins, qu'il décrit comme un peuple de seigneurs. Des femmes superbes dans leurs jeunes années, sveltes et rondes à la fois. Des guerriers beaux comme des dieux antiques, plus grands que tous les autres Indiens, le menton épilé, le rouge cuivré de leur peau accentué par une décoction de racines, affectionnant les couleurs vives, les colliers de dents de loup, les parures de plumes de coqs-faisans, profondément religieux, honorant les morts, et intelligents avec ça, ayant inventé le wigwam de peau, le tissu d'écorce pour les canots, la raquette, la traîne, et la plus élaborée des langues indiennes... Nous avons campé au milieu d'eux, plantant la tente au centre du village, mais pas de mât aux couleurs, pas de drapeau : nous étions leurs hôtes. Ils nous recevaient.

A quatre heures du matin, nous avons rejoint les eaux du lac et repris le cap au 270. Quand le soleil s'est levé, les grands cormorans noirs nous ont rattrapés. Ils nous ont accompagnés jusqu'à l'île La Cloche, puis à l'île Saint-Jean, au large de la rivière du Serpent, à deux jours de navigation, toutes deux Algonquin Indian Reserve, et tout aussi abandonnées. C'est à Blind River, un gros bourg où nous sommes arrivés au soir du 19 juillet, que le mystère s'est dissipé. Des Algonquins, il y en avait partout, mais qu'ils avaient pauvre mine, les seigneurs amis de Champlain ! Ils étaient assis par terre aux carrefours, ne disant mot, éclusant des bières en boîte achetées sous le manteau à un revendeur, car l'alcool leur était interdit, dérisoire sollicitude de leur administration de tutelle qui les avait gorgés d'*eau de feu* depuis cent cinquante ans. Ils habitaient un bidonville non loin de la sortie du bourg. J'avais remarqué de nombreux canots sur la grève, assez bien entretenus, fraîchement repeints. Nous nous sommes renseignés dans une taverne. Le lendemain 20 juillet était précisément leur jour de fête, l'Algonquin Day. Un grand type roux est

venu à nous. Il s'appelait Bill. Il nous connaissait. Un
journal de Toronto avait publié quelque chose sur nous.
Notre indianisme naïf l'a amusé.

– En Europe, nous a-t-il dit, les rêves du passé tien-
nent trop de place dans votre vie [1]. Ici, on ne parle pas
du passé, mais du barrage et de la centrale hydroélec-
trique que nos maçons algonquins sont occupés à
construire, vingt miles plus haut sur la rivière. Mais si
les Indiens vous intéressent, vous pouvez toujours vous
inscrire pour leur course en canots. Elle est ouverte à
tous. Il y a cinquante dollars à gagner et je paierai
votre inscription.

En parlant, il nous jaugeait, notre teint recuit, notre
allure tout en muscles.

– Je parierais bien cent dollars sur vous. Depuis
Trois-Rivières, vous avez fait du chemin.

Cela ne me plaisait guère. Nous avions un peu
d'avance sur l'agenda, mais d'ici le rendez-vous de
Mackinac avec le gouverneur du Michigan, des pépins
étaient toujours à craindre. Yves a consulté son carnet
de comptes. Nos quatre-vingts dollars avaient commencé à fondre. Cinquante de plus, c'était bon à
prendre. On a voté. Trois oui et mon abstention. Va pour
la course...

– Tout de même, a repris Bill, méfiez-vous des
Indiens. Leur technique est parfaite, mais ils ne sont
pas fair-play. Le canot, c'est tout ce qui leur reste. Ils
savent s'en servir.

La nouvelle a fait le tour de la taverne. L'ambiance
est montée d'un cran. Un bookmaker prenait les paris.

---

1. C'était en 1949, rappelons-le...

Bill nous a invités à dîner. Le mirage de French River Station s'est soudain matérialisé, des steaks énormes, juteux, fondants, des montagnes de frites. Bill, qui carburait au whisky, ne nous a autorisé que de l'eau.

– C'est mieux pour la forme. Une bonne nuit là-dessus et vous gagnerez. On se rattrapera demain soir...

Le départ a été donné vers trois heures, sur la rivière. Cinq miles à remonter, cinq miles à descendre. Quatorze équipages algonquins, leurs canots plus légers, plus minces, bas sur l'eau, sans quille, profilés pour la course, la coque enduite de graisse de morse, et nous, c'est-à-dire Philippe et moi, sur notre gros canot amiral plus lourd de trente livres, plus long de quatre pieds, haut sur l'eau. Il fallait les voir se payer ouvertement notre tête ! Le départ : de l'escrime à l'aviron, des injures, des queues-de-poisson. Ils ont filé à un train d'enfer. Ils nous ont laissés sur place, seuls au milieu de la rivière. Toute la tribu, rassemblée sur les berges, hurlait de rire en nous montrant du doigt. C'est vrai qu'en comparaison, nous nous traînions comme des limaces.

– Ce n'est pas notre jour, a dit Philippe. On va perdre cinquante dollars et l'honneur.

Ils étaient loin. On ne les voyait plus. Nous avons accéléré la cadence, pour l'honneur, en effet, mais sans conviction. Au quatrième mile, cependant, le dernier de leurs canots est apparu. Nous l'avons doublé sans forcer, puis un deuxième, un troisième. Cette fois nous avons compris. Ils manquaient de souffle. Ils avaient brûlé toute leur énergie dans cette folle remontée. Nous avons viré au cinquième mile en neuvième position. Le moral nous revenait. En descente, on s'y

connaissait. C'étaient eux qui à présent se traînaient.
Au huitième mile nous en avions doublé quatre autres.
Il en restait encore quatre en tête, alignés pour nous
barrer le passage. La rivière, à cet endroit, formait un
assez long virage. Notre dernière chance : qu'ils choi-
sissent la corde pour raccourcir la distance, ce qu'ils
ont fait, en changeant de rive. Tranquilles au milieu du
courant, nous nous sommes mis, cette fois, à avironner
pour de bon. Ils étaient médusés, nos pauvres seigneurs
du lac Huron. A la sortie du virage, nous leur avions
passé devant, et l'écart n'a plus cessé de se creuser. La
consternation régnait sur les berges. Nous filions vers
l'arrivée entre deux murs de silence. Un coup de feu
au franchissement de la ligne, c'était terminé. Nous
avions, Philippe et moi, et sur leur propre terrain,
battu les Algonquins à la course. Une fois l'émotion
retombée, cette victoire m'a laissé un vilain goût,
comme si elle n'était pas méritée, comme si nous
avions abîmé nous-mêmes l'image romanesque que
nous nous faisions d'eux. Ils étaient meilleurs que
nous, leur début de course fulgurant le prouvait. Je
savais pourquoi nous avions gagné, parce que nous
étions pétants de santé, entraînés comme des machines
bien rodées, Peaux-Rouges à plein temps, en quelque
sorte, tandis que ces manœuvres de chantier, coupés
de leur vie d'autrefois et jetés dans un monde étranger,
n'étaient plus, en cette circonstance, que des Indiens
d'occasion. Un siècle et demi plus tôt, ils n'auraient
fait de nous qu'une bouchée. Pas de quoi pavoiser...

Lors de la remise des prix par M. le maire, une
surprise nous attendait, une *Marseillaise* imprévue
tonitrua dans les haut-parleurs. Dans un patelin comme

Blind River, Dieu sait comment on s'en était procuré le disque. Je me suis quelque peu éloigné depuis de cet hymne furibard et forcené, mais en cet après-midi de juillet de l'année 1949, j'aurais mauvaise grâce à nier que ma fibre patriotique s'en est trouvée toute émoustillée. La foule a applaudi vigoureusement. Les équipages engagés sont venus sportivement nous serrer la main. En l'honneur de l'Algonquin Day, les tavernes étaient exceptionnellement ouvertes aux Indiens. On s'y est dirigés bras dessus, bras dessous. Nous avons rincé toute la flottille. Ils buvaient un mélange nauséeux de bière et de bourbon canadien. Nous, la même chose, mais séparément. Les cinquante dollars y sont passés, ensuite Bill a pris le relais.

Je me suis fait un ami ce soir-là. De ceux qu'on ne voit qu'un court moment, qu'on perd de vue immédiatement, dont on n'a plus jamais de nouvelles et à qui l'on n'en donne pas non plus. Il s'appelait Towse. Big Bear Towse, président du conseil tribal des Algonquins du lac Huron. Au départ de la course, avec son aviron, il avait bien failli m'assommer. Son grand-père était né dans un wigwam. Son père avait tenté de subsister en chassant et en pêchant, mais cela n'était plus possible et l'on ne touchait l'argent du gouvernement que si l'on vivait dans une réserve. Il était mort à Sagonnik. A présent, il fallait travailler. Le gouvernement ne payait plus, ou si peu. Big Bear Towse pelletait le ciment au barrage. A ses heures de liberté, il sculptait le bois, des figurines totémiques, des visages de guerriers emplumés, qu'il peignait. Il m'a donné celui qu'il portait au cou, pendu à un lacet de cuir. Une superbe tête brun-rouge, nez aquilin, la bouche dure, les traits anguleux, un bandeau de perles multicolores au front soutenant la coiffure de chef à plumes noires. Je l'ai devant moi, sur ma table. Je n'ai eu qu'à étendre la main vers le rayonnage de ma bibliothèque le plus proche où elle se tient en permanence et où elle a l'air de lire par-dessus mon épaule ce que je suis en train d'écrire. Big Bear Towse l'avait signée, au verso...

Le lendemain, sur notre élan, en dépit d'une courte nuit succédant à une soirée arrosée, nous avons abattu trente-deux miles – cinquante-deux kilomètres – d'affilée. Le journal de bord indique bizarrement : *Les canots marchent magnifiquement*. A lire cela, on les supposerait équipés de moteurs ! Et pas un mot sur les pistons, vingt-cinq coups d'aviron à la minute. On s'était dédoublés. Nous n'y pensions plus.

Les grands cormorans noirs sont revenus. Ils nous ont survolés un moment, puis ils ont décrit un cercle dans le ciel et ils ont rebroussé chemin. La tribu des Algonquins est géographiquement divisée en plusieurs clans. On me croira si l'on veut : celui des îles du lac Huron s'appelle le clan du Cormoran.

Nous avons campé sur un îlot désert et sans nom pas plus grand qu'un terrain de tennis, entouré d'autres îlots tout aussi déserts et anonymes. Le cuistot s'est défoncé, mais ce soir-là nous avons bu de l'eau du lac. Il nous restait quatre jours et cent miles à parcourir pour honorer notre rendez-vous de Mackinac, fixé au lundi 25 juillet.

Le paysage se modifiait. Les flamboyants rochers de granit rouge tournaient au bleu-gris. Les boqueteaux de pins et les bouleaux cédaient le pas aux hêtres et aux chênes. Il n'y avait pas âme qui vive, mais on sentait que cela ne durerait pas. Des vedettes passaient dans le lointain, à toute vitesse, déjaugées. Un petit phare, quelques bouées, commençaient à mettre un semblant d'ordre dans le labyrinthe des îles. Celles-ci étaient toujours aussi nombreuses, parallèlement à la côte, un fouillis d'archipels successifs à travers lequel nous zigzaguions au compas, protégés de la grande houle du large. On se trompait souvent. On ne choisissait pas le bon chenal. La carte se révélait parfois fausse. Il fallait rebrousser chemin. On perdait du temps, et à vol d'oiseau on n'avançait guère. A ce train-là, nous n'y serions jamais. Il fallait changer de cap, couper au plus court, c'est-à-dire en plein large, vingt-cinq miles au sud-ouest, azimut 220, sans protection, à la merci de ces coups de vent particuliers aux Grands Lacs américains, qui se lèvent sans prévenir en quelques minutes et à l'épaisse brume d'été qui vers midi, les jours de grande chaleur, s'abat comme un manteau de coton. A mi-parcours, une île déserte, l'île Thessalon. Encore ne fallait-il pas la manquer. Il n'y avait pas d'autre solution que de s'engager sur ce cap-là. Dans le langage des brigades, qui précisément à cet endroit, selon ma « bible », se trouvaient confrontées au même dilemme, cela se disait *prendre une chance* [1].

Pour la première fois depuis Trois-Rivières, nous avons perdu toute côte de vue, aussi bien celle que nous avions quittée que celle vers laquelle nous nous

---

1. Voir carte page 170.

dirigions. Sur des canots de cinq mètres non pontés, à l'aviron, et avec une imagination de jeune homme, au début cela prend une dimension épique. Nous avions envoyé nos marques, pavillon national en poupe, guidon de l'équipe à la proue. Une escadre française, en quelque sorte, le canot amiral en tête, parce que c'est lui qui avait le compas. Un instant d'exaltation juvénile vite passé. Pour le moment il importait surtout de souquer ferme contre une jolie brise qui se levait par trois quarts tribord avant, et comme on dit en Armorique, ça commençait à blanchir dans le vent. Les longues vagues se crêtaient d'embruns à la limite de la déferlante et mon compas accusait une dérive de cinq à dix degrés à corriger pour atteindre l'île Thessalon qui venait d'apparaître au ras de l'horizon.

Posons le titre de la séquence : *La Tempête*. Nous nous en serions volontiers passés, mais je n'y peux rien, c'est là qu'elle se place. Dans le théâtre élisabéthain, l'auteur se bornait sobrement à faire traverser le plateau par un valet de scène portant une pancarte qui indiquait aux spectateurs que la tempête se déchaînait, ce qui était exactement la périlleuse situation dans laquelle, en cinq minutes, nous avons été plongés. Comme nous avons cru que nous y laisserions tous les quatre notre peau, je me permettrai d'être un peu moins bref.

Tout résulte d'une double erreur d'appréciation dont je porte la responsabilité. D'abord une mauvaise évaluation de la distance qui nous séparait encore de l'île. Je l'imaginais beaucoup plus loin qu'elle n'était en réalité et inatteignable face à ces vagues qui se creusaient dangereusement en se ruant sur nos canots. J'ai donc estimé qu'il fallait rebrousser chemin, mettre en fuite et regagner la côte d'où nous venions, poussés par le mouvement du flot et du vent. C'est ainsi que nous avons viré de bord, embarquant pas mal d'eau par le travers. Le remède était pire. Certes les vagues nous emportaient à une vitesse impressionnante, mais comme elles allaient plus vite que nous, elles soulevaient l'arrière des canots, en nous dépassant, et y déversaient l'une après l'autre un nombre inquiétant de litres d'eau dont il était impossible de se débarrasser ; écoper et avironner en même temps pour rester impérativement manœuvrant sont deux exercices incompatibles. En résumé : à s'obstiner plus longtemps au vent arrière, on était en péril de couler. Tous les marins, un jour ou l'autre, se sont trouvés confrontés à ce choix d'urgence : mettre en fuite ou mettre à la cape. Pour ma part, je m'étais trompé. Il restait à virer de bord une seconde fois, avec des canots qui s'enfonçaient.

Sur le moment, nous n'avons pas pensé à sainte Anne. Sans doute veillait-elle en permanence, si bien que nous avons pu profiter d'une courte série de vagues moins hostiles pour réussir la manœuvre en embarquant un minimum d'eau. A bord du *Huard* et du *Griffon*, les deux devants, Philippe et Yves, ont fait merveille, maintenant à eux seuls leur canot à la cape, tandis que les deux gouvernails, Jacques et moi, nous écopions furieusement, comme si notre vie en dépendait, ce qui était à peu près le cas. Et l'on s'est remis à souquer, à écoper, à souquer... Cela tenait plus de la voltige que de la navigation, mais le gros de la tempête était passé. Deux heures, tout de même, pour rejoindre

Thessalon. Un abordage rude, à travers les rochers, et nous dans l'eau, pour guider les canots, malgré le ressac, deux pas en avant, un pas en arrière, jusqu'au sable de la grève que nous aurions presque embrassé, tant le combat avait été incertain.

Ce n'était peut-être qu'une modeste tempête, après tout, un remue-ménage au ras de l'eau que n'importe quel navire de haut bord, du tanker au chalutier de grande pêche, aurait considéré comme une chiquenaude. Philippe a dit :

– Je ne sais pas si nos canots sont trop petits pour ces lacs ou ces lacs trop grands pour nos canots, mais il y a sûrement quelque chose qui ne colle pas...

Assez d'émotions pour la journée. Il était à peu près cinq heures. On a décidé de camper. Dans notre collection d'îles désertes, Thessalon est à marquer d'une pierre blanche. Du bois flotté bien sec abondait tout le long de la grève à la limite extrême de l'avancée des vagues, et, quelques mètres plus haut, nous avons découvert une murette circulaire de galets d'environ deux mètres de diamètre manifestement agencée par la main de l'homme : une aire de feu, mais ancienne, sans traces de cendres ou de bois mal consumé. Je me suis souvenu que ma « bible » parlait d'un Fort Thessalon, simple relais pour les brigades de la Compagnie du Nord-Ouest. C'est un brasier que nous avons allumé. Il fallait tout faire sécher, les duvets, les vêtements, et nous-mêmes. Un jus innommable suintait du sac à linge. La cantine intendance, qui n'était pas étanche, offrait le spectacle lamentable d'une agglutination de sucre-sel-chocolat-café-riz-nouilles-margarine. Le riz au lard numéro trente-six a eu un drôle de goût, ce soir-là, et pourtant il nous a semblé que nous n'en avions jamais mangé de meilleur. Les flammes s'élevaient si haut que Jacques a fait justement remarquer qu'on allait être repérés à des miles et des miles à la ronde, comme si nous appelions au secours. L'Equipe Marquette, appeler au secours ? Ça, jamais ! Dare-dare on a planté la tente et le mât aux couleurs avec son pavillon. On a mis de l'ordre dans ce foutoir. On a aligné les canots, les sacs, les cantines. On s'est rhabillés, chemise d'uniforme et foulard. Si quelque navire se pointait, cet ordonnancement quasi militaire était destiné à lui prouver que nous maîtrisions parfaitement la situation.

La frontière virtuelle avec les Etats-Unis se situait à dix miles au sud-sud-ouest. C'est de là que nous est arrivée la visite, un hydravion volant bas, son fuselage orangé portant les cocardes américaines et l'identification en lettres noires : U.S. COAST GUARD. Il a effectué quatre passages au ras du camp. Au deuxième il a lâché un petit sac de toile lesté qui contenait un bref message : *Are you O.K. ?*, puis il est revenu chercher la réponse que nous lui avons signifiée en brandissant joyeusement nos poings le pouce levé. Autre courrier au troisième survol : *Friendly welcome to Marquette Team from Governor of Michigan and President of the Boy Scouts of America. Good luck and see you next time in Mackinac.* Un dernier tour pour prendre congé en battant des ailes, et il a filé dans le soleil couchant, nous laissant *babas comme deux ronds de flan*, expression que je pêche dans le journal de bord.

– Ça commence bien, a dit Yves.

– Peut-être trop bien, a dit Philippe.

Encore deux jours et nous y serions, d'autant mieux que le temps s'arrangeait.

Nous avons longuement bavardé ce soir-là en dégustant des grogs au rhum. On changeait de chapitre, de pays, mais on ne quittait pas les chemins d'eau du roi de France.

Au mois de juin de l'année 1671, Daumont de Saint-Lusson, officier du roi, accompagné seulement de quinze Français, avait pris possession, non loin de là, au Sault-Sainte-Marie, de ce carrefour stratégique où les trois plus grands lacs américains, le Huron, le Michigan et le lac Supérieur, se rejoignent et communiquent par un réseau de passes et de détroits. C'était une véritable scène de l'*Iliade*. Des prêtres, des coureurs de bois, des centaines de sauvages bigarrés et parés à la mode des forêts, accourus en canots de tous les points cardinaux. Tous avaient formé le cercle autour de Saint-Lusson flanqué de quatre Robes noires et du guide et coureur de bois Louis Joliet. Marquette n'était pas encore arrivé. Comme à Fort Frontenac, les Français ont planté une croix et un poteau écussonné aux armes du roi de France. Après l'*Exaudiat* et le *Vexilla Regis* entonnés par les quatre jésuites, Saint-Lusson, théâtralement, a salué de l'épée, puis il a arraché une motte gazonnée qu'il a brandie comme un trophée. Il a ensuite parlé longuement. Peut-être les forêts alentour ont-elles conservé quelque temps les vibrations de sa voix, mais le texte de son discours, c'est dans les *Relations des jésuites* qu'on le trouve :

« *Au nom du très haut, très puissant et très redou-*
table monarque, Louis le Quatorzième, roi de France
et de Navarre, nous prenons possession du lieu dit
Sainte-Marie, du lac des Attangouais[1]*, de la Grande*
Mer[2] *du lac des Illinois*[3] *et de toutes les autres*
contrées, rivières, lacs et cours d'eau tributaires, tant
de ceux qui sont déjà découverts que de ceux qui sont
encore à découvrir... »

Au père Allouez, qui parlait la langue algonquine,
que comprenaient la plupart des sauvages présents,
avait été laissé le soin d'évoquer Louis XIV. Il n'y était
pas allé par quatre chemins :

« *Le grand capitaine, que nous nommons notre roi,*
vit par-delà les mers. C'est le capitaine de tous les
capitaines et il n'a pas son égal dans le monde. Tous
les capitaines que vous avez pu voir ou dont vous avez
entendu parler, même notre grand Onnontio, à Québec,
ne sont que des enfants en comparaison de celui-là. Il
est semblable à un arbre géant, et eux ne sont que de
petites plantes, comme celles que nous écrasons du
pied en marchant, etc., etc. »

Leur ayant promis – parole de Robe noire –, pour
terminer, qu'ils seraient « *libres de continuer à porter*
leurs coiffures et leurs ornements, de chasser, de
pêcher, de se déplacer à leur guise », le père Allouez

1. Ou *Mer Douce* : lac Huron.
2. Lac Supérieur.
3. Lac Michigan.

leur avait fait crier « Vive le roi ! », ce à quoi ils avaient répondu par une immense clameur enthousiaste, des centaines, des milliers de voix indiennes, dont l'écho serait porté de tribu en tribu jusqu'aux nations les plus lointaines... Qu'avaient-ils gobé à tout cela ? Qu'avaient-ils retenu de ce conte merveilleux ? Assez, sans doute, pour rester fidèles aux Français jusqu'à l'abandon de 1763. Etrange domination de parade sur un empire qui n'avait pas de limites, pas de troupes ou si peu – elles étaient concentrées sur le Saint-Laurent –, pas d'administration, à peine quelques centaines de colons dispersés sur des milliers de lieues, et d'où ne se tirait aucune richesse durable, tandis qu'au bord de l'océan les puritains de la Nouvelle-Angleterre construisaient des villes, des ponts, des routes, des factoreries, tout l'appareil d'un vrai pays. Mais les premiers ont été aimés, et les seconds, détestés...

A l'île Thessalon, nous nous sommes définitivement séparés des *engagés* et des *voyageurs*, et de tant d'autres compagnons qui nous avaient précédés sur ce chemin. Notre route, désormais, c'était plein sud-ouest, puis sud, vers le lac Michigan et le Mississipi. La leur : ouest et nord-ouest. Les brigades, au Sault Sainte-Marie, se hisseraient de six mètres vers le lac Supérieur qu'elles traverseraient ensuite de part en part jusqu'au fort de Grand Portage, où s'élève aujourd'hui la ville canadienne du même nom, puis la rivière de La Flèche, Fort Charlotte, Fort France et le lac à la Pluie, le lac Winnipeg, le lac Athabasca, le Grand Lac des Esclaves, enfin, dans les solitudes boréales du Pays-d'En-Haut. Je les ai vus s'éloigner avec regret. Je reprendrai cette route-là dans une autre vie... A l'ouest, plein ouest, s'en irait aussi, dans les années 1730, le chevalier Pierre de La Vérendrye, ancien officier du Royal-Bretagne, accompagné de ses trois fils et de cinquante volontaires recrutés parmi les colons du Canada et payés sur ses propres deniers. Il construisait des fortins qu'il laissait derrière lui comme les pierres du Petit Poucet, Fort Saint-Charles, Fort Maurepas, Fort La Reine, Fort Dauphin, Fort Bourbon, Fort La Corne, jusqu'aux premiers sommets des montagnes Rocheuses, à la rivière Yellowstone et au Big Horn, dans le Montana, où les Sioux de Sitting Bull, cent quarante ans plus tard, remporteraient leur dernière victoire. Quand Lewis et Clark, en 1805, envoyés en mission d'exploration pour le compte du gouvernement américain, et guidés par des bois-brûlés [1], prirent contact, pour la première fois, avec les tribus indiennes des Rocheuses, leur grande surprise fut de s'entendre demander, en quelques mots de français, s'ils étaient envoyés par Onnontio. Les tribus, là-bas, s'appelaient et s'appellent toujours Nez-Percés, Corbeaux, Cœurs-d'Alène. C'était l'héritage de La Vérendrye.

J'ai rangé au fond de ma cantine *Les Engagés du Grand Portage*, de Léo-Paul Desrosiers, ma « bible »...

Casse-croûte à Macbeth Bay – « pas de nouvelles de Duncan ? » (Philippe) – puis la passe de Détour Village qui relie le North Channel à l'ultime extension ouest du lac Huron, et nous sommes entrés dans les

---

1. Métis franco-indiens.

eaux américaines[1]. Nul besoin de regarder la carte, cela sautait aux yeux... et aux oreilles. Un vrombissement d'engins marins. Des cruisers nickelés dans tous les sens, des voiliers de millionnaires remontant le vent au moteur. Ils avaient plus de chance que nous. Des fumées d'usine au loin, des villas à touche-touche au bord de l'eau, la route côtière encombrée de ces voitures-paquebots qu'en France on ne voyait qu'au cinéma. Et nous, au milieu de tous ces bateaux, avec nos petits canots, souquant bravement en nous demandant qui allait le premier nous couler. Eh bien non. Tous s'écartaient ou réduisaient leur vitesse pour ne pas nous gêner. Les filles nous faisaient bonjour de la main. Les yachtmen agitaient leur casquette à taud blanc. Tout ce qui pouvait produire du bruit se déchaînait, cornes de brume, sifflets, klaxons, sirènes. Les grands voiliers, protocolairement, nous saluaient de leur pavillon. D'autres ont tiré des fusées.

– Est-ce qu'on nous connaîtrait, par hasard ? a dit Philippe.

A l'approche du soir, et aussi d'un gros grain, le lac s'est dépeuplé. Les marins de plaisance regagnaient leurs ports pour le dernier drink au club-house. A nous, les tâcherons de l'aviron, avant de mettre cap à l'ouest le long de la côte, il restait l'obligation périlleuse de couper la route des cargos en espérant que leurs officiers nous apercevraient à temps, depuis leur passerelle haut perchée et située à la proue du navire, en raison des épaisses brumes du lac, m'a-t-on dit. Sur deux lignes parallèles, en sens opposés, ils s'avançaient,

---

1. Voir carte page 170.

sirènes hurlantes, non pas pour nous saluer, mais pour avertir ce couple de moucherons verts que les grosses bêtes allaient les avaler. Un moment difficile à passer, tous ceux qui ont franchi le rail d'Ouessant le comprendront. Profitant d'un intervalle plus étiré, nous nous sommes glissés entre deux mastodontes indifférents, une chevauchée désordonnée à travers le sillage tourbillonnant du premier, tandis que le second, l'étrave menaçante, avait bloqué sa sirène comme une voiture de police brûlant les feux rouges. Ensuite nous avons navigué d'île en île. Elles étaient nombreuses le long de la côte, formant un chenal abrité. La dernière, au fond du lac, s'appelait l'île Marquette. C'est là que nous avions rendez-vous le lendemain avec la Coast Guard et les sea scouts, à l'abri d'une pointe balisée, pour une ultime traversée de dix miles jusqu'à Mackinac.

L'île Marquette était habitée. Une élégante vieille dame aux cheveux courts violets nous a souhaité la bienvenue sur le seuil de sa terrasse néo-palladienne. Elle aussi, elle a dit : « Ah, vous voilà... » Café, sandwichs, bière Budweiser, salle de bains. Un Oncle Tom en gilet rayé nous servait. Nous avons planté la tente sur son gazon. Elle était ravie, pas snob du tout. Un de ses petits-fils avait combattu en Normandie. Elle-même avait beaucoup voyagé. Jacques s'est enquis d'un téléphone pour confirmer le rendez-vous. L'Oncle Tom, depuis le salon, a déroulé un long fil et lui en a apporté un, avec une table basse pour le poser. La vieille dame marchait au brandy soda. Nous avons bavardé jusqu'à la nuit tombée et l'arrivée des premiers moustiques. Le père Marquette avait séjourné sur cette île, tout au moins le supposait-on. Elle était la seule de sa famille à y attacher encore de l'importance. On lui avait parlé d'une croix qu'on disait plantée par le père lui-même. En 1920, quand elle avait acheté l'île, elle l'avait fait rechercher. On n'avait rien retrouvé. C'était si loin, le temps des Français...

– Depuis 1920, seulement cent cinquante-sept ans, lui ai-je dit. L'espace de six générations.

– C'était un autre pays. S'il existe encore alentour des descendants de Français, ce dont je doute, probablement qu'ils ne s'en souviennent plus. Chez nous la mémoire du passé se perd vite. Mark Twain est venu par ici à la fin du siècle dernier pour une série de reportages. Il raconte qu'une fois ou deux, il a entendu quelques mots de français, sur les lèvres d'un batelier isolé ou d'un vagabond à demi sauvage, et c'est tout...

Elle nous a semblé le regretter.

Le lendemain matin il faisait beau. Un léger vent de nord-est, arrière portant. S'il durait ce serait parfait. Oncle Tom a servi le breakfast dehors. A huit heures nous étions prêts, chemise d'uniforme, foulard bagué, guidon, pavillon, etc. La balise où nous avions rendez-vous à neuf heures se trouvait sur la rive opposée de l'île et déjà nous en parvenait tout un halo sonore de moteurs. Nous avons pris congé de la vieille dame. Elle était vêtue d'une robe de toile à martingale et coiffée d'une capeline de soleil, toutes deux blanches. C'était elle qui, la première, nous avait accueillis aux Etats-Unis. On était entrés par le côté chic. Oncle Tom a porté les sacs aux canots.

– Mauvaise habitude, a dit Philippe.

– Chacun son tour, a conclu Yves, et je n'ai pas bien

compris ce qu'il voulait dire, sinon qu'à l'accoutumée, c'était lui qui s'en chargeait.

On s'amollissait.

On s'est réveillés. L'honneur national. Scouts toujours prêts. Tout ce qui flottait à cette heure matinale dans le détroit de Mackinac semblait avoir convergé là, la vedette de la Coast Guard, une autre des marins-pompiers, la vedette-ambulance de l'hôpital, avec un médecin et deux infirmières en blouse blanche, sans doute au cas où nous craquerions, les baleinières des sea scouts, gréées au tiers et manœuvrant au sifflet, deux cruisers bourrés de journalistes, une foule d'embarcations de toutes sortes, un blanc navire de promenade d'où une cinquantaine de petits scouts en calot kaki poussaient des hourras répétés et autres slogans d'accueil scandés, dans le ciel l'hydravion orangé qui nous avait repérés à Thessalon, et pour clore le tableau, quelques yachts majestueux déployant leurs voiles immaculées et le grand pavois de cérémonie. A bord d'un patrouilleur de la police équipé de haut-parleurs tonitruants, le *Scout executive* [1] du Michigan tentait de mettre de l'ordre dans cette flotte disparate, avec, pour ultime instruction, celle de nous laisser prendre la tête du cortège et de ne pas nous dépasser tout le temps que durerait la traversée de l'île Marquette à l'île Mackinac.

– Sont bien aimables, a dit Philippe, mais nous on n'a pas de moteur. Est-ce qu'ils le savent ? Si on ne veut pas être ridicules, le moment est venu de se surpasser. En tout cas, il leur faudra de la patience...

---

1. L'équivalent d'un commissaire de province chez les Scouts de France.

Il y avait bien cent bateaux derrière nous, et n'importe lequel d'entre eux était capable de nous semer d'un seul coup d'accélérateur. Les grands yachts, filant vent arrière, pouvaient abattre leurs quinze nœuds sans problèmes. Ils ont aussitôt réduit la toile. Le bruit des moteurs a faibli. La Coast Guard, le petit navire blanc et le patrouilleur de la police ont abaissé la manette de leur chadburn à *slow*. Vitesse pour tous : six miles à l'heure. C'est tout ce que nous pouvions donner, de façon déjà inespérée, en nous arrachant les bras. L'eau était calme, le vent portant, un boulevard liquide vide s'ouvrait devant nous, des conditions idéales de navigation s'il n'y avait eu cette impression de gêne, presque de honte, à les savoir derrière nous, brimés, bridés, comme s'ils disputaient une course de lenteur, ou comme des gens bien portants réglant leurs pas sur ceux d'un malade dans le jardin d'un hôpital. Le haut-parleur de la police a gueulé que nous avions atteint sept miles à l'heure, annonce sportivement saluée par un nouveau concert de klaxons, de cornes de brume et de sirènes. C'était magnifique. C'était angoissant. Combien de temps tiendrions-nous à ce rythme-là ? Et puis nous les avons oubliés. Nous avons cessé de les entendre. Nous avironnions furieusement, les dents serrées, sans un mot, sans une pensée, l'œil rivé à l'île Mackinac qui grossissait peu à peu, mais si lentement, au-dessus de l'horizon.

Michilimackinac (en abrégé local : Mackinac) se traduit Grande Tortue en langue algonquine. De la taille de Port-Cros, ou de Bréhat, mais ronde et plus ramassée, haute sur l'eau, elle a la forme d'une carapace de tortue. Au temps des guerres franco-anglaises, puis des guerres anglo-américaines, celle de l'Indépendance et celle de 1812, on l'appelait le Gibraltar des Grands Lacs. Qui tenait Mackinac verrouillait le lac Michigan et pouvait interdire toute communication maritime entre le Huron et le Michigan. Les Français tenaient Mackinac et il en fut ainsi jusqu'en 1763. D'abord les Robes noires, seulement une mission, déplacée plus tard à la pointe Saint-Ignace, sur la rive nord du détroit. Ensuite les militaires du roi, une demi-compagnie franche de la marine, un fort en bois, puis en pierre, pourvu d'artillerie, au sommet de l'île, les batteries de canons pointées à trois cent soixante degrés alentour.

Ce sont ces batteries qui nous ont sortis de notre emportement sourd de cheval emballé. Elles tonnaient aux créneaux du fort Mackinac qui s'étaient couronnés de fumée. Le port de l'île était en vue. J'ai regardé ma montre : onze heures moins dix. Nous avions dix minutes d'avance. Passant de la position à genoux à la position assise, nous avons ralenti la cadence. Philippe partageait avec le duc de Saint-Simon la passion de l'étiquette, des subtilités protocolaires, le salut au canon, notamment. Il avait dressé l'oreille. Il comptait : « Dix... Onze... Douze... Douze ce serait déjà très bien. C'est l'usage pour honorer un chef d'escadre, un général d'armée ou un ministre plénipotentiaires en mission. » Du fort nous est parvenu le treizième coup, puis le quatorzième, le quinzième... « Tiens ! a dit Philippe, cela devient intéressant. Le tarif suivant, c'est vingt-quatre, réservé au légat du pape, aux ambassadeurs extraordinaires et aux épouses de princes régnants représentant leur souverain absent. » Le vingt-quatrième coup de canon a été suivi d'un vingt-cinquième. « Ils ne vont tout de même pas aller jusqu'à trente-deux ! a dit Philippe. Trente-deux, c'est le salut dû à un chef d'Etat. Uniquement à un chef d'Etat... » Il n'y a pas eu de vingt-sixième coup et la fumée s'est dissipée.

– Je n'y comprends rien, a conclu Philippe en haussant les épaules avec dédain. Vingt-cinq coups de canon, cela ne signifie rien. Des amateurs...

La vedette de police nous a doublés pour nous précéder dans le chenal balisé. La jetée du phare était noire de monde. Les yachts à quai avaient pavoisé. Une photo de cette scène surprenante a été publiée en première page du *Figaro* du 27 juillet 1949. *Sic transit*, etc. Nous avons débarqué sous les applaudissements d'une foule qui m'a tout de suite paru élégante. Mackinac Island, à cette époque, c'était, avec Marthas Vineyard, ce qu'on faisait de mieux aux Etats-Unis, le nec plus ultra des villégiatures d'été, quelque chose comme les îles Borromées, Capri, Porto Fino, Cowes ou Saint-Tropez avant la ruée. Villas de millionnaires, pas d'autos, des calèches attelées, une domesticité noire et stylée, des jardins somptueux, un microclimat de Côte d'Azur, et le palace le plus célèbre des Etats-Unis *and the most expensive in the world*, le Grand Hôtel Mackinac, dont le puissant *general manager* était descendu en personne et se tenait à la gauche du gouverneur du Michigan, lui-même en complet de lin blanc et panama vissé sur sa tête de boxeur, ce qu'il était précisément, ancien champion mi-lourds des

Etats-Unis. A la droite du boxeur, un personnage bedonnant et peu martial en dépit de son calot étoilé, de sa vareuse et de son pantalon militaire, pâle réplique du général Spry, et qui nous a paru beaucoup trop gros pour être un vrai *chief*, bien qu'il fût le président des Boy Scouts of America, arrivé le matin même de Washington. Avec uniformes et drapeau, l'American Legion s'était déplacée pour accueillir le caporal Andrieu, titulaire de la citation présidentielle. Police, fanfare, photographes. Cérémonie aux couleurs. Un problème s'est présenté. Aucune des autorités concernées n'avait pu dénicher dans l'île le moindre pavillon français. Yves a couru aux canots chercher le nôtre. Petit, effrangé, piqué de taches d'humidité, c'est celui-là qui a été hissé à la drisse de courtoisie du mât de pavillon du très sélect Mackinac Island Yacht Club, tandis que le gouverneur et sa suite, et le millier de personnes qui se pressaient là, saluaient à l'américaine, la main posée sur le cœur.

Joli discours du gouverneur : le père Marquette, l'inévitable La Fayette, l'indéfectible amitié entre la France et les Etats-Unis... Il a conclu : « Vous êtes chez vous. Nous sommes tous un peu français par ici... » Il y avait d'autant plus de mérite qu'il s'appelait Schwarzkopf, descendant d'émigrés allemands de la troisième génération, comme tant d'autres citoyens du Michigan et du Wisconsin où l'élément germanique, alémanique et nordique prédomine, Prussiens, Baltes, Carinthiens, Finlandais, Norvégiens, Bavarois, Danois, Suisses venus de la Suisse profonde du temps qu'il existait encore des pauvres en Helvétie, à quoi il fallait ajouter un certain nombre d'Italiens, de Grecs et de

Polonais. Ils s'étaient tous retrouvés là dans les dernières décennies du XIXᵉ siècle, submergeant les
W.A.S.P. de Nouvelle-Angleterre qui s'étaient avancés
jusqu'ici après s'être partagé les dépouilles des Français qui les avaient eux-mêmes précédés et dont ils
n'avaient rien hérité, ni la langue, ni l'histoire, ni les
façons, ni l'élégant détachement des biens matériels et
encore moins leur inclination fraternelle à l'égard des
populations indiennes. Une succession de bernard-
l'ermite dont les derniers arrivés ignoraient tout des
premiers occupants des lieux. Que le souvenir du père
Marquette ait pu se transmettre malgré tout à travers
cet océan d'ignorance représente un véritable miracle
qu'il faut porter au crédit du révérend découvreur du
Mississipi.

Sa statue dominait le port, un peu plus haut. Tête
nue, en longue robe et col à rabats, le regard porté à
l'horizon, il tenait à bras levé la croix, comme s'il la
présentait à toute l'Amérique. Dans l'ambiance de
cette île fortunée, au milieu de cette profusion de signes
extérieurs de richesse, le contraste était saisissant.
Minute de silence et nouveaux discours. Le service
d'honneur était cette fois assuré par la garnison estivale
du fort, une vingtaine de soldats de théâtre préposés à
la couleur locale, en uniformes de l'an 1800, tricornes
noirs et buffleteries blanches, des « amateurs », en
effet, mais qui présentèrent les armes très correcte-
ment. J'ai remercié leur capitaine et je lui ai serré la
main.

Si l'on se place d'un point de vue français, le grand
homme de la Louisiane, c'est Cavelier de La Salle. La
Louisiane du roi de France, distincte du Canada,

s'étendait de Mackinac aux bouches du Mississipi, des Grands Lacs jusqu'aux Rocheuses et aux sources du Missouri, de l'Ohio à l'Arkansas, soit tout ou partie d'une vingtaine des futurs Etats des Etats-Unis. Elle était sortie tout entière de son formidable rêve. C'est lui qui l'a explorée, qui en a jeté les bases, dessiné les contours, lui seul qui a entrevu la richesse et la puissance qu'engendreraient plus tard ces immensités. Cavelier de La Salle agissait au nom de la France. Il était pourvu d'une commission royale. Il n'était ni marchand ni missionnaire. Les forts qu'il plantait aux carrefours stratégiques où s'élèvent aujourd'hui nombre de villes américaines, n'étaient pas des forts privés, mais des établissements français où flottait le drapeau du roi. Avant que de dresser une croix sur une région nouvellement découverte, il la marquait du sceau royal, sous la forme d'écussons ou de plaques de plomb fleurdelysées. Selon les usages du temps, il n'y avait aucune ambiguïté : on était en territoire français. Il se comportait en homme politique. C'est la France qu'il installait en plein cœur de l'Amérique.

En revanche le père Marquette, tout découvreur du Mississipi qu'il fût, et grand apôtre des Indiens, auréolé d'une sainte mort au terme de sa mission épuisante, n'était mandaté que par les jésuites et par la conviction qu'il avait de servir Dieu en premier. Il ne se souciait pas de bâtir un empire. Il prêchait l'Evangile aux sauvages. C'est cela qu'ont retenu les Américains, qu'ils ont *volontairement* choisi de retenir. Un homme de Dieu, mais pas un conquérant. Un porteur de valeurs universelles, et non l'initiateur d'une cause nationale étrangère et antérieure à la leur. Cela convenait à leur esprit religieux et à leur patriotisme, mais le parti pris n'est pas innocent. Il leur a permis d'évacuer, le père Marquette excepté, toute autre référence qu'à eux-mêmes. Voilà pourquoi, au Capitole, voisine de la statue de Lincoln, c'est celle du père Marquette qui a été érigée, de telle sorte qu'il s'en trouve *ipso facto* naturalisé américain, et non celle de Cavelier de La Salle, trop français...

La cérémonie terminée, nous avons pris place dans la calèche directoriale vert pomme du Grand Hôtel Mackinac, en compagnie du *general manager* – « appelez-moi Brad » –, lequel nous invitait pour deux jours. Il nous restait quarante-neuf dollars. Me souvenant de la mésaventure de Chaudière Lodge, je commençais à me faire des cheveux.

– Signez vos notes et cela suffira, a dit Brad, dans le rôle de la bonne fée. L'hôtel les prend à sa charge.

Quatre Tintin en Amérique. Chambres somptueuses, vue sur le lac, salles de bains de mythe oriental, piscine, cocktail au *loundge*, repas mirifiques et tarabiscotés servis par des Noirs camouflés en amiraux. En lorgnant sur nos culottes courtes, Brad avait dit : « L'habitude est de s'habiller le soir. » Nous avons revêtu nos tenues « de gala », le blouson bleu marine d'uniforme assorti d'un accessoire qui ne figurait pas au trousseau scout, à savoir un pantalon long de même drap serré aux chevilles par des guêtres de toile. Nous nous trouvions ingénument superbes. Nous avons eu beaucoup de succès. Etre habillés en scouts mondains au milieu de messieurs en smoking blanc et de dames en robe de soirée nous permettait de nous laisser aller à quelques délassements innocents mais peu compatibles avec la culotte courte, comme déguster des cocktails colorés au fond de canapés moelleux en agréable compagnie, ou danser et ébaucher un flirt avec des étudiantes bien élevées. Philippe, le beau ténébreux, était particulièrement entouré. On nous invitait d'une table à l'autre. Dès le premier soir, naturellement, chacun d'entre nous s'était trouvé pourvu d'une *date*, un mot intraduisible en français qui signifie à peu près une petite amie affectueuse et platonique dont on est le chevalier servant pour le temps d'une brève rencontre. La mienne s'appelait Diana. Elle était la fille d'un vice-président d'Eastman Kodak. Parties de tennis, pique-nique sur le yacht des parents, promenade au fort, la main dans la main. Dernier verre à deux heures du matin sur la terrasse de l'hôtel, face au lac éclairé par la lune, baiser discret et conventionnel, et chacun regagnait sa chambre. C'est ainsi que les choses allaient, sagement, en Amérique.

Deux jours véritablement délicieux. Tous ces gens de Mackinac nous avaient adoptés. Le clan avait ouvert ses rangs d'autant plus spontanément que nous ne faisions que passer. La veille de notre départ, le *general manager* a donné une *party*, présidée par le gouverneur. J'ai prévenu que nous nous embarquerions dès l'aube. Diana s'était mis dans la tête de se tirer du lit et de venir agiter son mouchoir au pied du phare. Ce qu'elle n'a pas fait, heureusement, ni personne d'autre, d'ailleurs. On ne revient pas sur les pages tournées.

Nous avons descendu nos canots à l'eau. L'île était silencieuse, les rues désertes. Juste au moment de déborder du quai et d'empoigner nos avirons, le soleil est apparu au ras de l'horizon, sur le lac, et les lampa-

daires du port se sont éteints, comme au théâtre, marquant la fin de la représentation.

– Ouf ! Le plus dur est fait, a dit Philippe en plongeant son aviron dans l'eau. A nous la belle vie !

Prochaine escale : la pointe Saint-Ignace, une petite
traversée d'à peine six miles.

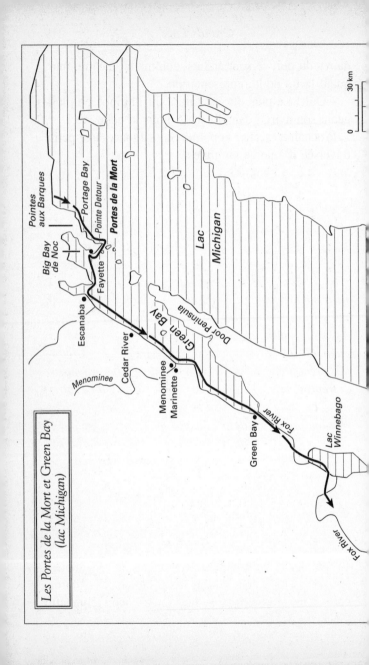

Les Portes de la Mort et Green Bay
(lac Michigan)

Grands Lacs et Folle Avoine

« Ce fut donc le 17ᵉ jour de mai, 1673, que nous partîmes de la mission de Saint-Ignace, où j'estois pour l'heure ; la joye que nous avions d'estre choisis pour cette expédition animoit nos courages et nous rendoit agréables les peines que nous avions à ramer depuis le matin jusqu'au soir ; et parceque nous allions chercher des pays inconnus, nous apportasmes toutes les précautions que nous pusmes, affinque si nostre entreprise estoit hazardeuse elle ne fut pas téméraire ; pour ce sujet nous prismes toutes les connoissances que nous pusmes des sauvages qui avoient fréquenté ces endroicts là et mesme nous traçasme sur leur aport une carte de tout ce nouveau pays... »

Ainsi débute le récit du père Marquette tel qu'il a été conservé dans les *Relations des jésuites*.

Ils étaient sept, dans deux canots légers, le chef de l'expédition, Louis Joliet, Jacques Largillier dit le Castor, Jean Thiberge, Pierre Moreau dit la Taupine, gouvernail du second canot, Jean Flattier, et le Chirurgien, ainsi nommé parce que, après avoir combattu à mort un grizzli, il s'était lui-même recousu ses blessures. Tous coureurs de bois expérimentés, le muscle dur, la parole brève, la patience mûre, coiffés de la tuque rouge et vêtus de peau d'élan. Le père Marquette n'avait que sa robe noire, ses chausses de drap, pour la nuit une fourrure, et dans ses poches un chapelet, un crucifix, un bréviaire, une boussole, de l'encre et du papier. Peu de bagages : des haches, des couteaux, des miroirs, des aiguilles comme cadeaux, du blé d'Inde et de la viande boucanée – la sagamité et le pemmican des Indiens –, un bâton de Jacob gradué à curseur pour viser l'Etoile polaire et déterminer la latitude, enfin des armes, fusils et même arcs et flèches. Pas de tente. Ils bivouaquaient sous les canots. A l'aube le père Marquette célébrait la messe. On se signait rapidement, on recouvrait le feu et on repartait...

Nous les retrouverons plus loin en diverses occasions, puisque notre itinéraire était calqué sur le leur. Il n'en existait pas d'autre de plus direct. Nous formions, en quelque sorte, une expédition à quatre canots séparés deux par deux par deux cent soixante-seize années, mais réunis au ras de l'eau où tous ensemble nous avironnions par les mêmes lacs et rivières. La Taupine, le Castor, le Chirurgien, avec Yves, Jacques et Philippe, Joliet, Marquette et votre serviteur, s'en allaient d'un même élan à la découverte du Mississipi.

La mission de Saint-Ignace, sur l'emplacement de la petite ville du même nom, avait été fondée par le père Marquette en 1671. Il y avait déjà converti des centaines d'Indiens. Son rayonnement s'étendait à des dizaines de lieues à la ronde. Les tribus, à Saint-Ignace, oubliaient leurs guerres fratricides pour se réunir en assemblées immenses autour de la petite chapelle de bois. On peut se demander pourquoi. Le prestige des Français, assurément, leur maîtrise, leur équité, leur armement, l'écrasante supériorité des techniques qu'ils appliquaient à toutes choses, mais, surtout, la charité, la compassion du message évangélique que la plupart de ces populations aux mœurs le plus souvent sanguinaires accueillirent, sans en être conscientes, comme une sorte de délivrance. Renonçant à leurs colliers de doigts coupés, les squaws se comptaient en grand nombre parmi les premiers baptisés.

L'historien américain John Finley, qui écrivait au début du XXᵉ siècle, rapporte qu'il avait rencontré, dans le Michigan, un jeune Indien qui se plaisait à rappeler qu'il avait dans les veines du sang français de cette époque reculée. C'était le fils d'un chef chippewa, un garçon totalement illettré mais qui savait mieux que quiconque l'histoire de Marquette. Sa grand-mère lui avait raconté ce qu'elle tenait de sa grand-mère, qui elle-même le tenait de sa mère ou de sa grand-mère et d'une autre encore avant elle, laquelle se souvenait, avec une multitude de détails, d'avoir entendu le père Marquette prêcher sur le rivage, à Saint-Ignace, d'avoir préparé de ses mains, à la mission, le pemmican et la sagamité que le prêtre avait emportés pour son voyage, et aussi de l'avoir pleuré avec tous les Indiens lorsque la nouvelle de sa mort avait, bien après l'événement, pénétré jusque dans leurs cabanes [1]. La longue mémoire des Indiens...

Le père Marquette avait quitté Saint-Ignace le 17 mai 1673. Il mourut dans une misérable cabane,

---

1. *Les Français au cœur de l'Amérique*, par John Finley, Librairie Armand Colin, Paris, 1916.

deux ans plus tard jour pour jour, au bord de la rivière de la Civette – *Chicago*, dans le langage des Illinois. Escorté par une centaine de canots délégués par cinq nations indiennes, ce qui restait de son corps, enterré dans une fosse oubliée, acheva son grand retour à Saint-Ignace le 7 juin 1677, jour de la Pentecôte. L'histoire est belle.

Le mérite en revient aux Kiskakons, un clan de la nation algonquine, qui furent ses premiers convertis. Les Indiens ont le culte des morts. Ils prennent grand soin de leurs reliques, surtout s'il s'agit d'un notable, d'un chef, d'un grand Ancien. Marquette était tout cela pour eux. Sa mort les avait laissés dans la peine. Ils se devaient de le retrouver, et de le ramener. Ils dépêchèrent donc dix canots au pays des Illinois. Ils trouvèrent la mission abandonnée. Jean Largillier dit le Castor, ainsi qu'un autre Donné [1], qui avaient suivi le père Marquette jusqu'au bout, après l'avoir fidèlement veillé, puis lui avoir fermé les yeux et récité la prière des défunts, l'avaient enterré chrétiennement, pour rejoindre ensuite une autre mission. Ayant découvert son corps, les Algonquins, pour le transporter, l'accommodèrent selon la coutume indienne. Ils n'en conservèrent que les ossements, lavés, séchés et blanchis au soleil, puis les rangèrent, bien alignés, le crâne en dernier, dans une caisse en écorce de bouleau. Ainsi procédait-on, autrefois, pour nos souverains capétiens avant de les inhumer à Saint-Denis. Cette opération

---

1. Au service des missionnaires jésuites, mi-frères convers, mi-domestiques laïcs, les Donnés ne prononçaient pas de vœux. Un simple contrat civil les liait, le plus souvent la vie durant.

portait un nom sublime chez les Indiens : « préparer la fête des âmes ». Pendant tout le temps qu'elle durait, les tambours sacrés, lestés de cailloux, battaient une sorte de glas composé de sons fêlés déchirants. La caisse fut ensuite chargée sur un canot qui prit aussitôt la direction du nord, les autres embarcations dans son sillage, et toujours un tambour battait. La barque mortuaire du roi Arthur naviguant vers l'île d'Avalon n'avait pas été entourée de plus d'honneurs.

Dès la sortie de la rivière de la Civette, dans les eaux libres du lac Michigan, vingt canots de la nation illinoise se joignirent à ceux des Algonquins. Puis les Renards de la baie des Puants, les Hurons des rives opposées, les Crees du lac Supérieur venus du Sault-Sainte-Marie, les Maskoutens, les Poutéatamis, et même quelques Iroquois, vingt tribus, plus de cent canots à dix rameurs avançaient à la même cadence en psalmodiant leurs chants de gorge. Tous n'étaient pas chrétiens, loin s'en faut. Cependant tous vénéraient leur « père ». Beaucoup ne l'avaient jamais vu, mais sa réputation d'homme sage et bon avait couru de campement en campement. Ainsi fut conduit à son dernier repos le père Jacques Marquette, missionnaire français : funérailles nationales célébrées spontanément par une nation franco-indienne qui ne verrait jamais le jour.

La mission de Saint-Ignace, après celle de Mackinac, fut abandonnée en 1706, au cours de la guerre de Succession d'Espagne qui par ricochet avait rallumé les combats en Amérique entre Français et Anglais. Ces derniers, je l'ai déjà mentionné, utilisaient massivement leurs supplétifs iroquois. Les jésuites quittèrent les

lieux, accompagnés de tous leurs fidèles. Pour lui éviter
d'être profanée, avant de partir ils incendièrent leur
chapelle. La paix revenue, c'est plus au nord, au Sault-
Sainte-Marie, en amont des rapides, adossés à
l'immense lac Supérieur, qu'ils s'établirent une seconde
fois. A Saint-Ignace, l'oubli tomba. Sur les ruines, les
arbres poussèrent. Le temps passa. En 1764 – « diabo-
lisée », ainsi que l'on dirait aujourd'hui –, la Compagnie
de Jésus fut chassée de France, et par voie de consé-
quence, de Louisiane et du Canada, puis dissoute par
le pape en 1771. Disparurent à la trappe, par ordre
de Rome, toutes leurs figures emblématiques, à commencer par le père Marquette. Nul ne s'avisa,
désormais, à en évoquer le souvenir. A Saint-Ignace,
quelques vieillards se rappelaient qu'un grand *Kitchi-
mekatewikanaie* – évêque ou saint prêtre, en langue
algonquine – reposait sous les racines des arbres, peut-
être même celles de ce petit bois où des squaws, par
tradition, venaient prier furtivement. Il s'écoula encore
cent ans, jusqu'au jour où David Murray, un colon irlandais nouvellement arrivé, s'étant porté acquéreur du
petit bois, entreprit de le défricher, et tomba sur les vestiges d'une chapelle. On découvrit sous les fondations
une cavité non voûtée qui renfermait quelques morceaux d'écorce ouvragés et des fragments d'os humains.
On en compta trente-sept. Parmi eux, un os frontal qui
portait une incision d'un dessin particulier, un peu
comme un poinçon d'orfèvre. Les vieux Algonquins de
la réserve voisine furent formels : c'était la marque des
sorciers, qui, autrefois, accommodaient les morts.

David Murray, en bon catholique irlandais, fit prévenir Monseigneur Mrak, évêque du nouveau diocèse

de Marquette, un chef-lieu de comté du Michigan sur
les bords du lac Supérieur, qui sauta dans le premier
train. Enveloppés une par une dans de la soie avec un
respect religieux, les reliques furent partagées.
L'évêque en emporta la plus grande partie qui fut
conservée dans une châsse au collège de sa ville
épiscopale. Le reste fut confié à la municipalité de
Saint-Ignace, à charge pour elle de l'enterrer sur le
rivage du détroit et d'y ériger un monument. Quant aux
ossements manquants, on suppose que les chrétiens
de Saint-Ignace, avant de suivre les Robes noires au
Sault-Sainte-Marie, se les étaient distribués comme des
talismans. Le monument fut inauguré avec les honneurs militaires et la participation des autorités civiles
et religieuses des Etats de l'Illinois, du Michigan et du
Wisconsin, en septembre 1877. Le même mois de cette
même année 1877, tandis que l'on célébrait en grande
pompe la mémoire de ce missionnaire français qui
s'était embarqué pour le Mississipi dans l'unique but
de prêcher l'Evangile aux Indiens, le chef Joseph et
les Nez-Percés, qui avaient accueilli autrefois La
Vérendrye, francophiles de tradition et encore un peu
francophones, cernés par la cavalerie américaine dans
les montagnes du Montana, engageaient et perdaient
la dernière bataille, celle qui mit fin aux guerres
indiennes...

L'imposant monument, en forme de colonne, au
centre du parc qui a remplacé le petit bois, était surmonté d'une croix de pierre. Dans la hiérarchie
officielle des sites historiques américains, il est classé

au plus haut niveau : Father Marquette National Monument. Une foule nous y attendait, que nous n'attendions pas – une initiative de la Coast Guard. Des journalistes venus de Detroit, de Marquette, de Chicago. La presse semblait nous avoir adoptés. Les boy scouts formaient la haie. Le shérif et ses assistants réglaient la circulation. Je ne détaillerai plus, désormais... L'évêque de Marquette avait dépêché son secrétaire particulier, un élégant jeune prêtre en veston clergyman gris clair et chemise à poignets mousquetaires débarqué d'une Buick étincelante. Son évêque nous invitait à Marquette. J'ai décliné, invoquant l'agenda. Les trois clubs de la ville, Rotary, Lions, Kiwanis, avaient organisé impromptu un déjeuner de cent couverts. Le speech de clôture du maire s'est révélé au premier abord un moment difficile à passer. Nous nous regardions, affreusement gênés. Je ne sais qui avait vendu la mèche tant nous étions discrets sur ce point, mais le maire, non sans humour, a fait part à l'assistance de nos « ennuis de trésorerie ». Le shérif a quêté avec son chapeau : cent quarante-deux dollars, une somme à cette époque. J'en avais les larmes aux yeux. Ne sachant comment remercier, j'ai dit : « On va regretter le riz au lard », et tous ont applaudi, ravis. Puis on m'a demandé de parler en français. Seul mon voisin de gauche, un jeune professeur, le comprenait. J'ai prononcé quelques mots d'amitié. J'ai évoqué notre fierté d'être aussi chaleureusement reçus. J'ai dit que nous étions des messagers, des passeurs sur les chemins d'eau du roi de France entre autrefois et aujourd'hui... Tous m'écoutaient sans me quitter des yeux. Certains souriaient. Ensuite Jacques a traduit.

Mais pourquoi en français ? C'est la question que j'ai posée à mon voisin le professeur.

– Parce que la plupart d'entre eux, m'a-t-il répondu, comme tant d'Américains du Middle West, n'ont jamais entendu parler français. Nous sommes loin de chez vous, ici. La musique de la langue française ne leur est jamais parvenue. C'est cela qu'ils voulaient entendre. Savez-vous que, depuis la guerre, vous êtes les premiers Français à avoir posé le pied à Saint-Ignace ?

Ce genre de scène s'est répétée au cours de ce voyage. Nous débarquions dans des petites villes, Escanaba, Oshkosh, Quincy ou Hannibal. Dès la première inter-view radio, un directeur d'école se pointait : Est-ce que nous n'avions pas dix minutes pour venir parler aux enfants, en français ? Les gosses écoutaient, bouche bée. Jacques traduisait, mais en anglais cela les intéressait beaucoup moins. Ce n'étaient pas les mots, mais la musique des mots qui les avait, je dirais presque, charmés. Dans la rue, dans les magasins, les gens s'arrê-taient pour nous écouter et venaient nous demander quelle langue nous parlions. « *So nice* », m'a dit quelqu'un. Cela se passait en 1949, à des années-lumière d'aujourd'hui, avant l'uniformisation planétaire jume-lée à l'omnipotence américaine, laquelle a fini d'assé-cher, jusqu'à l'indifférence, la curiosité de l'Américain moyen à l'égard de la « vieille Europe » et de la France en particulier...

Nous avons repris la route à trois heures par un vent de travers avant assez fort en direction de la Green

Bay, dite *baie des Puants* du temps des Français, qui s'ouvre au nord-ouest du lac Michigan et s'enfonce ensuite à l'intérieur des terres, soit une traversée de cent miles en coupant droit à travers le large. Il y avait du Viking chez les Indiens des Grands Lacs. Leurs canots de guerre, autrefois, s'y seraient vaillamment risqués. Pas les nôtres. Le Michigan est un lac vicieux, soumis à des vents imprévisibles. Relativement étroit pour sa longueur, à l'image d'une immense chaussette, les tempêtes soudaines qui s'y lèvent se comportent comme des animaux pris au piège qui courent affolés en tous sens. Les vagues se précipitent les unes contre les autres, jusqu'à former, selon la Coast Guard, une sorte de champ de bataille chaotique où il n'y a que de mauvais coups à attraper. Des cinq Grands Lacs américains, c'est sur le Michigan que l'on compte le plus de naufrages. Inutile d'en ajouter deux de plus.

Restait à caboter le long de la côte. Pas riante, la côte nord du Michigan. Le lac est profond – trois cents mètres –, mais ses rivages et leurs abords sont occupés par toute une collection variée de hauts-fonds rocheux, sablonneux, caillouteux, marécageux, et d'autres hérissés de roselières, parfois jusqu'à cinq kilomètres au large. La rive elle-même est inhospitalière, peu accessible, quelques plages grises en demi-lune d'où s'élançaient des nuées de moustiques. La vie ne commençait qu'à l'intérieur des terres, assez loin, hors de la vue. Ce fut notre dernière côte sauvage, les ultimes robinsonnades du voyage. Comme nous arrondissions une pointe rocheuse en plein clapot, un canot de pêche à moteur, surgi de nulle part, nous a rattrapés. Son pilote nous adressait de grands gestes d'amitié. Le temps de se ranger bord à bord pour nous faire passer un cageot de poissons *just catched* qu'il nous offrait avec plaisir à la demande du maire de Saint-Ignace, et il avait déjà filé.

J'avais le nez sur la carte marine, le compas de bord et quelques repères à terre. Quand j'ai jugé, à l'estime, que nous franchissions la longitude 85° 20' ouest, nous avons mis le cap sur la côte, pour camper. Nous avons eu la chance de frapper une bonne place, une petite plage saine et lisse, un ruisseau d'eau claire et du bois en abondance pour le feu. Agrémentés d'un peu de beurre et de gros sel, les poissons grillés par Jacques étaient délicieux. On aurait dit de l'omble-chevalier. Ensuite nous avons tenu conseil. Est-ce que l'agenda et la météo nous laisseraient quelques heures, le lendemain matin, pour entreprendre ces recherches ?

L'information venait d'un fonctionnaire municipal d'origine italienne évidemment prénommé Mario, historien autodidacte, fouineur de bibliothèques et d'archives, rencontré à Mackinac. Selon lui, l'épave du *Griffon*, le navire de Cavelier de La Salle, sombré corps et biens en septembre 1679, sans témoins et sans survivants, alors qu'il faisait route vers Saint-Ignace, gisait par le fond à environ cinq kilomètres du rivage et approximativement le long du méridien 85° 20' ouest. Il avait compulsé de nombreux documents, procédé à des recoupements, interrogé la longue mémoire des Anciens de la réserve algonquine. Il penchait pour un naufrage provoqué, théorie partagée par certains historiens. L'équipage se serait mutiné, aurait massacré le commandant et son pilote, et avec l'aide de quelques Indiens et de coureurs de bois marginaux se serait emparé de la cargaison, une fortune en matériel de toutes sortes, pour disparaître ensuite dans la nature après avoir coulé le navire. Mario était sûr de son fait. Bien qu'il ne l'ait pas vérifié par lui-même, l'épave devait se trouver là. Il avait dessiné un plan, avec triangulation à la côte, que j'avais reporté sur ma carte. Je n'étais pas très chaud. L'agenda ne m'encourageait pas. Attendus le 31 août à Prairie du Chien, au débouché sur le Mississipi, par le gouverneur du Wisconsin, nous étions ric-rac dans les temps, sans la moindre journée d'avance, avec un gros bout de lac à avaler. S'attarder pouvait se révéler hasardeux. L'équipage de notre *Griffon* a protesté, surtout Yves, qui pratiquait la plongée. Une matinée, cela se rattraperait. Et imaginons qu'on la repère, cette épave ! Le *Griffon* découvre le *Griffon* ! Le mystère du *Griffon* résolu !

– Et au moins, a dit Philippe, tu pourras griffonner sur ton journal quelque chose d'intéressant...

Il y a, en effet, un mystère du *Griffon*, comme il y a une énigme Cavelier de La Salle. Les deux sont liés.

Cavelier de La Salle était un visionnaire. Avec un vrai navire pourvu de hautes voiles, armé de canons, équipé de vastes cales, il se rendrait maître des quatre lacs en amont du Niagara, le lac Erié, le lac Huron, le lac Supérieur et le lac Michigan, qui tous communiquaient entre eux : un empire ! Rien ni personne, désormais, ne pourrait lui résister. Il fallait d'abord le construire, ce navire, ainsi qu'un fort pour protéger le chantier. Ce fut Fort Conti, au confluent du lac Erié et de la rivière Niagara, passé les chutes, là où se situe aujourd'hui la ville américaine de Buffalo. Sauf le bois, qui n'attendait que les bûcherons, les scieurs de long et les charpentiers de marine, tout devait être acheminé depuis Montréal par le Saint-Laurent et le lac Ontario, les cordages, les voiles, les ancres et leurs chaînes, les canons et les boulets, l'étoupe et la poix à calfat, du fer et la forge pour le façonner, et mille autres choses qui concourent à la fabrication d'un navire, enfin l'équipage, les ouvriers, et des vivres pour cent hommes, tout cela transporté par de grands canots ou des chalands voilés. Ensuite...

Ensuite il fallut tout hisser au sommet des chutes du Niagara, gravir les gorges qui enserraient la cascade, soixante-quatre mètres de dénivelé. Un immense pin, surnommé *l'échelle des Indiens*, faciliterait l'escalade. On y grimpait de branche en branche. Chateaubriand l'appelait un *sentier de loutres*[1]. Il s'y était cassé un bras, en 1791, et s'était rattrapé de justesse en agrippant de sa main valide une racine à laquelle il était resté suspendu un long moment, comme au cinéma, sentant ses doigts s'ouvrir peu à peu...

On imagine les prodiges déployés par Cavelier de La Salle et ses hommes pour ce gigantesque transbordement. Il les harcelait sans relâche. Il les tuait au travail, mais il ne les estimait pas, exception faite des maîtres artisans. Il leur mesurait chichement le tafia. Il ne tolérait pas les blasphèmes, l'ivrognerie, l'impudicité. Il demeurait hautain, solitaire. Il ne rompait jamais le pain avec eux. Il était de ces chefs dont on dit qu'ils sont aussi durs avec eux-mêmes qu'avec leurs

---

1. *Mémoires d'outre-tombe*, livre septième, chapitre 8.

subordonnés et n'imposent rien aux autres qu'ils n'aient d'abord accompli eux-mêmes, et c'est vrai que lui aussi se tuait, premier levé, dernier couché, veillant à tout, prêtant main-forte s'il le fallait, montrant l'exemple à tout moment, mais de façon si rude, si abrupte, que ses hommes y voyaient un reproche plutôt qu'un encouragement. Tout le reste de sa vie, il agira ainsi. L'ambiance était détestable. Les rancœurs s'accumulaient. Beaucoup désertaient. Certains, déjà, le haïssaient, quand le navire, enfin construit, fut lancé sur les eaux du lac Erié.

Baptisé *Griffon* en l'honneur du comte de Frontenac dont c'était l'animal héraldique, le petit navire, gréé de deux mâts, mesurait seize mètres de longueur – à peu près la taille de la *Niña*, l'une des caravelles de Christophe Colomb – et pouvait transporter quarante-cinq tonnes de fret. Les Indiens, assemblés sur les rives, quatre doigts sur la bouche en signe de stupéfaction, contemplaient ce monstre armé de cinq canons qui ravalait leurs plus grands canots au rang de pirogues d'enfant et s'éloignait à vive allure par le seul effet du vent. Ils se mirent, eux aussi, à détester secrètement ce navire. Certains historiens avancent qu'ils n'étaient pas les seuls dans ce cas. Les jésuites n'admettaient pas l'irruption de Cavelier de La Salle, un homme lié aux sulpiciens, dans cet immense territoire qu'on commençait déjà à appeler Louisiane. Le priver de son navire, c'était le couper de ses bases logistiques et financières. D'où l'hypothèse d'un complot...

La carrière du *Griffon* fut brève. Arrivé à Mackinac, le navire-miracle de Cavelier de La Salle embarqua une fortune en pelleterie, à échanger à Fort Conti contre un important matériel, en provenance de Montréal, destiné à l'armement d'un second navire, de plus gros tonnage celui-là, qui serait mis en chantier à Mackinac même dès son retour.

Le *Griffon* ne revint pas.

Cavelier de La Salle, pendant ce temps, s'en était allé avec cinq canots explorer le Mississipi. A son retour, il était ruiné. Le *Griffon* n'avait pas réapparu. Nul ne savait ce qu'il était devenu.

Il n'eut pas de chance, La Salle, avec ses navires. Lors de son dernier voyage en France, le roi lui en confia trois, appartenant à la marine de guerre, *La Belle, L'Aimable* et *Le Joly*, pour retrouver, par le golfe du Mexique, les bouches du Mississipi, qu'il avait découvertes, mais de l'intérieur, en 1682, et y établir une colonie. En sus des équipages et de leurs officiers, cent colons volontaires avaient été embarqués. Il y avait des femmes et des enfants. L'ambiance n'était guère meilleure que sur le *Griffon*. Cavelier de La Salle n'était pas un marin, mais le fils d'un riche marchand de Rouen. Il s'était d'abord destiné à la prêtrise. Les officiers de la Royale le tenaient en piètre estime. A bord de ces vaisseaux encombrés de civils, la discipline se relâchait. L'eau douce était rationnée, mais pas l'eau-de-vie. Les pilotes[1] n'avaient jamais navigué dans ces parages et noyaient leurs incertitudes dans le tafia. Entre la Floride et Cuba, le grand homme de l'Amérique française dut assister, consterné, aux réjouissances carnavalesques célébrant le passage du tropique du Cancer. Ces travestissements ridicules, ces

---

1. Officiers de navigation.

tritons de pacotille, ces marins avinés beuglant des chansons, toute cette liesse qui n'épargnait pas les civils et les transformait en bouffons, le soulevaient de dégoût. C'était avec *ça* que le roi l'envoyait fonder une colonie ! Il s'était retiré dans sa cabine pour méditer furieusement sur la médiocrité humaine.

Ils manquèrent les bouches du Mississipi, et même les dépassèrent largement. Toutes ces côtes se ressemblaient, un univers instable, marécageux, plat, semé d'îles basses et de sables mouvants, des abords dangereux, nécessitant la sonde jour et nuit. Après diverses reconnaissances à terre, mal commandées, mal exécutées, où se perdirent des hommes et des chaloupes, Cavelier de La Salle finit par se convaincre que le Mississipi, du moins l'un de ses bras, se déversait dans la baie de Matagorda[1]. Mais c'était le fleuve Colorado, à six cents kilomètres plus à l'ouest, et il ne le savait pas. Contre l'avis de leurs commandants, il ordonna à deux de ses bateaux d'embouquer le chenal d'entrée et de pénétrer dans la baie. *La Belle* passa miraculeusement, avec La Salle à son bord. *L'Aimable*, de plus fort tonnage, heurta brutalement le fond. Ses mâts s'abattirent sur le pont, tuant du monde. Ses flancs s'ouvrirent, laissant s'épandre dans la mer les provisions de bouche pour une année, la plus grande partie de la poudre et la presque totalité des outils. Un désastre. Seules flottaient quelques barriques d'eau-de-vie.

Le plus sage était de renoncer. Cavelier de La Salle s'obstina. Il n'admettait pas l'échec. Il refusait la réalité. Pas fâché de se débarrasser d'un commandant qu'il

---

1. Entre Galveston et Corpus Christi, au Texas.

n'aimait pas et d'officiers qui l'horripilaient, il en profita, sur leur demande, pour renvoyer *Le Joly* en France, avec les naufragés survivants de *L'Aimable* et les civils les plus démoralisés. Restaient avec lui la corvette *La Belle* et une centaine de marins, de colons et d'ouvriers. Il faut savoir ce qu'il en a écrit : « *De cent ou cent vingt que nous étions, trente bons hommes eussent bien mieux valu et auraient fait davantage, hors la mangerie à quoi ils ne craignaient personne...* » C'est dans cet esprit-là qu'une fois de plus il tenta d'exiger d'eux plus qu'ils ne pouvaient lui donner. On bâtit un fortin, dit Fort Saint-Louis. *La Belle* reprit ses explorations dans la baie à la recherche du Mississipi, et puis un jour, elle ne revint pas. Le pilote, entre deux bolées de tafia, l'avait précipitée contre un banc de sable sur lequel elle s'écartela. Qu'à cela ne tienne, c'était à pied, cette fois, que La Salle le débusquerait, ce Mississipi ! Il quitta le fort sans déplaisir, l'abandonnant à son sort, à ses intrigues misérables, à ses rivalités de personnes dérisoires. Ils marchèrent des jours et des jours, et ceux qui l'accompagnaient avaient perdu toute espérance et le haïssaient de s'obstiner encore. Les soirées au campement étaient lugubres. Tout devenait motif à querelles. On se couchait la rage au cœur et on se levait avec des idées de meurtre. Chacun ne pensait qu'à soi. Toute solidarité s'était dissoute, et devant eux, sombre et solitaire, Cavelier de La Salle marchait, marchait.

Le drame éclata un jour de mars 1687, au bord de la rivière dite des Canots [1], à la suite d'une minable

---

1. Trinity River, près de Houston.

altercation à propos d'un partage de viande fraîche et d'os à moelle. Ainsi périt, abattu au mousquet par son propre chirurgien, Liotot, et Duhaut, un bas-officier, puis dépouillé de tous ses vêtements et jeté loin hors du camp pour servir de repas aux loups et aux hyènes sans qu'aucun des autres n'intervînt, Robert Cavelier de La Salle, fondateur de l'Amérique française.

On peut se demander d'où vient la désaffection, pour ne pas dire l'ignorance crasse, des Français à son égard. Il avait donné un empire à la France, mais sauf peut-être à Rouen, où il était né, il n'existe nulle part une place, une avenue, même une impasse à son nom. La Ville de Paris lui a dédié un jardin, ce dont aucun promeneur ne s'avise jamais, qu'il partage d'ailleurs avec Marco Polo, en arrière de la faculté de pharmacie, dans le sixième arrondissement. Je lui aurais volontiers consacré, pour ma part, la totalité du boulevard Raspail, hurluberlu démagogue de l'éphémère seconde République. La Salle était chrétien, bon catholique, mais les circonstances de sa mort et certains défauts de caractère dissuadèrent la hiérarchie catholique d'en faire un héros chrétien à l'image de Brazza ou de Charcot. Héros populaire non plus, car on ne lui connut pas d'élans de cœur qui eussent pu racheter sa sécheresse. Deux empires et trois républiques l'abandonnèrent sans regret dans les catacombes de l'oubli ; les premiers parce que Napoléon ayant bradé la Louisiane en 1803, on ne tenait pas à en raviver le souvenir ; les secondes parce qu'à la différence de Suffren ou de La Fayette, combattants de la guerre d'Indépendance américaine, antichambre de la Révolution, Cavelier de

La Salle avait le tort de s'être illustré cent ans plus tôt au service d'un monarque absolu qui fut l'un de nos plus grands rois.

Son courage malheureux ne fut salué par personne, et il fut même trahi par sa mort...

L'épave disloquée de *La Belle* a été retrouvée en juillet 1995, par seulement cinq mètres de fond, dans la baie de Matagorda, puis fouillée et inventoriée par les archéologues de la Texas Historical Commission. On a retiré de l'eau des canons de bronze, des outils, de la vaisselle, des armes, même un squelette, tout cela étant exposé aujourd'hui au musée de Corpus Christi. En février 1998, dans les mêmes parages, ce fut au tour de *L'Aimable* d'être découvert, un trois-mâts de trente mètres de longueur, le vaisseau de commandement de Cavelier de La Salle. Le musée de Corpus Christi lui a consacré une seconde salle. Sans vouloir chipoter sur les mérites et le succès des chercheurs texans, on doit tout de même rappeler qu'en vertu d'un accord international dit loi du Pavillon, *L'Aimable*, ainsi que *La Belle*, qui n'appartenaient pas à La Salle, mais au roi, sont toujours considérés, en tant que navires de guerre, comme étant la propriété de l'Etat qui les a armés. En bonne justice, tout ce qui en avait été sorti aurait dû être restitué à la France. C'est cette loi, précisément, que le gouvernement américain fit valoir à son profit quand au début des années 1990 une équipe franco-américaine découvrit l'*Alabama* coulée au large de Cherbourg pendant la guerre de Sécession et en rapporta une foule d'objets, dont un canon encore chargé, qui prirent le chemin des Etats-Unis, merci et on vous écrira. Pour ce qui est de *La Belle* et de

L'Aimable, il n'y eut pas de réciprocité. Personne, à Paris, ne s'en offusqua, ni le ministre de la Culture ni aucun membre du gouvernement. Cavelier de La Salle ne figurant pas sur le registre officiel républicain des héros nationaux patentés, nul ne s'avisa de lever le petit doigt.

Il s'est trouvé, tout de même, un député, M. Pierre Lellouche, par ailleurs président du club de plongée des parlementaires, pour poser une question écrite au ministre des Affaires étrangères et lui demander de rappeler fermement au gouvernement américain les droits de la France sur ces deux épaves. Entre la défense de nos foies gras et celle de nos fromages au lait cru, le ministre tenta une démarche qui n'obtint pas la moindre réponse [1].

Restait l'épave du *Griffon*.

En 1949, les lunettes de plongée ne recouvraient pas le nez, seulement les yeux. L'usage du tuba et des palmes ne s'était pas encore répandu, qui allait métamorphoser en nemrods sous-marins les athlètes de plage inemployés. Yves, du canot *Griffon*, notre plongeur, ne disposait que de son masque oculaire, de ses mains, et de ses pieds sans prothèses batraciennes. Il lui aurait fallu, dans ces conditions, une minute pour s'enfoncer à une profondeur de dix mètres, et autant

---

1. Un accord a été finalement signé le 31 mars 2003 à Washington entre la *Texas Historical Commission* et le Musée national de la Marine, reconnaissant à ce dernier la propriété de tous les objets (plus d'un million) découverts sur l'épave de *La Belle*, confiés en dépôt pour 90 ans au *Corpus Christi Museum*.

pour remonter. Il a sagement limité sa plongée à cinq mètres, réservant ce qui lui restait de souffle à patrouiller en apnée.

Cela suffisait. L'épave était nettement dessinée sur un fond plat de cailloux qui l'avait préservée de l'enfouissement, à une dizaine de mètres de profondeur. Etait-ce l'épave du *Griffon* ? Elle en avait les proportions, l'ampleur courte et ramassée propre à ce type de gros petit vaisseau. Des fragments de bois ronds et tronqués, dispersés, donnaient à penser que les deux mâts s'étaient abattus et brisés, ou qu'ils avaient été, volontairement, abattus et brisés afin de ne pas trahir la présence du navire coulé en pointant leurs hautes vergues hors de l'eau. Sa position relativement proche du rivage, presque à la limite des hauts-fonds que j'ai déjà évoqués, pouvait également signifier que ceux qui s'en étaient emparés avaient réduit au minimum possible le trajet à parcourir pour transborder jusqu'à la côte la totalité du butin.

Yves a plongé jusqu'à l'épuisement. On le sortait de l'eau, gris de fatigue, la poitrine sifflante. Il avait approché l'épave à cinq mètres, par une bonne visibilité. Il l'avait, de cette distance, examinée de long en large. Elle ne lui avait révélé aucun secret, mais il n'en démordait plus, c'est le *Griffon* qui gisait là. Sinon pourquoi ce rendez-vous, ces risques qu'il venait de prendre ? Il y avait communion d'imagination entre nous : le *Griffon* avait retrouvé le *Griffon*. A relire mon journal de bord, me reviennent la même émotion, la même certitude. A vingt ans on découvre des mondes enfouis et ce n'est que longtemps après qu'on se demande si l'on ne s'est pas laissé abuser.

Mais était-ce vraiment le *Griffon* ? Même en tenant compte du fond caillouteux, l'état de conservation de l'épave ne pouvait la faire passer pour un navire du XVIIe siècle. Plus vraisemblablement un gros bateau de pêche, ou un caboteur à voiles comme il en existait encore au milieu du XIXe siècle, qui ayant perdu son chemin dans la brume, aurait quelque part heurté un rocher, pour finir à la longue par couler avant d'avoir pu rejoindre la côte et s'y échouer. Je conserve tout de même un doute. Illusion. Bonheur de l'illusion. Bonheur de se laisser emporter par le bonheur de l'illusion...

J'ai relevé à peu près la position de l'épave sur la carte au moyen de repères à terre. La voici : 44° 50' de latitude nord et 85° 20' de longitude ouest. S'il s'agit de l'épave du *Griffon*, à ma connaissance, elle n'a pas été découverte. Dans le cas où elle le serait, vaisseau privé et non vaisseau du roi, elle appartiendrait désormais, avec tout ce qu'on en pourrait sortir, au gouvernement des Etats-Unis, et le chevalier Robert Cavelier de La Salle perdrait pour la seconde fois son navire emblématique.

Le lac était dur. On avait beau se lever tôt, le vent, lui aussi matinal, ne nous laissait qu'un court répit avant de se lever à son tour, le plus souvent ouest ou sud-ouest, c'est-à-dire en plein dans le nez. Pour éviter un combat inégal contre les grandes lames du large crêtées d'embruns, nous longions la côte au plus près que le permettaient les hauts-fonds, avec, pour inconvénient, d'avoir à affronter un fort clapot, maniable mais épuisant. Des vagues courtes, pointues, serrées, qu'il fallait en quelque sorte sauter, comme un cheval le ferait d'une haie, un exercice répété des centaines de fois en une journée et qui voyait l'homme de l'avant secoué comme un prunier, l'eau manquant sous son aviron, tandis que l'homme d'arrière s'arrachait l'épaule à corriger la déviation du canot. On obtenait tout de même des moyennes surprenantes, 3,7 miles le 3 août, 3,4 le 4 août, 3,9 le 5 août, soit plus ou moins six kilomètres à l'heure, et cela durant sept ou huit heures, rarement plus. Au-delà, et à ce rythme, nos quatre machineries humaines se grippaient, et dès le milieu de l'après-midi, le miroitement du soleil d'ouest sur le lac nous frappait d'éblouissements douloureux accompagnés de maux de tête en vrille. Il y avait des caps ou des pointes à franchir, qu'on arrondissait de moins en moins pour ne pas allonger peine et parcours, passant au ras des bancs de rochers à travers des déferlantes qui venaient éclater sur le flanc des canots. Vers quatre heures on arrêtait les frais et on cherchait une grève où camper.

Quelqu'un qui nous aurait vus, ces jours-là, débarquer de nos canots, se serait posé des questions sur le comportement de ces étranges bipèdes qui d'abord se traînaient à quatre pattes sur le sable, puis se relevaient péniblement et titubaient comme des ivrognes. C'est que nous étions devenus des hommes-troncs, le torse costaud, les bras d'acier, mais les jambes comme mortes après une si longue immobilité, repliées aux genoux, tétanisées. Elles refusaient de nous porter. En les forçant à danser une sorte de bourrée, la paralysie s'estompait. Nos canots souffraient autant que nous.

Les lattes du fond, surtout vers l'avant, après deux mois de vagues et de clapot et des milliers et des milliers de frappes et de claques sur l'eau, s'étaient fendillées en un réseau de fines brisures qui s'étendait sur toute leur longueur. A ce régime-là, à La Nouvelle-Orléans, elles ne tiendraient plus que par la toile. C'est précisément ce qui est arrivé. En attendant, peu à peu, elles se soulevaient de façon perceptible, en cadence, au rythme des vagues. On aurait dit que les canots respiraient, ce qui n'était pas bon signe.

Nous arrêtant plus tôt que d'habitude, nous profitions pleinement de ces longues soirées sur ces rivages plats et gris, inhabités, d'une séduisante sauvagerie. Il y avait des traces d'ours en abondance sur le sable, et d'élégantes empreintes de petits sabots de cervidés. Les taillis bruissaient d'oiseaux de tous plumages. On tapait des mains et ils s'envolaient puis se dispersaient comme un bouquet de feu d'artifice. Jacques a tiré quelques tourtes pour le dîner. Dans les sous-bois, un peu plus loin, passaient des chevreuils, des daims, des biches et leurs faons. La nuit, les loups ont hurlé. Je ne sais ce qu'il en est à présent de cette côte septentrionale du lac Michigan, mais une carte récente que j'ai sous les yeux et que je compare à la mienne indique un Wildlife Refuge à trente kilomètres plus au nord. En 1949 il n'existait pas. Aux abords de notre campement, tous ces animaux étaient chez eux, comme au lendemain de la création. Il n'y avait pas de limite à leur liberté.

Notre humeur changeait avec l'état du temps, lequel ne semblait suivre aucune règle, alternant irrégulièrement des périodes de chaleur saharienne sous le soleil et de bas nuages noirs diffusant un froid de fin d'automne, avec des intermèdes de brume où l'on ne se voyait plus d'un canot à l'autre. Le vent de secteur ouest variait ses attaques, tantôt par le sud-ouest, en méchantes rafales, tantôt par le nord-ouest en un long souffle puissant chargé de pluie. Un village est apparu, qui portait le nom de Naubinway, le premier et le dernier sur cette côte avant la ville de Manistique, à deux jours de route au fond du lac. Nous avions décidé de nous y ravitailler. Il suffisait de franchir un petit cap et on y était. Je ne sais ce qui a pris au *Griffon*, un coup de blues, un ras-le-bol, une soudaine envie irrépressible d'en finir avec cette journée qui justement n'en finissait pas, mais au lieu d'arrondir quelque peu, il a foncé à travers les brisants à la recherche d'un raccourci. Et puis il a disparu.

Philippe et moi nous les avons attendus sur l'autre versant du cap, à la sortie des brisants, luttant contre le courant qui nous en éloignait, mais qui, au moins le pensions-nous, les porterait directement sur nous. Il existait en effet un passage à travers ces rochers. Trois fois nous avons tenté de nous y engager pour aller à leur rencontre. Trois fois le courant nous a rejetés. Un quart d'heure s'est écoulé. Nous ne pouvions rien. Nous étions impuissants. Nous avons pensé, un moment, rejoindre Naubinway pour chercher du secours. Et s'ils avaient eu besoin de nous, entretemps ? Nous n'avons pas bougé de là, scrutant la sortie de la passe qui crachait de l'eau à gros bouillons. Un message de mort est arrivé, c'est ainsi que nous l'avons interprété, deux morceaux d'aviron cassé, puis deux autres. Dans le souvenir des brigades, en de semblables circonstances, un canotier sans aviron était un homme mort. Nous l'avons pensé, Philippe et moi. La vision du désastre se précisait. Un moment après, c'est le sac à tente que nous avons vu dévaler dans le courant. Nous l'avons récupéré au passage, machinalement. Puis le guidon bleu roi de l'équipe avec sa hampe de bois verni, mais trop loin de notre canot il a poursuivi sa course et a flotté jusqu'à Dieu sait où. J'ai entendu une voix qui appelait. J'ai hurlé à Philippe : « Tais-toi ! » Il m'a répondu : « Ce n'est pas moi ! »

Leur canot avançait pesamment dans le courant, bas sur l'eau. Jacques, à l'arrière, gouvernait, avec l'aviron de secours. Yves, à l'avant, paraissait prostré, les vêtements trempés lui collant à la peau, le visage blanc décomposé de quelqu'un qui ne se remet pas d'une grande frayeur. Je lui ai crié : « Secoue-toi ! Es-tu blessé ? » Il a fait non de la tête. Nous nous sommes placés bord à bord, juste le temps de lui tendre une écope et mon aviron de secours. Le plus urgent était de s'éloigner de là. J'ai demandé : « Voulez-vous qu'on vous remorque ? » Jacques a pris son air le plus anglais : « Pas la peine. Ça ira. » Dix minutes plus tard on s'est échoués en douceur sur une plage de sable gris à une centaine de mètres de Naubinway. Un type qui passait en voiture sur la route en contrebas nous a adressé un vague signe de la main mais ne s'est pas arrêté pour autant.

J'ai débouché le flacon de rhum. Jacques et Yves ont raconté. Le flot s'était accéléré à l'entrée de la passe, une sorte de randonnée à grande vitesse, un peu comme aux rapides des Dalles. Tout se déroulait à peu près bien quand le canot a heurté un banc de rochers à peine émergé qui l'a bloqué net en travers. C'est en essayant de se dégager qu'ils ont cassé leurs avirons. Le canot a embarqué beaucoup d'eau. Tout ce qui n'était pas lourd ou attaché a été emporté aussitôt. Puis Yves a basculé par-dessus bord en tentant de rattraper son sac photo. Il n'a pas eu le temps de s'accrocher au canot et le courant l'a lui aussi emporté.

– Je ne voyais que sa tête et ses bras qui s'agitaient, a dit Jacques. Il s'enfonçait. Il refaisait surface. Au détour de la passe, il a disparu derrière un rocher. Je me suis retrouvé bien seul.

– Moi aussi, a dit Yves.

Cela nous a fait rire.

– C'est grâce à Yves que je m'en suis tiré, a dit Jacques. Dès l'instant où il est tombé à l'eau, le canot s'est relevé par l'avant. Il a lentement pivoté et il s'est libéré. Il y avait un banc de sable derrière le rocher où Yves avait disparu. C'est là que je l'ai retrouvé, étendu sur le ventre, les bras en croix. Il respirait d'une drôle de façon.

– J'étais mort, a dit Yves. Vous ne le croyez pas ?

Il voulait dire que la mort avait passé mais qu'elle avait hésité et qu'elle était allée voir plus loin. Il a recraché pas mal d'eau. Jacques lui soutenait maternellement la tête. La toile du canot était percée en trois endroits. Ils l'ont colmatée avec du sparadrap tiré de la pochette pharmacie, laquelle était toujours attachée. Cela leur a suffi pour nous rejoindre et on n'en a plus parlé. Au passif de cette aventure, en plus du Leica, tous les rouleaux de photos depuis French River Station. Je me suis aperçu que je m'en fichais. Ce n'étaient que des prothèses de la mémoire. Manquaient aussi de nombreux petits objets qui ne devaient guère être utiles car ils n'ont pas été remplacés. Dans la cantine d'intendance, solidement sanglée mais noyée, tout n'était que bouillie, plus rien de consommable, à l'exception de deux boîtes de sardines. Nous sommes montés au village, un bled aux maisons de bois décrépites, genre « petits Blancs », ce qui ne les rendait pas causants pour autant. L'unique épicerie était ouverte. Yves portait notre fortune autour de son cou, dans une enveloppe de toile imperméable.

– Heureusement que je suis là, a-t-il fait remarquer.

Une taiseuse nous a servis. Nous avons bu une bière au comptoir où d'autres muets sirotaient leur verre en crachant de longs jets de salive dans un pot de chambre au col évasé, et nous sommes redescendus sur la plage où nous avons allumé un grand feu. Jacques a annoncé le menu :

– Riz au lard n° 43. Dessert : pêches au sirop, biscuits.

La nuit était pure. L'air tiède. Nous avons dormi sous nos canots retournés. A cinq heures, j'ai fait taire brutalement Toto. C'était le réveille-matin qui sonnait immanquablement à cette heure-là. Nous avons laissé Yves récupérer et nous avons rafistolé le *Griffon*. Deux gamins sont arrivés vers huit heures, les fils du *farmer* voisin. L'aîné a tiré d'un panier des œufs à la coquille maculée, avec des brins de paille collés, qu'il nous a offerts, toujours muet. Ils m'ont quand même donné leurs noms : Fred et Billy. Une arrière-garde. En Amérique comme en Europe, aujourd'hui, les fermiers achètent leurs œufs au supermarché.

J'ai vérifié, sur la carte récente, si ce patelin, vraiment, existait : Naubinway. Il y était. Un minuscule petit cercle noir entre le lac et la State Road n° 2.

Passé la baie de Manistique, à l'extrémité nord-ouest du lac, la côte s'incurvait droit au sud et en même temps s'élevait en une succession de falaises herbeuses. Faisant route au sud, sous leur protection, pour la première fois depuis longtemps notre vieil ennemi le vent d'ouest ne pouvait plus rien contre nous. Le clapot avait disparu, faisant place à une eau calme où couraient des ombres de risées. Une légère houle d'arrière nous poussait en douceur, amicalement. Sans forcer, presque distraitement, on filait cinq bons miles à l'heure. Il faisait chaud, le soleil brillait. On avironnait en culotte de bain.

– Des vacances, a dit Philippe. On va s'ennuyer.

Je lui ai fait remarquer qu'il ne perdait rien pour attendre, deux jours seulement, car pour entrer dans la Green Bay, que les Indiens comme les Français appelaient la baie des Puants[1], il fallait remettre cap à l'ouest et franchir un détroit particulièrement agité connu sous le nom de Portes de la Mort, dont fait état le père Marquette, pourtant économe de mots et peu porté à insister sur telle ou telle péripétie inhérente aux risques du métier[2].

La baie des Puants est une sorte de lac plus petit, de forme allongée, collé à la façon d'un poisson pilote au

---

1. Puant s'écrit avec ou sans *t*. On ignore le sens exact de cette dénomination. Peut-être se réfère-t-elle à l'odeur des vasières qui occupaient le fond de la baie.
2. Voir carte page 220.

flanc nord-ouest du lac Michigan avec lequel il communique par les Portes de la Mort entre deux presqu'îles étroites qui se font face comme deux index menaçants. Au sud, c'est la Door Peninsula, au nord la pointe Aux Barques, celle que nous étions en train de longer pour occuper nos vacances.

La pointe Aux Barques s'écrit en français sur les cartes américaines. On rencontre plus loin la baie du Portage, puis le cap du Détour, à l'extrémité de la presqu'île, au seuil des Portes de la Mort, et Fayette, sur l'autre versant. De Fayette, les canots s'élançaient pour une ultime traversée jusqu'au rivage intérieur de la baie des Puants, en un lieu dit Escanaba, qui a donné naissance à une ville sur le site de l'ancien poste français. Encore une fois, nous étions chez nous ! Fayette, par exemple, une chiure de mouche sur la carte, sans rien devoir à La Fayette, porte le nom de Dieudonné Fayette, lieutenant des compagnies franches de la Marine, brigadier des canots du roi en route pour le fort La Baye[1], au fond de la baie des Puants, à l'embouchure de la rivière des Renards[2]. Escanaba ? D'Escanabac, cadet de Gascogne, de ces mêmes compagnies de la Marine, premier commandant du poste où il tenait garnison avec quatre hommes et l'amitié du sachem de la tribu des Menominees. La pointe Aux Barques était un jalon important sur la route du Mississipi, en direction duquel, depuis Montréal, les équipages avaient déjà parcouru les huit dixièmes du chemin : une des clefs de la Grande

---

1. La Baie.
2. Fox River.

Louisiane. Les colonies de la Nouvelle-Angleterre étaient loin. Ici le roi de France a régné sans partage jusqu'en 1763. Des flottilles de canots, sous le pavillon fleurdelysé, venant comme nous de Mackinac, longeaient la presqu'île protectrice avant de s'en aller affronter la pointe du Détour et les Portes de la Mort. Beaucoup dégradaient à la baie du Portage, une quinzaine de miles avant Détour. Ainsi avons-nous fait nous-mêmes.

En contrebas des falaises qui s'ouvraient par une échancrure où se dessinait un sentier, c'était un endroit délicieux, avec une grève de sable gris à l'ombre d'une futaie peuplée d'oiseaux. J'imagine aujourd'hui une route en lacets, un parking, des lodges à louer, des tables de pique-nique, un barbecue en brique, un wharf pour les bateaux : au XXIe siècle, le bonheur. On peut imaginer le nôtre en 1949, seuls au sein de ce paradis. Des traces anciennes d'un feu entre des cailloux indiquaient qu'on nous y avait précédés, mais quand ? Et qui ? Nous en avons fait tout un roman en lavant notre linge au bord de l'eau, agenouillés comme des lavandières. Nous avons occupé le maximum d'espace, la tente d'un côté, les canots de l'autre, les avirons croisés en faisceau, les cantines et les sacs disposés au cordeau, le mât aux couleurs planté au centre. Nous étions les seigneurs des lieux, reprenant possession, pour un soir, d'un morceau de terre française à nous concédé par brevet royal.

Sans doute est-ce ce bel et voyant alignement qui a, comme à Thessalon, attiré l'attention du petit avion qui depuis un moment tournait au-dessus de la presqu'île. Nous avons reconnu le fuselage orangé de la Coast Guard. Ce n'était pas un avion, mais un hydravion. Cette fois il a amerri. Il a mouillé son ancre à dix mètres du bord. Nous l'avons rejoint à la nage. L'appareil venait de Green Bay. Assis sur les flotteurs, les pieds dans l'eau, nous avons taillé une bavette avec le pilote.

– Content de vous avoir trouvés, a-t-il dit. J'ai un message pour vous du maire de Menominee-Marinette et des autorités du comté. Vous êtes attendus samedi prochain 13 août, à cinq heures de l'après-midi, si cela vous convient.

Six jours pleins devant nous pour une centaine de miles, par beau temps c'était largement plus qu'il n'en fallait. Pensant aux Portes de la Mort qui figuraient à notre menu du lendemain, je me suis enquis de la météo.

– *Quiet perfect*, a répondu le pilote. *Don't worry*.

Je l'ai assuré que nous y serions.

Il y avait des lacunes dans ma documentation, sinon je me serais demandé pourquoi la baie où nous campions s'appelait baie du Portage, pourquoi il existait un sentier et de quel portage il s'agissait. Je ne l'ai appris que plus tard. Profitant d'un rétrécissement de la presqu'île, le sentier montait jusqu'au plateau et redescendait de l'autre côté, un peu plus haut que Fayette, escamotant la pointe du Détour et les Portes de la Mort. Un gain de temps et de gros risques évités.

N'en sachant rien, j'ai enjoint Toto de nous réveiller à cinq heures du matin. Nous avons embarqué par une mer d'huile. A six heures le vent s'est levé. A sept heures il s'est déchaîné, nous bloquant entre deux rochers sur un banc de sable aussi exigu qu'inconfortable où les vagues venaient nous lécher les pieds. Pas de bois pour le feu. Impossible de dresser la tente. Nous avons passé là deux jours abrités sous nos canots. On jouait au « baccalauréat ». Il s'agissait de tirer une lettre au sort, N par exemple, et d'aligner en une heure, par écrit, un maximum de personnages célèbres dont les noms commençaient par N, et cela sous diverses rubriques, peinture, science, musique, littérature, hommes de guerre ou de pouvoir. Avec l'histoire et la géographie, et les vingt-six lettres de l'alphabet, on pouvait varier le jeu à l'infini. On tuait le temps. On dînait de sardines et de biscuits sucrés. On se faisait des concours de récitation. *Cyrano*, *Le Cid*, « L'enfant grec », le Chef borgne monté sur l'éléphant gétule, Waterloo morne plaine. Mêlé au fracas des vagues et à la fureur du vent, « Ô combien de marins, combien de capitaines... » s'élevait à des hauteurs wagnériennes. Philippe gagnait toujours. Il a tenu près d'une heure avec de larges extraits de *Nisus et Euryale*, une tragédie en trois actes et en alexandrins, dont le titre ne nous disait rien, pour la bonne raison que c'est lui qui l'avait écrite quand il avait quinze ans, en classe de troisième... L'hydravion de la Coast Guard est revenu, mais il nous cherchait plus au large, survolant les Portes à basse altitude, tandis que nous priions la bonne sainte Anne de bien vouloir nous éviter l'humiliation d'être retrouvés dans cette posture de naufragés.

Au soir du second jour, le vent a molli. Nous avons embarqué en pleine nuit. Réduite à un étroit croissant, la lune ne nous aidait guère. Passé la pointe du Détour, cap au 315, puis une fois reconnue l'île de l'Eté, cap au 280, en route franche vers Escanaba. Vingt-cinq miles à courir. Mon compas de bord n'était pas lumineux. Pour l'éclairer à la torche électrique, il me fallait lâcher l'aviron, ce que je ne pouvais faire à chaque instant. Je me choisissais une étoile qui correspondait à l'azimut, mais je devais souvent vérifier. Ensuite le ciel s'est obscurci et nous a laissés sans repères. On écarquillait les yeux dans le noir pour tenter de découvrir le feu à éclats du port d'Escanaba. Du *Huard* au *Griffon*, on ne cessait de s'appeler. Que le vent se lève et nous sépare, et le *Griffon*, sans compas, aurait erré comme un aveugle.

Je n'ai pas aimé cette traversée. Je ruminais de sinistres pensées. Je nous voyais emportés par l'orage, les canots coulant sous le poids de l'eau embarquée, à dix miles de la côte la plus proche. En réalité, j'avais peur. L'eau douce est doublement hostile au naufragé. Elle ne le porte pas comme l'eau de mer. Il est contraint de nager pour maintenir sa tête en surface, sans repos, sans reprendre souffle, et à la longue il s'épuise. Nous n'avions pas de ceintures de sauvetage à bord. Elles étaient fort encombrantes en ce temps-là, gênant les mouvements, difficiles à enfiler d'urgence. A dire le vrai, cela ne nous était même pas venu à l'idée. Ni le vieux Moïse Cadorette ni nos amis du club Radisson ne nous en avaient touché un mot. Elles ne faisaient pas partie de la panoplie des canotiers. Vers deux heures du matin, le vent a forci et je me suis dit que les carottes étaient cuites. Cela n'a pas duré. Il a hésité et s'est calmé. Les étoiles ont réapparu et les trois éclats courts et un long du phare d'Escanaba ont troué la nuit jusqu'à nous. Une demi-heure après l'aube, l'hydravion de la Coast Guard nous a survolés en battant allégrement des ailes. Il ne restait plus qu'à longer interminablement la côte, à l'abri des vents dominants, tandis que passé les Portes de la Mort, la Green Bay, ex-baie des Puants, s'était transformée en une sorte d'immense lac du bois de Boulogne.

Nous naviguions bord à bord.

– Assis ! a crié Philippe.

Jacques, Yves et moi, on s'est regardés. On s'est demandé ce qu'il lui prenait. Le soleil tapait fort.

– Mais enfin, a dit Philippe, bande de... ! Voilà une heure qu'on glisse sur ce miroir et on est encore à genoux, à avironner comme des brutes ! Moi je m'assieds.

Trois mois que nous souquions en position de combat et aucun de nous quatre ne s'était encore avisé que depuis une heure ce n'était plus nécessaire et que le supplice des crampes et des rotules tétanisées n'avait pas de raison de se prolonger ! L'habitude. L'hébétude. Le cheval de moulin qui continue de tourner. Le robot qu'on a oublié d'arrêter... A la date du vendredi 12 août, le journal de bord indique :

10 h 35. Position assise. Enfin ! L'euphorie. Nous ne devrions plus la quitter jusqu'à La Nouvelle-Orléans. Nous avons également, pour la seconde fois, changé de fuseau horaire.

Il restait un peu de rhum. On a fêté ça. On a grillé quelques blondes, les fesses béatement posées sur nos jolis petits bancs de nage cannés, tels des clubmen, un verre à la main, qui devisent amicalement, bien calés dans leurs fauteuils de cuir. On affectait des manières mondaines. On tapotait nonchalamment la cendre de nos cigarettes au-dessus de l'eau comme dans un cendrier imaginaire. Des gosses habitués à la troisième classe et qui se voient invités en première. Des prisonniers retrouvant la liberté. Nous nous sommes longtemps rappelé ce moment-là. A genoux. Assis. Dans sa vérité prosaïque, ce fut le tournant majeur du voyage. 1795 miles, soit 2 888 kilomètres, nous séparaient encore du but, mais l'impression que nous en avons retirée, c'est que nous étions presque arrivés et que la suite, désormais, se réduisait à une formalité. Jusqu'ici, nous avions vécu l'aventure à genoux. Assis, nous éprouvions le sentiment de l'avoir troquée définitivement pour une agréable partie de canotage. Le fait d'avironner de cette façon amputait de son tiers le plus pénible la course en piston de nos bras qu'il n'était plus nécessaire de lever aussi haut avant d'attaquer chaque coup de pagaie. C'était beaucoup moins fatigant et la moyenne horaire s'améliorait. Basse et boisée, la côte s'était peuplée. Une route fréquentée la longeait, desservant les villages au bord du lac.

Nous avons campé à Cedar River, juste à l'embouchure d'une rivière, en lisière d'un parc aménagé. Une église émergeait des arbres. Nous venions à peine de nous installer qu'un carillon inattendu a pris son envol depuis le clocher. Chaque note détachée nous en parvenait. Ding deng dong. Ding deng dong...

– Tiens ! a dit Philippe. Voilà qu'ils sonnent matines le soir.

C'était *Frère Jacques* que nous entendions, tandis que par le chemin s'approchait une petite troupe à bicyclette, six bonnes sœurs d'âge respectable juchées sur d'antiques machines, un panier d'osier fixé au guidon, les ailes de leur cornette blanche au vent, et un prêtre en soutane noire accompagné d'une dame chapeautée d'un feutre piqué d'une plume de coq. Tous pédalaient avec entrain en actionnant joyeusement leurs sonnettes. Les six religieuses étaient bretonnes, envoyées là il y a des lustres par leur maison mère de Redon et ne souhaitant plus y retourner. Le prêtre, canadien français. Il s'appelait le père La Treille, curé de la paroisse catholique, très fier des baffles de son clocher et de sa collection de disques de sonneries de cloches. Il nous a présenté « son bedeau ». C'était la dame au chapeau, l'allure d'une chaisière sportive, Mme Leclerc, française aussi. De préférence à tout autre journal, Mme Leclerc lisait la sélection hebdomadaire de l'*Osservatore Romano*. Elle y avait trouvé, le mois dernier, un long article sur notre voyage. Nous nous sommes inclinés, flattés.

– Avez-vous soupé ? a demandé le père La Treille.

La soirée était belle et chaude, avec encore deux heures de soleil. Il y avait une table de pique-nique et des bancs un peu plus loin. Des paniers ont surgi toutes sortes de choses, une nappe, des verres, trois bouteilles d'un muscadet envoyé par le couvent de Redon, des poulets rôtis, une salade de maïs, des confitures, de la brioche, du café dans des Thermos et des rubans de papier gaufré bleu, blanc, rouge, dont les six bonnes sœurs ravies et pépiant comme des corneilles ont eu vite fait de décorer la table, comme dans leur village, au 14 juillet. On s'est assis, un canotier, une sœur, un canotier, une sœur, etc.

– Voilà ! a dit le père La Treille. Vive la France et bienvenue à Cedar River !

Il avait la larme à l'œil. Nous aussi. Les bonnes sœurs se mouchaient. Et moi, écrivant cela, je me sers un verre de muscadet dont j'ai toujours une bouteille au frais et je bois à la santé du père La Treille et de son escouade cycliste qui pédalent gaiement dans l'Eternité.

– Vous êtes ici chez les luthériens, a continué le père La Treille, des Allemands, des Scandinaves, mais ce petit coin de la Green Bay est tout de même resté un peu français, et catholique. Vous verrez le père Genet, de La Rochelle, à Menominee, et peut-être le père Simon, à Belle Vue, près de Green Bay City.

– D'autres Français ? ai-je demandé.

– Aucun. Simplement une tradition qui persiste depuis la mission Saint-François-Xavier et qui fait que nos supérieurs nomment encore ici des jésuites français, quand ils en ont sous la main, ce qui devient rare, je crois que nous ne serons pas remplacés... Ce pays était celui des Folles Avoines, une confédération de nations algonquines. La mission se situait un peu plus haut sur la rivière, en territoire potowatomi. Elle avait été fondée par le père Allouez en 1669. Il y avait baptisé des milliers d'Indiens, avant de s'en retourner à Québec, épuisé, pour y quérir du renfort. Quand le père Marquette est arrivé en 1673, c'est deux cents canots qui l'ont escorté ! Je suis également le curé des Potowatomis, qui ont une petite réserve au bord de la rivière. Le père Genet, celui des Menominees. Le père Simon, celui des Maskoutens, qui ne se comptent plus qu'une poignée. Il y a une trentaine d'années, je prêchais encore en langue algonquine en m'aidant du lexique franco-algonquin qu'avait établi le père Allouez...

« ... *Avec toutes ces précautions, nous faisons joyeusement jouer nos avirons dans la baye des Puans.*

» *La première nation que nous rencontrasme fut celle de la Folle Avoine. J'entray dans leur rivière, pour aller visiter ces peuples, ausquels nos Pères ont presché l'Evangile depuis plusieurs années ; aussi s'y trouvent-ils de nombreux bons Chrestiens. La folle avoine, dont ils portent le nom, parce qu'elle se trouve sur leur terre, est une sorte d'herbe qui croist naturellement dans les petites rivières dont le fond est de vase et dans les lieux marescageux ; le grain n'est pas plus gros que celuy de nos avoines mais plus long. Voicy comme les sauvages la cueillent et la preparent pour la manger. Dans le mois de septembre, ils vont en canot au travers de ces champs de folle avoine ; ils en secouent les espis de part et d'autre dans le canot, à mesure qu'ils avancent. Le grain tombe aisement s'il est meur. Pour le nettoyer de la paille, ils le mettent seicher à la fumée, et lorsque l'avoine est bien seiche, ils la mettent dans une peau en forme de pouche*[1]*, puis ils la pillent avec les pieds, tant et si fortement qu'ils en vannent le grain très aisement. Après quoy ils le font cuire dans l'eau qu'ils assaisonnent avec de la graisse, et ainsi on trouve la folle avoine presque aussi délicate qu'est le riz quand on n'y met pas de meilleur assaisonnement...* » : recette régionale de sagamité indienne, quelque chose comme notre riz au lard, extraite de la *Relation* du père Marquette.

J'avais en effet changé de « bible » dès notre entrée dans la Green Bay. Celle-ci m'a accompagné, dans sa typographie d'époque, jusqu'au confluent de la Belle-Rivière et du Père des Eaux – l'Ohio et le Mississipi –, où le père Marquette fit demi-tour. Editée d'après le texte manuscrit, en 1681, *chez Estienne Michallet, rüe S. Jaques à l'Image S. Paul, A Paris, avec Privilege du Roy*, elle avait été reproduite pour nous en fac-similé et reliure à l'ancienne par l'Imprimerie nationale grâce à l'initiative généreuse des Forges et Aciéries de Pont-à-Mousson, ville où Marquette, précisément, avait accompli ses années de noviciat. Ainsi ne naviguions-nous pas en aveugles. Une carte y était jointe. Louis Joliet l'avait dessinée de mémoire, l'original ayant été perdu dans le chavirage de son canot alors qu'il franchissait les rapides de Lachine, en avant de Montréal, quasiment de retour chez lui...

Après deux jours passés chez les Potowatomis, le père Marquette avait fait route au sud, une courte étape de *dix lieues*[2] qui le conduirait chez les Menominees :

---

1. Poche.
2. 25 miles ou 40 kilomètres.

« *Nous estions environés de toutes sortes de canots despeschés par ces deux nations. Les sauvages chantaient...* » C'est le chemin qu'à notre tour nous avons pris dès le lendemain à sept heures. « Qu'est-ce qui vous conviendrait comme adieu ? » m'avait demandé le bon père La Treille. « Peut-être les cloches de Saint-Pierre de Rome ? » Nous avions à peine débouqué de la rivière pour entrer dans la Green Bay que son clocher s'est déchaîné. L'air vibrait. Les oiseaux s'envolaient. Les chiens aboyaient. C'est le gros bourdon qui nous a accompagnés le plus longtemps, continuant sur sa lancée bien après que les autres cloches s'étaient tues, en battements qui s'espaçaient, jusqu'au dernier, comme un rappel, alors qu'on ne l'attendait plus. Il faisait beau et très chaud. Le lac était d'huile. Pas de vent. Un relevé à terre m'a donné notre vitesse : cinq miles à l'heure. Largement plus qu'il n'en fallait pour honorer notre rendez-vous de Menominee-Marinette.

Nous longions la côte à cent mètres au large d'un rivage rectiligne et monotone. On battait l'eau comme des machines en songeant à tout autre chose pour tenter de tromper l'ennui. Pour un peu on se serait endormis au rythme régulier de nos avirons. M'est revenu qu'une jeune fille m'attendait, à Paris. Cela m'a occupé un bout de temps. La voix de Philippe, à l'avant, m'a sorti de mes pensées.

– Nous étions environnés de toutes sortes de canots dépêchés par ces deux nations, ainsi que l'écrivait le père Marquette.

– Qu'est-ce que tu racontes ?

– Je dis : nous étions environnés de toutes sortes de canots. Regarde toi-même !

Entre la côte et nous étaient en effet alignées *toutes sortes* d'embarcations, avec des gens assis sur les plats-bords, la casquette à longue visière sur la tête et les lunettes de soleil sur le nez. Des familles entières, avec femmes et enfants.

– Qu'est-ce qu'ils font là sans bouger ? Ils pêchent ?

– Mais ouvre tes yeux ! Ce ne sont pas les sauvages, ils ne chantent pas. Ils prennent des photos. Ils nous lorgnent à la jumelle. Et tu as vu, là-bas, sur la route ?

De nombreuses voitures étaient arrêtées, leurs passagers debout sur le bas-côté, face au lac. A mon tour j'ai pris mes jumelles. Certains avaient déployé des trépieds pour leurs téléobjectifs. J'ai fait bonjour de la main et ils ont tous répondu.

– Tu crois qu'ils sont venus pour nous ?

– J'en ai peur, a dit Philippe.

– Bon. On se tire au large. Le rendez-vous est à cinq heures. On n'est pas encore en représentation.

– Tu aurais tort. Et puis c'est trop tard. Regarde ce qui nous arrive là-bas.

Du sud nous parvenaient des appels de klaxons, de cornes de brume, de sirènes, ainsi qu'un bourdonnement continu de moteurs. Le lac étincelait de reflets mouvants. Tous ces bateaux avaient pavoisé, tandis que l'une après l'autre, les embarcations à l'arrêt, au fur et à mesure que nous avancions, se mettaient en marche à leur tour pour prendre position dans notre sillage en un long cortège bruyant. Nous étions en slip de bain, que les provinciaux américains de 1949 appelaient *french bathing suit* avec des accents de reproche, quelque chose d'aussi fortement déconseillé à l'époque que ce que leurs filles nommaient le *french kiss*. On s'est prestement changés. Chemise d'uniforme, foulard bagué, culotte courte et ceinturon. On a déployé nos pavillons effrangés par les vents des Grands Lacs. Les sea-scouts s'étaient mis sur leur trente et un. Il y avait une jeune femme parmi eux, en robe d'été blanche à pois rouges, qui agitait frénétiquement la main et criait : « Je suis française ! Je suis française ! On va se voir ! On va se voir ! » En un virement de bord de commodore, leurs huit baleinières sont venues se placer de part et d'autre de nos canots, la vedette de la Coast Guard en tête. Un petit avion nous a survolés, *Milwaukee Times* inscrit sur son fuselage. La photo a été publiée le lendemain sur six colonnes en page une. On pouvait compter les bateaux. Il y en avait certainement plus de cent, et nos deux petits canots au milieu, presque émouvants de fragilité. Sur cette route où tant d'autres nous avaient précédés, nous n'avons jamais eu le sentiment d'accomplir un exploit. A lire les commentaires de la presse, on se laissait aller à le croire.

Un drapeau français flottait sur le phare de la jetée. Le port était noir de monde. La police a dû faire évacuer la cale pour que nous puissions y échouer nos canots. La suite, à quelques variantes près, ressemblait à l'accueil que nous avait déjà réservé Mackinac et à tant d'autres qui nous attendaient dans ce Middle West cinq mille fois plus peuplé qu'au temps des Français. J'ai reçu cet après-midi-là des mains du maire un parchemin calligraphié et scellé aux armes de Menominee-Marinette. C'était le premier d'une longue série de brevets de citoyen d'honneur de trente-deux villes américaines sur l'ancien chemin d'eau du roi de

France, parmi lesquelles Saint Louis, Memphis, Vicksburg, Natchez et La Nouvelle-Orléans. Au banquet du soir, on nous a refait le coup de la quête. La femme du maire parlait français, avec un charmant accent gazouillant. C'est elle qui m'a remis l'enveloppe, assortie d'un joli discours plein d'humour et d'une érudition surprenante – elle était professeur d'histoire – d'où il ressortait que la modeste contribution de la ville de Menominee-Marinette à nos frais de voyage se devait d'être considérée comme une infime compensation du scandaleux bénéfice qu'avait réalisé le gouvernement des Etats-Unis en persuadant le Premier consul Napoléon Bonaparte de lui brader, en 1803, la totalité de la Grande Louisiane pour la somme ridicule de quinze millions de dollars dont une partie notable ne fut jamais payée.

Je me suis fendu, pour les remercier, de mon discours à présent bien rodé : Nous étions des messagers, des passeurs de mémoire sur les chemins d'eau... Pourquoi se montraient-ils si généreux ? Il me semble que c'est la vieille Europe qu'ils saluaient à leur manière. Ils en étaient tous issus et les liens ne s'étaient peut-être pas encore complètement distendus. Depuis, cinquante-cinq ans ont passé, l'espace de deux générations en un temps où tout est allé très vite...

Ce geste fraternel, de ville en ville, a été souvent renouvelé. C'est un excédent, désormais, que Yves reportait chaque soir sur son carnet. Nous n'avons pas changé de mode de vie pour autant. Du 47e au 95e et dernier, les riz au lard que nous avons mangés l'ont été par plaisir et commodité, et non par économie. Quand nous avons quitté La Nouvelle-Orléans pour la

France, le solde de notre cagnotte se montait à cinq cent soixante-douze dollars et trente-sept cents que j'ai remis à notre consul général pour en faire don à l'Alliance française, laquelle n'a pas jugé utile de m'adresser ensuite le moindre mot.

Avait été prié à ce banquet, en raison de sa lointaine ascendance française et à la demande du père Genet, le président du Conseil tribal de la réserve des Menominees. La municipalité nous avait logés à ses frais dans l'hôtel chic de la ville et j'ai convié Jimmy Lafleur à venir boire un verre au bar, ce qui m'a attiré un regard furieux du barman. Il y avait aussi Anne, la jeune Française. Nous nous sommes installés tous ensemble à une table un peu à l'écart et nous avons éclusé des Budweiser, qui est la bière reine de Milwaukee. Avec son costume cravate et en dépit de ses cheveux noir corbeau, Jimmy n'avait pas du tout l'air d'un Indien. Pas de nez en bec d'aigle, pas de regard impérieux, pas de bras croisés haut sur la poitrine comme on voit sur les vieilles photos posées ou les tableaux de George Catlin, de Remington et de Charles Russel. Déjà, cela me désolait. En bon lecteur de Paul Coze [1], pour un peu je lui en aurais voulu de ne pas ressembler à ce que j'espérais. Au *chief* Big Bear Towse et aux Algonquins du lac Huron, il restait au moins leurs canots ! Etait-il venu en canot, Jimmy ? Question idiote. J'ai appris par expérience vingt-cinq ans plus tard en

---

1. Paul Coze, peintre, écrivain, consul de France à Phoenix (Arizona), l'un des fondateurs du Club des Explorateurs. Membre honoraire du Conseil tribal des Hopis, il publia chez Payot, dans les années 1935-39, plusieurs livres d'initiation à l'indianisme.

visitant les réserves des Etats-Unis que dans leur grande majorité les Indiens se hérissent dès qu'on leur pose ce genre de question. Ils abhorrent les ethnologues, les professeurs, les journalistes, les écrivains et tous ceux qui tentent de forcer l'entrée de leur mémoire outragée. Etre considérés comme des sujets d'enquête ou d'études, ou plus simplement comme des bêtes curieuses les révulse, et plus encore lorsqu'ils s'aperçoivent que le regard qu'on porte sur eux les renvoie à leur passé, à l'image stéréotypée qu'on se fait d'eux. Ils ne renient pas leur passé. Beaucoup s'y réfèrent. Ils refusent seulement de le partager. Un de leurs plus brillants universitaires, le Sioux Vine Deloria, a écrit naguère avec humour que les ethnologues avaient causé beaucoup plus de mal aux Indiens que la cavalerie américaine, et il avait ajouté : « N'attendez rien des Indiens, vous ne serez jamais déçus. » Mais cela, je ne le savais pas encore.

Jimmy a haussé les épaules. J'ai insisté. Je me suis enferré : les Menominees, autrefois, avec leurs grands canots de guerre, n'étaient-ils pas les maîtres de la Green Bay ?

– Vous savez où se trouve la réserve ? a laissé tomber sèchement Jimmy. A cinquante miles à l'intérieur des terres. Il n'y passe même pas une rivière. Alors que la ville de Menominee porte notre nom, c'est là-bas qu'on nous a refoulés, loin du lac. Aujourd'hui nous élevons des vaches, nous cultivons le maïs. Nous sommes de pauvres *farmers* et nous allons le dimanche à la messe de Father Genet.

J'ai posé ma question sur le père Marquette : les Menominees s'en souvenaient-ils ?

– Pour être franc, non. Nous savons seulement que les Robes noires nous ont longtemps protégés et que cela n'a servi à rien. C'est Father Genet, quand il est arrivé, qui nous a parlé de Marquette. Nous l'avons écouté. Cela lui faisait plaisir.

Et le capitaine d'Escanabac, qui était l'ami des Menominees ? Et les Français ?

– Escanaba ? Non, je ne vois pas. Pour nous c'est une ville un peu plus au nord. Quant aux Français, ils m'ont laissé mon nom et rien de plus. Certains épousaient nos femmes, mais j'ignore qui était Lafleur. Devrais-je le savoir ? Croyez-vous que cela devrait avoir de l'importance pour moi ? Ou peut-être que j'en sois satisfait ?

Son irritation était palpable. Je lui ai parlé d'Escanabac, commandant du poste de Marinette, à l'embouchure de la rivière, en face du village des Menominees, dont on trouve la trace dans les archives des compagnies franches de la Marine conservées au fort de Vincennes. M'obstinant dans ma naïveté, j'essayais de renouer le fil coupé. Je lui ai même inventé un ancêtre, le sergent Lafleur, tricorne gris, longue moustache, pipe en terre, pour tenter de débloquer la vérité. Il m'écoutait d'un air absent. Il n'a émis aucun commentaire. Il s'est levé, il s'est excusé et il est parti. Lafleur, pourtant un joli nom de sergent dans les régiments américains du roi, comme Vadeboncœur, La Tulipe, Sanschagrin, Léveillé... Jimmy Lafleur a refusé de jouer le jeu. Il m'a planté là avec mes illusions. Il l'avait fait volontairement. Sans doute et avec raison, me trouvant ridicule, avait-il voulu me donner une leçon.

Un mot enfin à propos d'Anne Lafont, qui ne nous avait donné que son nom de jeune fille. Jolie, parisienne, très française, très perdue. Le séduisant lieutenant pilote de l'U.S. Air Force qu'elle avait épousé sur un coup de foudre en 1945, à vingt et un ans, contre l'avis de ses parents, s'était métamorphosé dès son retour au pays natal en un conventionnel mâle américain du Middle West le plus profond, grattant du dollar dans les assurances. Une *war bride*. Un mouton noir dans le blanc troupeau des femmes au foyer de la classe moyenne de Menominee, Wisconsin. Elle s'y ennuyait à mourir. La *social life* américaine, qui est une sorte de totalitarisme ambiant, avec ses codes contraignants, lui sortait par les yeux et les oreilles. En dépit d'efforts louables, au début, on lui avait fait comprendre que jamais elle n'y arriverait. *War bride* elle était, *war bride* elle resterait. L'étiquette lui collait à la peau. Elle a passé toute la soirée avec nous, et toute la journée du lendemain. Elle a beaucoup ri, beaucoup bu, beaucoup pleuré. Nous n'étions pas trop de quatre pour endiguer son désespoir. Au moment de nous quitter, elle nous a demandé quelle serait notre prochaine étape. J'ai regardé la carte. J'ai dit quelque part entre Pensaukee et Oconto.

– Je connais. C'est à une heure de voiture. La route longe le lac. Je vous trouverai. Je prendrai une chambre dans un motel.

Craignant qu'elle ne soit déjà sur le quai, nous avons embarqué à l'aube. Temps idéal. Léger vent arrière. Cinq heures plus tard nous avions doublé Oconto, et après une heure encore, Pensaukee, d'où la route côtière s'éloignait en s'enfonçant loin à l'intérieur des terres. Au-delà, Anne ne nous trouverait pas.

– Qu'est-ce qu'on fait ? ai-je demandé. On continue ?

Nous hésitions. Cela nous semblait moche de ne pas l'attendre.

– On file, a répondu Philippe, et pour toute explication : J'ai dit non hier soir. Cela n'a pas été gai...

Nous avons campé vingt miles plus loin au fond d'une petite crique déserte. On a dîné en silence, imaginant la pauvre Anne guettant l'arrivée de nos canots comme les Bretonnes à la Croix des Veuves, sur les hauteurs de Paimpol, attendant le retour du dernier terre-neuvas...

« Nous quittasmes cette baye pour entrer dans la rivière qui s'y descharge. Elle est très belle en son embouchure et coule très lentement. Elle est pleine d'outardes, de canards, de carcelles, et d'autres oyseaux qui y sont attirez par la folle avoine, dont ils sont très frians. Quand on a avancé un peu dans la rivière, on la trouve très difficile, tant à cause des courants que des rochers qui coupent les canots et les pieds de ceux qui les traisnent. Nous franchismes pourtant heureusement ces rapides, en approchant des Mascoutens... »

Marquette avait écrit cela en juin 1673. Le 18 août 1949, nous sommes entrés à notre tour dans *la rivière qui s'y descharge*, aujourd'hui appelée Fox River, qui traverse la ville sans charme de Green Bay avant de se jeter dans la Baye, là où s'élevait le fort. De ce fort il ne restait que son emplacement supposé, une plaque sur un tertre de pierre entre deux villas du quartier chic, c'était tout. Le fort La Baye était construit en bois, comme tous les forts de Grande Louisiane, à l'exception du fort de Chartres. Les maisons des Indiens également, quand ce n'étaient pas des wigwams ou des cahutes de roseaux. En bois aussi les comptoirs français, les entrepôts, les logements de garnison, les chapelles, les habitations des colons et des marchands. Hormis des cartes, des plans, des croquis, des gravures et des estampes, conservés en grand nombre il est vrai, en revanche, sur le terrain, rien ne subsistait. Le temps des Français n'a rien laissé, une sorte d'Atlantide qui se serait enfoncée dans l'humus américain. Avions-nous compté si peu ? C'était une impression extrêmement frustrante, pour des Français engagés sur les chemins du roi. Même la nostalgie, faute de repères, ne parvenait pas à s'exprimer.

Sur la boîte aux lettres de la villa de gauche, j'ai lu : Carl B. Müller. Sur celle de droite : Petrus H. Schwob. Des enfants jouaient dans les jardins sans nous prêter attention. M. Schwob est venu en curieux. Nous nous sommes serré la main. L'eau du lac clapotait doucement. De l'endroit où nous nous trouvions, le lieutenant Dieudonné Fayette, des compagnies franches de la Marine, surveillait avec ses trois soldats le fond de la baie. Il y avait passé cinq ans de sa vie sans être relevé. M. Schwob n'avait jamais entendu parler de Fayette et à en juger par la façon dont il a laissé tomber la conversation, il l'a aussitôt oublié...

La Fox River n'avait plus rien d'une rivière. Canalisée au siècle dernier, elle était coupée d'une dizaine d'écluses entre Green Bay et le lac Winnebago. Les rapides évoqués par le père Marquette n'y figuraient même plus à l'état de souvenir. A voir la surprise de l'éclusier quand nous nous sommes présentés au premier bief, il ne devait plus passer grand monde. J'ai payé un dollar cinquante, j'ai gravement rempli le formulaire et Jacques en a fait autant.

> *Ship's name : Huard*
> *Owner : Father Jacques Marquette*
> *Captain : Jean Raspail*
> *Coming from : Les Trois Rivières (Canada)*
> *Sailing to : La Nouvelle-Orléans (U.S.A.)*
> *Ship's length : 16 feet*
> *Weight carried : 300 pounds*
> *Passengers : Philippe Andrieu*
> *Port of issue : Paris*

Facétie administrative. Nous étions ravis. L'éclusier a dit :

– Paris ? Paris, Tennessee ?

Il existe aussi Paris, Arkansas, Paris, Idaho, Paris, Illinois, Paris, Missouri, Paris, Kentucky, Paris, Texas, sans qu'on sût quels Français égarés avaient fondé ces localités obscures. Nous avons répondu : « Paris, France ! », en faisant sonner le mot. Cela ne l'a pas impressionné du tout. Les dix écluses nous ont pris la journée, puis nous avons rejoint le père Marquette sur le lac Winnibago. Des eaux boueuses, malodorantes. Marquette, déjà, s'en plaignait. Un couple d'outardes nous a survolés. Jacques en a tiré une, la dernière que nous avons mangée. Piteux dîner, à peine comestible. Sa chair avait un goût de vase prononcé. Notre jésuite l'avait remarqué. Cela m'a plu. Nous nous retrouvions entre nous, lui avec sa sagamité, et nous avec notre riz au lard.

Dix miles plus loin, parmi les hautes herbes, à l'ouest du Winnibago, on a récupéré la Fox River, qui serpentait, d'un petit lac à un autre, en hésitant, à travers cette plaine marécageuse et désespérément plate qui sépare le bassin des Grands Lacs de celui du Mississipi. La rivière avait du mal à s'y traîner. Tantôt elle se divisait en ruisseaux qui se dispersaient dans les roselières, tantôt elle s'étalait en une succession de flaques brunâtres et sans profondeur couvertes d'une herbe visqueuse. Nos avirons soulevaient de la vase. Les rives spongieuses étaient inabordables. Joliet raconte que le père Marquette avait été contraint de célébrer la messe assis sur le banc de nage de son canot, sa chapelle portative sur les genoux. Les maringouins sont revenus en masse. On a sorti précipitamment le *six-twelve* du vieux *chief* canadien. Il faisait une chaleur accablante, sans vent. La surface de l'eau se couvrait de bulles qui crevaient ignoblement. C'est l'unique fois, pendant tout le voyage, où nous avons jugé prudent de ne pas boire l'eau qui nous portait, et nous n'avions pas prévu de réserve... On a passé deux jours à chercher notre chemin dans cette soupe. Le seul village signalé en lisière de ce no man's land s'appelait, en français sur la carte, Butte des Morts. « Des morts morts de soif, ou de dysenterie, ils avaient le choix », a dit Philippe. Même en nous guidant sur les deux clochers, il a été impossible d'en découvrir le sésame. Dès qu'on approchait, les canots s'échouaient, incrustés dans une boue collante. On a dormi à bord, assis les genoux au menton, calés entre sacs et cantines. Ça m'a rappelé les trains de nuit, pendant la guerre. On a fini par en sortir au matin du troisième jour. La Fox River s'est métamorphosée en un aimable cours d'eau bordé de saules et de prairies où de grosses dames en bigoudis, assises sur des tabourets pliants, surveillaient le bouchon de leurs lignes à pêche. Le premier village se nommait Eureka. Nonobstant ses lèvres desséchées, sa langue gonflée, son gosier vitrifié, Philippe, en un effort surhumain, a trouvé le culot d'articuler : « J'ai trouvé ! » A quatre, nous y avons descendu douze boîtes de bière en guise de petit déjeuner. La seconde agglomération s'appelait Berlin, sur les pentes d'une douce colline.

Là s'élevait en 1673 le village de Mascoutens :

« *C'est ici le terme des descouvertes des François, car ils n'ont point encore passé plus avant. Ce bourg est composé de plusieurs sortes de nations qui y sont ramassés, des Miamis, des Mascoutens et des Kikabous. Ils passent pour guerriers et font rarement des partis sans succez. Ils écoutent paisiblement ce qu'on leur dit et ils ont paru si avides d'entendre le P. Allouez, quand il les instruisoit, qu'ils lui donnoient peu de repos mesme pendant la nuit. Lorsque je les visitay, je fus extremement consolé de voir une belle Croix plantée au milieu du bourg et ornée de plusieurs peaux blanches, de ceintures rouges, d'arcs et de flèches que ces bonnes gens avoient offert au grand Manitou, c'est le nom qu'ils donnent à Dieu, pour le remercier de ce qu'il avoit eu pitié d'eux pendant l'hyver, lorsqu'ils apprehendoient la famine.*

» Je pris plaisir de voir la situation de cette bourgade. Elle est belle et bien divertissante, car d'une eminence sur laquelle elle est placée, on descouvre de toutes parts des prairies à perte de veue, partagées par des bocages et des bois de haute fustaye. La terre y est très bonne et rend beaucoup de bled d'Inde.

» Nous ne fusmes pas plus tôt arrivés que nous assemblasmes les Anciens, Monsieur Joliet et moy. Je leur dis qu'il estoit envoyé de la part de Monsieur nostre Gouverneur pour descouvrir de nouveau pays, et moy de la part de Dieu pour les esclairer des lumières du saint Evangile ; qu'au reste le Maistre souverain de nos vies vouloit estre connu de toutes les nations et que pour obéir à ses volontez, je ne craignois point la mort à laquelle je m'exposois dans des voyages si perilleux ; que nous avions besoing de deux guides pour nous mettre dans nostre route... »

Fondé en 1860, Berlin était une petite ville ordinaire qui présentait cette rare originalité d'avoir gardé vive la mémoire du passé américain antérieur à sa construction, à commencer par le séjour du père Marquette chez les Mascoutens. C'était d'autant plus surprenant qu'elle était peuplée de descendants d'anabaptistes et de mennonites suisses et allemands, gens qui n'ont pas la réputation de s'intéresser à autre chose qu'à eux-mêmes et à leur sévère religion. Le passage que j'ai cité plus haut, extrait de ma propre « bible » numéro deux, je l'ai retrouvé in extenso affiché au mur d'une cabane-musée, non loin de la rivière, sous la forme d'une reproduction offerte par la Bibliothèque du Congrès de Washington et assortie de sa traduction en anglais.

Le vieil homme qui nous accompagnait (« Appelez-moi Hans ») savait tout. Il était depuis cinquante ans le propriétaire, directeur, imprimeur, photographe et unique rédacteur de l'hebdomadaire local. La cabane, en rondins, c'est lui qui l'avait construite, avec l'aide des vingt derniers Mascoutens de Berlin, à l'emplacement qu'ils avaient eux-mêmes désigné.

– C'était là ou ce n'était pas là, nous a-t-il dit. L'essentiel, c'était ce que *eux* croyaient.

On y entrait par une porte basse. Il n'y avait pas de cheminée mais une ouverture dans le toit. Une litière de joncs à même le sol, une table grossière, une souche d'arbre en guise de tabouret et au mur une croix de bois.

– Je me suis inspiré d'une gravure publiée en 1903 dans la revue des jésuites de New York, a dit Hans. C'était cela ou ce n'était pas cela, mais maintenant, *c'est* cela. Il n'y a dormi que trois ou quatre heures dans la nuit du 9 au 10 juin 1673. Les Mascoutens se comptaient deux mille en ce temps-là. Ils ne se lassaient pas de l'écouter. Ils ne voulaient plus le laisser partir. Beaucoup réclamaient le baptême à grands cris.

Il était là, le père Marquette, sa besace posée à ses pieds, en soutane d'un noir verdi serrée par un ceinturon de cuir, les cheveux largement tonsurés, assis à sa table, légèrement voûté, un bréviaire ouvert devant lui : un mannequin de cire. Dans la pénombre de la cabane, il vivait.

– Cela lui ressemble ou cela ne lui ressemble pas, a dit Hans, mais à présent, *c'est* lui...

Le dénuement de la cabane, l'attitude relâchée d'un homme fatigué qu'on avait donnée au mannequin, ajoutaient à la vérité. Il n'existe aucun portrait véridique du père Marquette. C'est celui-là que j'ai retenu. Nous étions étrangement impressionnés. C'est Yves qui l'a résumé plus tard en appelant ce court moment : « la visite au patron ». J'ai donné deux dollars au gardien, un Mascouten. La cabane leur appartenait. Ils étaient restés catholiques. Ils nous ont ouvert leur chapelle, décorée d'avirons croisés, comme en Bretagne. Le père Simon, curé de Belle Vue, près de Green Bay, où vivaient les autres Mascoutens, venait y célébrer la messe quatre fois par an, en latin.

Nous sommes allés boire à la source d'*eau mineralle* où s'était désaltéré le père Marquette. Ainsi qu'il l'avait écrit, elle avait un goût de poudre à fusil. Les anabaptistes pieux de Berlin y remplissaient des bouteilles...

« *Le lendemain, qui fut le 10 juin, deux Miamis qu'on nous donna pour guides s'embarquèrent avec nous à la veue d'un grand monde qui ne pouvoit assez s'estonner de voir sept François seuls en deux canots oser entreprendre une expédition si extraordinaire et si hazardeuse. Nous sçavions qu'à trois lieux de Mascouten estoit une rivière qui se descharge dans celle du Mississipy... Aussi nous conduisirent-ils heureusement jusqu'à un portage de deux mil sept cens pas et nous aydèrent-ils à transporter nos canotz pour entrer dans cette rivière, après quoy ils s'en retournèrent,* »

nous laissant seuls dans ce pays inconnu entre les
mains de la Providence... »

La rivière *qui se descharge dans celle du Mississipy*
était appelée Meskonsing par les Indiens, aujourd'hui
Wisconsin. Sauvage, puissante, tumultueuse, coupée
de rapides[1] et bordée de falaises somptueuses où la
nation des Winnebagos voyait l'œuvre du Grand
Esprit, elle dévale en droite ligne nord sud, puis tourne
résolument vers l'est, change à nouveau de direction
comme si elle rebroussait chemin sous l'effet d'une
volonté inconnue, vire à cent quatre-vingts degrés
et reprend sa course plein ouest, vers le Mississipi.
Parallèlement, la petite Fox River, qui vient du nord
elle aussi, accomplit le même brutal demi-tour, mais
inversé, comme si elle s'enfuyait vers le lac Michigan,
alors que la logique aurait voulu qu'elle se jetât dans
le Wisconsin. Entre ces deux virages opposés se glisse
une infime élévation d'altitude, sur une distance d'un
kilomètre et demi, soit les *deux mil sept cens pas*
qu'avait comptés le père Marquette, la courroie de cuir
au front, courbé sous le poids de son bagage. On a
peine à croire que cette bande de terre, pour l'œil aussi
plate qu'une table, est la ligne de partage des eaux qui
sépare le nord et le sud du continent, et la porte d'entrée
du Mississipi.

Ce fut d'abord un sentier indien qui courait entre de
très beaux chênes sur lesquels, raconte Louis Joliet,
les sauvages avaient dessiné grossièrement deux canots
pour signaler le portage, puis après le passage de

---

1. Aujourd'hui domestiqués par une série de barrages.

Marquette et l'établissement progressif des Français, l'un des trois principaux chemins du roi, quelque chose comme une route nationale de plus en plus fréquentée. On bâtit un fortin pour surveiller le chemin, des entrepôts de commerce, une église, une maison pour le sous-intendant, tout cela formant peu à peu un village auquel les Américains, prenant possession des lieux en 1785, conservèrent son nom d'origine : Portage. Les Indiens l'avaient baptisé du nom harmonieux de Wauona, qui avait le même sens que Portage. Lorsque nous y sommes passés, c'était une jolie petite ville aux maisons construites en briques claires, à l'aspect net et élégant, aux rues plantées d'arbres, irradiant un charme particulier à propos duquel un vieux professeur retraité, qui était né à Portage, de parents nés à Portage, m'a tenu ces quelques mots surprenants qu'on n'imaginerait plus aujourd'hui dans la bouche d'un Américain : « *Ce sens du beau, cette faculté de l'exprimer est comme un reste de ce qu'avaient introduit sur les chemins de portage les pionniers français du Nouveau-Monde, lesquels avaient des yeux pour voir et un cœur pour sentir.* » C'est à Portage aussi qu'étaient nés Frederick Jackson Turner, le premier historien de ces contrées de l'Ouest, qui fut professeur à Harvard il y a cent ans, et la conteuse Zona Gale, qui vivait au bord du Meskonsing et entretenait avec la rivière une poétique complicité. Ils étaient, littérairement, fils et fille du chemin de portage.

Ce chemin n'existait plus, puisque c'était la ville, à présent, qui occupait le court espace entre la Fox et le Wisconsin. Il n'était pas oublié pour autant, jalonné de plaques gravées portant l'inscription FATHER MARQUET

HISTORICAL PATH, avec, sur le rivage, là où le « patron » avait rembarqué, un petit monument de granit rouge. Il suivait le trajet de la Main Street, et cette fois impossible de couper au grand show prévu pour le lendemain samedi 27 août : sur le chemin de portage du père Marquette, l'Equipe Marquette allait avoir l'honneur de portager, *by fair means*, honnêtement. De Madison, la capitale de l'Etat, de Milwaukee, de Chicago, de Davenport et de Cedar Rapids, en Iowa, et même d'une ville nommée Waterloo, la presse s'était déplacée. On lui avait dressé des praticables. La rue était déjà pavoisée. Du City hall nous parvenaient les échos tonitruants d'une fanfare qui peaufinait sa *Marseillaise*. Etaient attendus aussi de Madison un délégué du gouverneur, des autocars remplis de *boy scouts*, des groupes folkloriques de coureurs de bois et de soldats de la guerre d'Indépendance, et toujours pour saluer Philippe, un fort contingent de l'American Legion. Des parkings supplémentaires avaient été aménagés. Le shérif du comté avait reçu des renforts. Notre camp au bord de la Fox a été décrété Private Area. La police a veillé sur notre sommeil. Il importait de ne pas déranger les champions avant leur match décisif du lendemain. Nous nous sommes endormis assez crispés.

Cela ne s'est pas passé comme nous l'avions craint. A dix heures nous avons plié le camp. A dix heures et demie nous nous sommes harnachés, Yves et moi aux canots, Jacques et Philippe aux courroies, et nous avons embouqué la Main Street. Un kilomètre cinq cents, en terrain plat asphalté ce n'était rien. Pauses comprises, sans forcer, il ne nous a pas fallu plus de trente-cinq minutes. C'est l'attitude de la foule qui nous a étonnés,

plutôt grave, recueillie. Elle se pressait sur les bas-
côtés, les scouts, les Davy Crockett, les *volunteers*
en tricorne, puis des centaines de curieux, sagement
rangés. Nous redoutions le cirque, la parade de foire,
le fait de nous donner en spectacle. Nous avions tort.
Tous ces gens étaient venus là comme à une cérémonie.
Au fur et à mesure que nous avancions, ils applaudis-
saient, puis se plaçaient derrière nous, en silence,
réglant leurs pas sur le nôtre. Au City hall attendaient
le maire, son conseil, et l'American Legion. Les vété-
rans ont porté la main au calot, le maire a soulevé son
chapeau, et tous se sont joints au cortège. A onze
heures cinq nous avons déposé canots et bagages,
comme un hommage, au pied du monument de granit
rouge qui s'élevait au milieu d'un parc gazonné sur la
berge du Wisconsin. Il était dédié au Father Jacques
Marquette et au French Explorer Louis Joliet. Suivaient
les noms de leurs compagnons : Jacques Largillier le
Castor, Pierre Moreau la Taupine, Jean Thiberge, Jean
Plattier, et le Chirurgien. Nous étions heureux de les
retrouver, et plus émus que nous ne voulions le montrer. Ils avaient ouvert la route. Nous la fermions. Lors
du troisième centenaire de la découverte du Mississipi,
en juin 1973, il ne s'est en effet trouvé personne parmi
la jeunesse de ces trois pays, la France, les Etats-Unis,
le Canada, pour entreprendre ce même voyage et se
présenter en canot à Portage. Peut-être à l'occasion du
quatrième centenaire, en 2073...

C'est alors que débarrassés de nos fardeaux nous
avons pu enfin nous retourner et mesurer l'ampleur de
la foule qui nous suivait. Nous en sommes restés sans
voix, sauf Philippe, qui a enchaîné :

– Nous partîmes à quatre et par un prompt renfort,
Nous nous vîmes trois mille en arrivant au port...

Trois mille, peut-être pas, mais au moins la moitié.
Pour le reste de la cérémonie, discours, fanfare, dépôt
de gerbe, remise de diplôme, se reporter aux chapitres
précédents, avec toutefois une réjouissante variante,
quand j'ai demandé au maire si nous pouvions planter
le camp là, pour la nuit.

– *We hope so*, a-t-il répondu. *And why not, do it now.
I could help you, if you wish. I was myself a good boy
scout, formerly.*

Il ne s'est pas mal débrouillé. Il a déroulé les ten-
deurs de la tente, planté les piquets, déplié le double
toit. Il était ravi. La foule aussi. Les photographes
se sont rués. Nous avons joué le jeu. L'érection du mât
aux couleurs démontable a produit une forte impression. J'ai vérifié le fonctionnement de la drisse et j'ai
cédé la place au maire. C'est lui qui a hissé le pavillon.
Marseillaise, applaudissements, poignées de main.
Rien n'avait été convenu entre nous. Tout avait jailli
spontanément. L'Amérique...

Deux cent soixante-seize ans plus tôt, ici même,
en contemplant le Meskonsing, le père Marquette
écrivait :

« *Les sauvages nous avoient représenté que je ren-
contrerois des Nations qui ne pardonnent jamais aux
estrangers auxquels ils cassent la teste sans aucun
sujet ; que la grande rivière est très dangereuse, quand
on n'en sçait pas les endroits difficiles. Avant que de
nous y embarquer, nous commençasmes une dévotion
à la Sainte Vierge Immaculée, luy addressant des*

prières particulières, pour mettre, sous sa protection, et nos canotz, et nos personnes, et le succez de nostre voyage, et après nous estre encouragez les uns les autres, nous montons en canot... »

A partir d'aujourd'hui, signale mon journal de bord à la date du dimanche 28 août, *nous aurons toujours le courant avec nous, jusqu'à La Nouvelle-Orléans* !

Le point d'exclamation qui ponctuait ce communiqué de victoire avait été si fortement appuyé, sous le coup de la jubilation, qu'il en avait troué le papier. Trois mois qu'on se battait à remonter et qu'on attendait la renverse. Désormais, on descendrait. Le sage Philippe, vingt-six ans, a tempéré notre euphorie :

– Comme dans la vie. Il arrive toujours un moment où l'on sait qu'on a atteint le sommet, que rien ne vaudra plus ce qui a été et qu'il ne reste désormais qu'à se laisser conduire jusqu'au terme. La vieillesse...

Attendus à Prairie du Chien, sur le Mississipi, le 31 août à onze heures, rendez-vous fixé depuis deux mois, nous disposions de trois jours pour régler notre compte avec le Wisconsin. Le père Marquette nous avait avertis : « *La rivière est fort large. Son fond est de sable, qui fait diverses battures lesquelles rendent la navigation très difficile. On estoit en périls de s'y échouer, de s'y enfoncer et d'y mourir estouffé. M. Joliet tenoit des sauvages que les chaleurs pouvoient y estre si excessives qu'elles nous causeroient la mort infaillilblement ; qu'elle estoit pleine de monstres effroyables, qui dévorent les hommes et les canotz tout ensemble...* »

La chaleur était là, en effet, non point mortelle, mais

accablante, presque inquiétante. Nous marchions sud-
ouest ou ouest selon les sinuosités de la rivière. Le
soleil frappait cruellement. La surface de l'eau, de
couleur rougeâtre, opaque et lisse comme du plomb,
diffusait une réverbération telle qu'en dépit de nos
lunettes de protection, on ne distinguait les obstacles
que lorsqu'on cognait dessus de plein fouet, îles flot-
tantes, bancs de sable, arbres errants, et la sanction :
ensablement, déchirures de coque, voies d'eau, réparations, temps perdu, puis on retrouvait le fil du
courant, on s'y offrait une vingtaine de minutes à la
vitesse olympique de sept miles à l'heure, on le perdait
à nouveau et ainsi de suite. En fait, la rivière était à
peine navigable. Ses berges recouvertes d'un sable
mou et collant qui émettait des bruits de succion dès
qu'on s'avisait d'y poser le pied, formaient un glacis
infranchissable qui rejetait loin en arrière les villages
et les habitations. Nous n'y avons croisé ni rencontré
personne, sauf lorsque se présentait un pont. J'en ai
compté une quinzaine entre Portage et Prairie du
Chien, tous garnis de brochettes de curieux, penchés
sur la rambarde du tablier, à vingt ou trente mètres
au-dessus de l'eau, qui nous adressaient des signes
d'amitié. On passait vite. Ils changeaient de côté et
demeuraient là un moment à regarder nos canots s'éloigner, comme à la séquence finale d'un diorama animé,
dans un musée.

Quelques visites, tout de même, de temps en temps.
Des castors au boulot, une tribu de ragondins obèses,
une tortue nageuse de la taille d'une roue de moto, des
serpents à sonnette, rien de mangeable, et aussi deux
monstres qu'avait décrits le père Marquette, l'un qui

heurta violemment mon canot, « *que je crois que c'estoit un gros arbre qui l'alloit mettre en pièces* », probablement un silure, *silurus mississipiensis*, un animal vindicatif qui attaque tout ce qui lui barre la route, l'autre que j'ai tout de suite reconnu, « *une teste de tigre, le nez pointu, comme un chat sauvage, avec la barbe des oreilles droite eslevées en hault, la teste grise, le col noir* », un « pichou du Sud », m'a-t-on dit, menaçant. Philippe l'a repoussé à coups d'aviron. La Taupine, pour sa part, n'avait pas hésité. Il lui avait logé une balle en plein front. Le nôtre est revenu à la charge, il s'est frotté furieusement au canot, et à la fin il a filé. Ainsi ces créatures de bestiaire, mais bien réelles, nous avaient-elles encore une fois réunis, le père Marquette, La Taupine, Philippe et moi, le Chirurgien, Jacques et Yves, Joliet et les autres...

Revenu à Montréal en 1674, Joliet redessina de mémoire la carte qu'il avait perdue dans les rapides de Lachine. Au typographe graveur qui s'étonnait de tous ces monstres aquatiques dont il avait naïvement esquissé les gueules dentues, moustachues, hérissées, surgissant au ras de l'eau, il avait répondu avec cette distance un peu dédaigneuse qui convient à un coureur de bois s'adressant à un homme de bureau : « Pourquoi ? Vous n'y croyez pas ? »

Je me demande encore par quel effet de quel hasard, au rendez-vous où nous attendaient, le 31 août à onze heures, le gouverneur du Wisconsin et toute une flottille, s'est invité, à la minute près, sans avertir, avec

les conséquences que l'on verra, un troisième interve-
nant dont je révélerai plus loin la nature et l'identité.

A son confluent avec le Wisconsin, par 42° 45' de
latitude nord, juste au sud de Prairie du Chien, le Mississipi a déjà parcouru le tiers de sa course et roule
majestueusement ses flots mauves sur une largeur de
deux kilomètres. Autant dire que du petit Wisconsin,
il ne va faire qu'une bouchée. A dix heures, au pied
du dernier pont, nous nous sommes changés, revêtant
l'uniforme que j'ai déjà décrit. Le Wisconsin étant
devenu plus profond, il suffisait de se laisser guider
par le courant, clair d'abord, puis mauve à son tour et
dissous dans celui du Mississipi sans autres dernières
volontés que quelques remous et tourbillons vite cor-
rigés par l'aviron. La flottille a viré vers nous, vedette
de la police fluviale en tête, battant pavillon bleu
frangé d'or de l'Etat du Wisconsin, le gouverneur et
l'évêque de Madison à son bord. Suivaient toutes sortes
d'embarcations, le même cortège qu'à Mackinac, la
presse, les sea scouts, les pompiers, le yacht-club de
Prairie du Chien, les maires des communes environ-
nantes et j'en passe. La vedette du gouverneur, équipée
d'une puissante sirène, a lancé dans l'air moite et brûlant – il faisait horriblement chaud depuis quelques
minutes – ses mugissements de bienvenue. Il était onze
heures passées d'une vingtaine de secondes.

C'est alors qu'en écho à la sirène, un autre mugis-
sement surgi du sud a remonté le cours du fleuve,
lointain, puis montant en puissance, mélangé à des
sifflements, des grondements, tandis qu'un vent de tropique se levait, soulevant des vagues, d'abord courtes,
qui grossissaient à vue d'œil à la façon d'une charge

de cavalerie. Le père Marquette avait écrit : « *M. Joliet tenoit aussi des sauvages qu'il y a mesme un démon qu'on entend de fort loing, qui en ferme le passage et qui abisme ceux qui osent en approcher...* » Le démon était une tornade. Une énorme toupie folle, propulsée – on l'a su plus tard – à plus de cent cinquante kilomètres à l'heure, entraînant dans son sillage le gouverneur, la police, les pompiers et tous les autres, leurs bateaux gîtant sous les rafales, la lisse dans l'eau. Nous n'avons pas tenu plus de trente secondes. Il a suffi de trois vagues pour venir à bout de nos canots. Le *Griffon* s'est dressé, la proue verticale, expulsant tout ce qu'il contenait, puis a filé, quille en l'air, abandonnant Jacques et Yves qui se débattaient dans ce bouillonnement, avec l'unique préoccupation de pouvoir aspirer un peu d'air de temps en temps. Le *Huard* s'en est mieux tiré, mais à demi submergé et menaçant de chavirer au moindre déplacement de poids. Nous avons sauté à l'eau, Philippe et moi, pour l'alléger, et il s'en est allé rejoindre le *Griffon*.

Cinq minutes plus tard, d'un coup, le fleuve s'est calmé. La tornade s'en est allée se désintégrer au-delà de Prairie du Chien, non sans avoir décoiffé au passage un certain nombre de maisons, déraciné les arbres du parc, abattu la plupart des cheminées et coupé l'électricité. Les pompiers nous ont repêchés, Yves et Jacques à bout de forces, Philippe et moi un peu plus frais. L'armada du gouverneur n'avait pas été à la fête, collisions, rambardes arrachées, avaries, deux journalistes blessés, et Pat Ingli, commodore des sea scouts, soulevé hors de sa passerelle et tiré de l'eau inanimé : quatre jours d'hôpital. Lui aussi s'est posé des questions. Il m'a dit plus tard : « Cette tornade du 31 août, voilà cinquante ans qu'on n'en avait pas vu de pareille... » Nos deux canots avaient disparu. C'est une barge du Corps of Engineers – les maîtres tout-puissants du Mississipi – qui les a retrouvés immobilisés au milieu d'un fouillis de végétation, sur une île à fleur d'eau, en bordure du chenal. La tornade les y avait déposés, le *Griffon* la quille en l'air, mais le *Huard* toujours flottant.

Recueillis chez un certain Dr Kleinpell, abreuvés, nourris, installés dans de profonds fauteuils et enveloppés de couvertures pendant que nos vêtements séchaient, nous avons fait le bilan. Le compte a été vite bouclé. Perdus : tout le chargement du *Griffon*, plus la cagnotte et le sac photo. Sauvés, à bord du *Huard* : le sac à tente et la cantine étanche, laquelle ne l'était d'ailleurs plus tellement. Le papier n'aime pas l'eau. De nombreux documents ont été gâtés. C'est ainsi qu'il ne m'a pas été donné de terminer *La Philosophie éternelle* d'Aldous Huxley, réduite en bouillie par le Mississipi. Hormis cela, il ne nous restait rien, seulement nos chemises kaki et nos culottes courtes qui pendaient à un fil dans le jardin, nos canots, mais sans avirons, et dans quel état ?, et plus un sou. Diverses solutions se présentaient. Un recours à nos familles ? Au secours, papa ! Cela nous gênait. Un emprunt sur l'honneur ? Mais auprès de qui ? Une demande d'avance de fonds aux journaux qui nous publiaient ? Ce n'étaient pas des journaux riches[1], qui déjà nous payaient chichement. Nous faire embaucher

---

1. *L'Epoque*, notamment, à Paris.

quelque part, laveurs de voitures, plongeurs de restaurant, veilleurs de nuit, à l'exemple des étudiants américains ?

Rien de tout cela n'a été nécessaire. Dès le matin du 2 septembre, la fée Amérique est venue nous enlever à bord d'un avion pour nous conduire à Milwaukee où nous attendaient une Robe noire dépêchée par la célèbre Marquette University, une vingtaine de journalistes, et le directeur des non moins célèbres Grands Magasins Gimble Brothers. « De quoi avez-vous besoin ? nous a-t-il déclaré. Faites-moi une liste. N'omettez rien... » On nous a promenés dans tous les rayons. Quatre employés suivaient avec des panières en osier. Rasoirs, mocassins, avirons, lunettes de soleil, duvets, slips, blousons, stylos, jeans, chemises, couteaux, cordes, matériels de cuisine... les panières se remplissaient. Jusqu'à un Kodak dernier modèle dont je n'aurais même pas osé souffler mot et qui avait été rajouté d'office à la liste. Nous avions beau freiner, ils insistaient : « Vraiment ? Est-ce que vous n'avez rien oublié ? Un poste de radio à batterie, par exemple ? Vous serez content de pouvoir vous distraire *on the way*. C'est interminable, le Mississipi... » Le directeur était un ancien élève des jésuites, diplômé de Marquette University, la Robe noire son ancien professeur. La Robe noire avait proposé l'idée, Gimble Brothers prenait la facture à son compte, tandis que le Corps of Engineers réparait nos canots dans ses ateliers. L'Amérique...

Nous avons passé trois jours chez le Dr Kleinpell, un de ces grands vieillards de là-bas, droit, sec, alerte et tiré à quatre épingles ; nous ne l'avons jamais vu sans veston ni cravate. De proche origine prussienne, en ayant conservé l'accent, luthérien de stricte obédience, n'ayant jamais jugé nécessaire de mettre les pieds en Europe avec laquelle il avait coupé les ponts, il n'en consacrait pas moins les loisirs de sa retraite à animer presque à lui seul le modeste Center for French Colonial Studies de Prairie du Chien. C'était d'autant plus surprenant qu'il jugeait sévèrement la France contemporaine, comme nombre de ses compatriotes, et qu'à l'origine il ne parlait pas un mot de français. Il l'avait appris à soixante-dix ans, sans autre aide qu'un manuel de conversation, une batterie de dictionnaires bilingues, et un *Littré* de 1875 en six volumes qui lui permettait, m'expliquait-il, de se familiariser avec des mots et des tournures de phrase en usage au XVIIIe siècle et de traduire sans trop de mal lettres et documents d'époque conservés aux archives du City hall et dans quelques bibliothèques du comté. Il avait une façon à lui de parler français, l'entremêlant d'expressions désuètes, de passé simple et de subjonctifs compliqués, rarement à bon escient. Son accent *kleinpellien*, mi-américain, mi-allemand, n'arrangeait rien. Il fallait décrypter, mais on le comprenait. Il dépliait des cartes, des plans. On s'installait avant le dîner dans son jardin, sous les arbres qui, déjà, rougeoyaient, un shaker de dry Martini à portée de main, et il me disait : « Est-ce que vous savez... » Cela commençait toujours ainsi.

– Est-ce que vous savez que Prairie du Chien (prononcez *praire du chine*) tient son nom d'un chef indien que les Français appelaient « Le Chien » avec lequel ils signèrent un traité qui fut scrupuleusement respecté jusqu'à leur départ en 1764 ? Est-ce que vous savez que La Crosse, la capitale du comté, un peu plus au nord, porte le nom d'un sport indien que les Français appelaient *jeu de la crosse*, l'ancêtre du hockey anglais sur gazon, qui se jouait, *pretty hard*, entre deux équipes de cent joueurs, avec un long bâton recourbé et une balle de lanières de peau ? Il y eut des matchs mémorables, Sauks et Illinois [1] d'un côté, soldats de marine, trappeurs et marchands français de l'autre... Est-ce que vous savez qu'avec le chef sauk Faucon Noir, qui fut vaincu à quelques miles d'ici, en 1838, par les troupes américaines, à l'issue d'une bataille désespérée, combattirent les derniers descendants de Français de La Crosse et de Prairie du Chien ? L'un d'eux était Auguste Lafarge. Son arrière-petit-fils François Lafarge vivait à Prairie du Chien. Il est mort il y a quelques années. Il n'avait que des filles. Son nom n'est plus porté... Est-ce que vous savez que de l'autre côté du fleuve, juste en face, il existe un petit village qui s'appelle Marquette ? Le père Marquette y avait dressé une croix et baptisé des Indiens sauks. C'est aujourd'hui un village polonais... Est-ce que vous savez que de nombreux autres villages, sur le Mississipi River, et dans ce comté, portent encore des noms français...

Il les pointait du doigt sur la carte.

– Montfort, La Motte, Belmont, Briant, qui a donné Bryant, Le Clair, Avalanche. Je les ai tous visités. Ne vous y arrêtez pas, vous seriez déçus. Il ne reste rien

---

1. Nations aujourd'hui disparues.

du passé, pas une once de souvenir dans la mémoire de leurs habitants, des *farmers*. Et pourtant, lisez vous-même...

Il me tendait une feuille de registre, d'un épais papier craquant, sur laquelle était consigné, à la date du 16 mai 1765, que le sieur Aymé L'Avalanche, qui fut sergent de marine, avait acheté au sieur Lafarge, tenant du comptoir de La Crosse, pour la somme de vingt et un louis, dix-huit écus et septante sols comptant, un lot de marchandises qui comprenait... Suivait une longue liste : poudre à fusil, plomb, mèches à feu, cordes, clous, outils, sel, pièces de lainage, harnais, semailles de froment, etc. Le Dr Kleinpell a enchaîné :

– Tout ce qu'il fallait pour s'installer. Ce qu'il a fait, à vingt miles d'ici. 1765, c'est l'année où les derniers détachements des compagnies franches de la Marine ont évacué la région, comme le traité de Paris l'imposait, et ont rembarqué à La Nouvelle-Orléans. L'Avalanche avait décidé de rester. Peut-être était-il marié à une Indienne. Il a planté sa maison, du blé, des arbres fruitiers. L'hiver, il chassait avec les Sauks, auxquels il parlait français. Puis est arrivé George Washington, commandant des milices de Virginie et de l'Ohio au nom du roi George III, avec ordre de rendre la vie difficile aux colons français les plus déterminés, surtout s'ils s'entouraient de sauvages, ce qui n'était plus tolérable. Le gouvernement anglais avait décidé d'effacer toute présence indienne à l'est du Mississipi. Il fallait faire un exemple. Le sort est tombé sur L'Avalanche. Les milices ont incendié sa maison, brûlé ses récoltes, tranché les jarrets à son bétail, empoisonné les puits, saccagé les plantations. L'Avalanche a tenté de se défendre. Plusieurs Sauks sont morts au combat. Il ne restait aux survivants qu'à s'enfuir pour sauver leur vie. L'Avalanche et sa famille ont franchi de nuit le Mississipi, puis ils ont marché vers l'ouest. On ne sait pas ce qu'ils sont devenus. C'est ainsi que George Washington a commencé sa carrière, en s'attaquant aux Français...

Ce qui m'a surpris, à la fin de ce récit, c'était le ton indigné du Dr Kleinpell. Enjambant deux siècles d'histoire américaine, il avait choisi son camp : celui des Français ! Certes, il s'agissait d'un hobby, d'un passe-temps de vieux monsieur curieux et cultivé, mais sans doute aussi d'une façon de rêver, de se raconter son Amérique à lui, le fils d'immigrants allemands. C'est chez lui, durant ces trois jours, dans cette petite ville quelconque, ainsi qu'à Portage, une semaine aupara-vant, que j'ai commencé à nuancer mon jugement sur l'ignorance et le dédain des Américains à l'égard de tout ce qui les avait précédés, d'abord et surtout la colonisation française. Il existait des exceptions. Au moins jusqu'au fort de Chartres et à l'Ohio, j'ai ren-contré d'autres Dr Kleinpell. Ils me parlaient des Français de ce temps-là comme s'ils les avaient quittés la veille...

Nous avons rembarqué le 5 septembre, très tôt le matin, à notre habitude. L'aube, en se levant, tournait la page.

Les canots étaient comme neufs, grattés, vernis, repeints, plusieurs membrures et lattes de fond chan-gées, l'entoilage et la quille remplacés. De réparation en réparation, il ne subsistait plus grand-chose de leurs éléments d'origine, seulement la forme, l'élégance, une façon particulière d'aborder le mouvement de l'eau, et sans doute aussi une âme, que leur avait donnée, à leur naissance, Moïse Cadorette, à Trois-Rivières. Ainsi en est-il, par exemple, du *Pen Duick* centenaire d'Eric Tabarly, ou de ces coques de vieux gréements retrouvées enfouies dans la vase et qu'on rappelle minutieusement à la vie sans qu'ils perdent le moindre souffle de leur existence d'antan, ou encore de ces temples japonais de bois et de papier qu'on a refaits vingt fois au cours des siècles sans que jamais les *kamis*, les esprits des lieux, s'y soient sentis dépaysés...

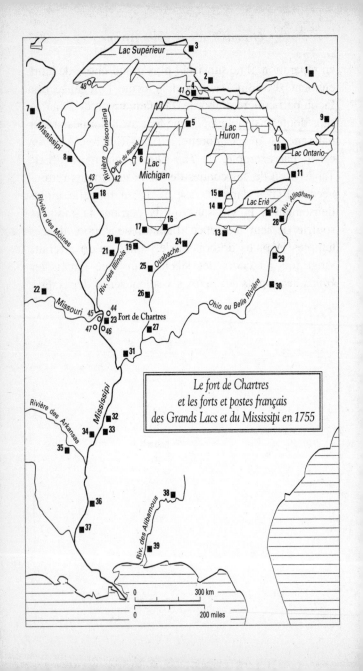

Le fort de Chartres
et les forts et postes français
des Grands Lacs et du Mississipi en 1755

Forts

1 Fort Coulonges
2 Fort et Poste Sault Sainte Marie
3 Fort Michipicoton
4 Fort et Poste Mackinac
5 Fort de la Buade
6 Fort la Baye
7 Fort le Sueur
8 Fort l'Huilier
9 Fort Frontenac
10 Fort Rouillé
11 Fort Conti ou Niagara
12 Fort Presqu'île ou Erié
13 Fort Sandusky
14 Fort du Détroit
15 Fort Pontchartrain
16 Fort Saint Joseph
17 Fort et Poste de Chicagon
18 Fort Saint Nicolas
19 Fort Saint Louis
20 Fort Préoria

21 Fort Crèveccœur
22 Fort d'Orléans
23 Fort de Chartres
24 Fort des Miamis
25 Fort des Ouyatanons
26 Fort Vincennes
27 Fort Saint Ange
28 Fort Le Bœuf
29 Fort Machault
30 Fort Duquesne
31 Fort Ascension
32 Fort Prudhomme
33 Fort Assomption
34 Fort Saint François
35 Fort Arkansas
36 Fort Saint Pierre
37 Fort Rosalie des Natchez
38 Fort Toulouse
39 Fort Mobile

Postes

41 Saint Ignace
42 Portage
43 Prairie du Chien
44 Prairie du Rocher

45 Saint Louis
46 Kaskaskia
47 Sainte Geneviève
48 La Pointe

Le cours du Mississipi de Cape Girardeau (Missouri) à Vicksburg (Mississipi)

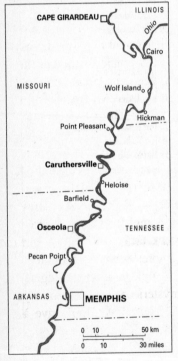

Fort de Chartres et Mississipi

Pour les tribus sauvages qui vivaient non loin de ses rives, le fleuve qui roulait ses flots majestueux dans la vallée s'appelait Mississipi. Dans leur langue ce mot signifiait La Grande Eau, ou encore Messachébé, le Père des Eaux. Elles n'avaient aucune idée de sa longueur, ne pouvant connaître à la fois sa source et son embouchure. Né au pays des glaces, puis s'étalant prodigieusement en largeur et en sinuosités – ses méandres fermant parfois la boucle et se rejoignant avec une force d'impulsion renouvelée –, sujet à des colères terrifiantes qui l'entraînaient à engloutir forêts et prairies à perte de vue, il coulait face au soleil en son zénith, éternel et illimité. Impressionnées, stupéfiées au point de l'avoir sacralisé, peuplé de monstres légendaires et doté de pouvoirs mystérieux, les tribus ne s'y aventuraient que pour pêcher ou passer d'une rive à l'autre à l'intérieur de frontières imaginaires qu'elles croyaient imposées par le Père des Eaux et qui les séparaient les unes des autres. C'est ainsi que les Français furent d'abord induits en erreur en entendant pour la première fois les Indiens faire allusion au fleuve et leur prédire tous les malheurs s'ils s'obstinaient à en percer le secret, c'est-à-dire savoir où il conduisait. Cela ne dura pas. Marquette, Joliet, Cavelier de La Salle, déjà, étaient *modernes*. On a vu qu'ils n'hésitèrent pas, qu'ils passèrent outre et reconnurent le Mississipi pour ce qu'il deviendrait, pour ce qu'il est, un formidable moyen de communication, d'une force et d'une ampleur jamais vues, et une source inépuisable de richesse et de fertilité pour toutes ces immensités qu'il traversait.

De Prairie du Chien à La Nouvelle-Orléans, il ne nous restait plus qu'à parcourir 1 512 miles, soit 2 432 kilomètres, c'est-à-dire un peu moins de la moitié du parcours. Le fait d'avoir écrit « il ne nous restait *plus qu'à...* » au lieu de « il nous restait *encore à...* » correspond fidèlement au sentiment que nous avions d'être parvenus au bout de nos peines et de considérer cette seconde partie du voyage, en dépit de sa longueur et du temps qu'elle nous coûterait, comme une simple formalité par laquelle on devait tout de même passer. Un courant vif et constant nous y a aidés et ne nous a jamais manqué. Nous n'avions qu'un ennemi, le vent du sud, par périodes d'inégale durée. Quand il se levait et remontait le fleuve à la tête de ses bataillons de vagues serrées, dures, crêtées d'embruns, on pesait double sur l'aviron, les muscles tendus, l'humeur méchante. Ce n'était pas dangereux, mais irritant, lancinant, assommant. S'il se calmait ou changeait de direction, on ne cessait pas pour autant d'avironner – il fallait les gagner, ces kilomètres ! –, mécaniquement, avec un détachement proche de l'indifférence et confinant souvent à l'ennui. C'est ainsi que nous avons pris l'habitude, pour tromper ces mornes heures d'abattage, de naviguer bord à bord, *Huard* et *Griffon*, en écoutant la radio, égrenant les stations l'une après l'autre au fur et à mesure de notre avance, Dubuque, Clinton, Davenport, Burlington, Quincy, etc., ainsi que de vulgaires béotiens en balade de santé, le dimanche. On était sur le fleuve et en même temps on n'y était pas. Ce cadeau, à l'anachronisme inversé, des Grands Magasins Gimble de Milwaukee avait rompu le lien avec le passé que nous étions toujours parvenus à maintenir et qui transcendait l'interminable et métronomique battement de nos avirons. J'aurais dû la foutre à l'eau, cette radio ! Entre le père Marquette et l'équipe Marquette, le fossé, insensiblement se creusait. Le père écrivait :

« *Nous avançons toujours, mais, comme nous ne sçavons où nous allons, ayant fait desjà plus de cent lieues, sans avoir rien descouvert que des bestes et des oyseaux, nous nous tenons bien sur nos gardes. Et nous ne faisons qu'un petit feu à terre sur le soir, pour préparer nos repas ; et après souper nous nous en esloignons le plus que nous pouvons, et nous allons passer la nuit dans nos canotz que nous tenons à l'ancre sur la rivière, de peur de surprise... »*

Et pendant ce temps-là nous étions rivés à la diction de caramel des speakers qui dévidaient des avis publicitaires entre deux chansons que nous écoutions comme Ulysse la voix des sirènes. De façon inattendue et insidieuse, quelque chose de nouveau et d'imperceptiblement corrosif s'était glissé à bord de nos canots et commençait à s'attaquer à nos juvéniles certitudes d'aventuriers. Nous avions été rééquipés de pied en cap par la générosité de Gimble Brothers. Vêtus comme des boys américains, utilisant, à l'exception de la tente, du matériel américain, ayant remplacé nos franchouillards Opinel par des *knives*, lâchement convertis au réchaud à essence et aux somptueux duvets de l'armée américaine, ayant adopté, par commodité, le vocabulaire technique du fleuve, *cut of, lock, dam, taw boat, wharf, light house...* ainsi qu'une foule de mots usuels, nous étions, en quelque sorte, en train de changer de peau. Je n'ai pas le souvenir que nous en étions conscients au point où je l'exprime maintenant, mais c'est en relisant mon journal de bord que j'ai constaté page après page les progrès de cette métamorphose. Certes, et toujours scrupuleusement, j'y consignais les miles parcourus, les difficultés rencontrées, la météo, puis, ce devoir administratif expédié, je ripais, je passais à autre chose, ma plume prenait la tangente, bref, je découvrais l'Amérique, non plus celle du temps des Français, mais celle du siècle où je me trouvais.

Elle était à présent partout, autour de nous, cette Amérique, loin de ses forêts originelles et de ses prairies peuplées de bisons. Des usines, des ponts suspendus, des silos, des océans de champs de maïs hérissés de fermes toutes semblables, des villes dont les banlieues résidentielles se rejoignaient, tout cela défilant, bâbord et tribord, à la vitesse de nos canots, quatre à huit miles à l'heure selon le vent. Dans le chenal balisé, d'énormes trains de barges se croisaient, une circulation fluviale dont le Rhin, avant Rotterdam, peut donner une idée. Nous nous en tenions prudemment éloignés. Tout le reste du Mississipi était à nous, deux plaines liquides de part et d'autre du chenal, avec cette particularité que nous y étions pour ainsi dire enfermés : ou il s'étalait et déployait le long de ses rives d'infranchissables glacis de glaise spongieuse ou d'anciennes forêts submergées dont les têtes d'arbres morts pointaient hors de l'eau, ou bien, dans ses passages plus étroits, l'avait-on, pour s'en défendre, enserré entre de hautes levées de terre, souvent même des murailles de béton, pourvues de portes d'acier soigneusement closes, qui donnaient à certaines agglomérations riveraines l'aspect de cités fortifiées assiégées. Hormis les ports, et, de loin en loin, des appontements de plaisance aménagés, il n'existait pas d'autres accès.

Quand venait le soir, impérativement, c'est donc dans une ville que nous abordions. Nous y étions d'ailleurs fort bien reçus, logés, fêtés, interviewés, promenés, pourvus de jeunes et charmantes *dates*, invités à des *parties* où nous nous rendions « en civil » puisque nos beaux uniformes de sortie gisaient au fond du Mississipi, bombardés citoyens d'honneur ou membres honoraires de ceci ou de cela... Plongés dans le bain américain, cette immersion vespérale quotidienne des rats de l'eau chez les rats des villes ne nous déplaisait pas du tout. Mon journal de bord s'y étend complaisamment et non sans quelque vanité.

Heureusement pour nous, le matin, qu'il pleuve, qu'il vente ou qu'il fasse beau, il fallait rembarquer. Il arrivait aussi que certains soirs, surpris par la nuit hors des zones habitées et sans pouvoir aborder nulle part, nous *frappions* un banc de sable, comme au bon vieux temps, pour *dégrader*, et Philippe disait : « Enfin chez nous... » On montait le camp, toute la panoplie, pavillon déployé en haut de son mât, canots et matériel rangés au carré, on allumait un grand feu de bois flotté, Jacques numérotait le riz au lard et on soupait, en plein Mississipi, sur ce bout de terre qui nous appartenait. Les bouées vertes et rouges du chenal s'allumaient dans la pénombre, tandis que surgissaient, du sud ou du nord, ces monstres aquatiques géants, radar giroscopique tournant, dont la circulation ne s'arrêtait jamais. Leur vague d'étrave parvenait jusqu'à nos pieds, affaiblie, comme un messager qui achève sa course. Un projecteur trouait la nuit, cherchant la réponse à la question que se posait le *captain* sur la présence de ces excentriques Robinsons. Certains nous saluaient d'un coup de sirène.

– Ils sont loin, disait Philippe, signifiant par là que c'était nous qui nous éloignions d'eux...

Ces bancs de sable comportaient des risques. Leur existence était éphémère. Ils ne figuraient pas sur la carte. Ils allaient, venaient, disparaissaient, au hasard de la respiration du fleuve qui en dépit de vingt-sept barrages, jusqu'à Saint Louis, refusait de se soumettre. Son niveau s'enflait, descendait. Il asséchait ses berges ou il les noyait. C'est ainsi qu'une nuit nous avons été réveillés par un clapotement d'eau sous la tente. Le fleuve s'était emparé de notre île. Encore dix minutes et il n'en resterait rien. Les princes souverains du banc de sable ont sauté piteusement dans leurs canots, le matériel chargé en désordre, et ont navigué toute la nuit, d'une bouée à l'autre, jusqu'à ce que l'aube les recueille et les rende à une autre vie.

Le père Marquette ne *sçavait* pas où il était, mais nous, nous le savions trop bien. Des panneaux plantés sur les berges, ou sur des miradors en pleine eau, indiquaient à intervalles réguliers le nombre de miles à parcourir jusqu'à La Nouvelle-Orléans. Les balises et les bouées étaient numérotées, les phares identifiés en capitales rouges d'un mètre. Il suffisait de se reporter au livre des cartes, un épais volume en couleur de deux cent cinquante pages format italien. Il était ouvert devant moi, sur la cantine. J'en tournais deux ou trois pages par jour. Selon l'expression américaine, « j'en devais la courtoisie » à l'administration du Corps of Engineers, notre troisième ange gardien après l'abbé Tessier et le général Spry. C'est une puissance, le Corps of Engineers. Voilà cent ans déjà qu'il combattait le fleuve et la bataille n'est jamais gagnée. Ses navires de service surveillaient les rives comme des chiens de garde. Des armées de bulldozers patrouillaient jour et nuit sur les levées de terre, prêts à combler les brèches. L'humeur du Mississipi est fantasque. Je me renseignai le matin :

– Comment est-*il* aujourd'hui ?

– *Il* a monté de cinq pieds depuis hier soir ! Méfiez-vous. *Il* prépare un coup. C'est un jour à tourbillons...

A l'époque dont je parle, il *lui* arrivait de changer de lit, de déserter tel ou tel méandre pour s'en créer de nouveaux, d'ensabler son chenal en une heure ou de le déplacer en entraînant balises et bouées, de s'infiltrer sous les digues et d'inonder des milliers d'hectares, si bien que les *engineers* lui abandonnaient « la part du fleuve » comme on fait la part du feu et construisaient plus en arrière une seconde ligne de fortifications. C'est en enfonçant les pieux des anciennes et rudimentaires digues de bois que les esclaves africains de la ville de Saint Louis chantèrent leurs premières et américaines mélopées.

Mile après mile, nous avancions. Quand je tournais une page, je l'annonçais.

– Il en reste combien ? demandaient en chœur Philippe, Jacques et Yves, affectant le ton de gamins qui rechignent parce que la promenade ne les amuse plus. Dis, papa, c'est encore loin, La Nouvelle-Orléans ?

C'était devenu un rite.

On se distrayait avec les écluses. Nous en avons franchi quinze entre Prairie du Chien et Saint Louis. La première a failli nous être fatale. Il s'en est fallu d'un cheveu que nous n'y soyons écrabouillés à l'arrière du sas par la roue à aubes du *Sprague*, un antique et monumental pousseur de barges dont les aussières s'étaient distendues. Mauvais souvenir. C'eût été trop bête... Le Corps of Engineers, averti, avait aussitôt donné l'ordre de nous écluser seuls, en priorité. On doublait la file d'attente ancrée en amont, je soufflais dans ma corne de brume et les immenses portes s'ouvraient pour nos deux minuscules canots qui dans ces bassins de cent cinquante mètres de long, dont le niveau d'eau baissait ensuite rapidement, ressemblaient à des moucherons perdus au fond d'une cuvette de lavabo. Puis les portes en aval majestueusement s'écartaient, libérant les moucherons, très contents d'eux, et se prenant pour les rois du Mississipi.

Il y avait d'autres bons moments. D'une ville à

l'autre, l'accueil variait. A Burlington, par exemple, nous venions à peine de nous amarrer à la cale du port de plaisance qu'un shérif étoilé, l'air mauvais, flanqué d'une douzaine de policiers, nous a embarqués tous les quatre, menottes aux poignets, sans la moindre explication et ne répondant à nos protestations que par des grognements excédés. Direction, sirènes hurlantes : le tribunal. La salle d'audience était archicomble. On nous a démenottés et conduits dans le box des accusés. Un avocat s'est approché : « J'ai été commis d'office à votre défense. J'essaierai de vous obtenir le minimum, mais le juge Layton n'est pas commode. N'oubliez pas de l'appeler Votre Honneur et de vous lever quand il vous interroge... » Le juge était en robe noire, la mine sévère. Il nous examinait sans indulgence. Ayant vérifié nos identités, il a passé la parole au district attorney, lequel a chaussé gravement ses lunettes pour lire l'acte d'accusation : entrée illégale aux Etats-Unis – ce qui était vrai, nous n'avions pas de visas, aucun tampon ne figurait sur nos passeports et la Coast Guard ne nous avait jamais rien demandé –, absence de documents concernant nos embarcations, circulation nocturne sur le Mississipi sans feux de position, camping prohibé sur des bancs de sable, navigation dans un chenal réservé au trafic commercial et susceptible de mettre en danger la sécurité des navires... L'avocat a plaidé notre jeunesse, la noblesse de nos intentions, la haute figure du père Marquette. Il a demandé la relaxation. Le jugement est tombé : coupables. Deux jours de prison... à l'Astoria Hotel, dans la suite présidentielle, crédit ouvert au restaurant, aux frais de la municipalité. Avec un large sourire, l'impressionnant juge a conclu :

– Bienvenue à Burlington !

Le juge Layton était le vrai juge. L'attorney, l'authentique attorney du district. L'avocat, l'un des plus célèbres de la ville. L'étoile du shérif trépidait sur sa vaste poitrine, tant il riait de ce bon coup. Les policiers sont venus s'excuser en nous broyant chaleureusement la main de leurs poignes de catcheurs. Le maire plaisantait avec les journalistes. Les photographes photographiaient, le greffier, hilare, contemplait la scène. L'Amérique...

Trois jours de canot plus loin, nous sommes arrivés à Quincy, peu après le confluent de la rivière Des Moines et du Mississipi.

C'est là que Joliet et Marquette, qui n'avaient pas aperçu un être humain depuis leur entrée sur le Messachébé, repérèrent des traces de pas qui conduisaient à un village :

« *Ce fut pour lors que nous nous recommandasmes à Dieu de bon cœur. Ayant imploré son secours, nous passasmes outre sans estre découverts et nous vinsmes si près que nous entendions mesme parler les Sauvages. Nous crusmes donc qu'il estoit tems de nous découvrir par un grand cry que nous poussames de toutes nos forces, en nous arrestant, sans plus avancer. A ce cry, les Sauvages sortent promptement de leurs cabanes, et nous ayant probablement reconnu pour François, sur tout voyant une robe noire, ils députent quatre vieillards pour nous venir parler, dont deux portoient des pipes à prendre du tabac, bien ornées et*

empanachées de divers plumages... Ils nous présentè-
rent leurs pipes à pétuner, qu'ils appellent en ce pays
calumet, et qui est la civilité ordinaire. Il ne faut pas
le refuser, si on ne veut passer pour ennemi... »

Le père Marquette précise qu'il était midi. Il était
midi également, heure convenue à la demande des
autorités de Quincy, quand nous nous sommes présentés au port, accueillis par une dizaine de messieurs
en protocolaire complet-cravate mais qui offraient cette
particularité d'arborer de somptueuses coiffures de
chef à bandeau tissé de perles et plumes multicolores
jusqu'au bas du dos. Ils n'étaient pas plus indiens que
moi mais semblaient prendre leur rôle fort au sérieux.
Ne sachant trop ce qui nous attendait, nous avons
calqué notre attitude sur la leur. Deux d'entre eux, qui
se révélèrent plus tard être le maire de la ville et son
adjoint, pétunaient solennellement en tirant d'un long
calumet sculpté une épaisse fumée bleuâtre, après quoi
ils nous l'ont présenté, l'offrant à deux mains, en un
joli geste. Aucun mot n'avait été prononcé. Nous avons
fumé à notre tour, deux bouffées chacun d'un âcre
tabac, sans sourire, sans nous étonner, tout en nous
demandant de quelle façon allait tourner cette étrange
mascarade. Il y avait sur le port la foule des grands
jours.

Ce qui a suivi est un grand et beau souvenir. La
mascarade avait un sens. Ce n'était pas une mascarade.
Elle n'était pas considérée comme telle. Le sachem-
maire a déplié un papier. Il s'est approché du micro.
Je me suis dit : « Voilà le discours. » Ce n'était pas un

discours. Le maire avait une belle voix grave qui a couru sur tout le port, amplifiée par les haut-parleurs :

Hiawatha, le chef indien, le prophète, le maître
Sur la porte de son wigwam
Un plaisant matin de printemps
Hiawatha debout attendait...

En anglais. Un sublime anglais. Il me faut trancher dans ce texte, qui était long, mais je demande au lecteur de ne pas s'échapper ; qu'il écoute, ne serait-ce qu'une minute, Longfellow[1], le plus grand poète américain, car c'était cela que le maire lisait...

Ce qui approchait apportait tout un monde
De la terre lointaine de Wabun.
Du fond des royaumes du matin,
Arrivait La Grande Robe Noire,
Lui, prêtre de la prière, l'homme au pâle visage,
Avec ses guides et ses compagnons...
Et le noble Hiawatha,
Les mains levées au ciel,
Attend dans l'exultation
Jusqu'à ce que le canot d'écorce avec ses rames
Abordât en grinçant sur les cailloux polis...
Jusqu'à ce que la Robe Noire, le chef, le pâle visage,
Un crucifix sur la poitrine,
Descendît sur le sable de la rive...
Alors le noble Hiawatha

---

1. Henry Wadsworth Longfellow, 1807-1882. Son poème indien, *Hiawatha*, fut publié en 1855.

S'écria en parlant de la sorte :
« Que le soleil est beau, étrangers,
Quand vous venez de si loin pour nous voir.
Notre ville vous attend dans la paix.
Toutes nos portes sont ouvertes pour vous recevoir... »

Matinée surréaliste : c'est le chef suprême des Illinois, par la voix du maire de Quincy symboliquement coiffé de plumes, qui venait de s'adresser à nous, comme il l'avait fait deux siècles et demi plus tôt, à peu de distance de là, alors que de cette grande nation indienne pacifique, qui avait *ouvert ses portes* aux *étrangers*, il ne restait plus aujourd'hui, en Illinois, et depuis longtemps, aucun représentant vivant...

Longfellow s'était inspiré de la *Relation* du père Marquette conservée à la bibliothèque du Congrès. J'en possédais, dans ma cantine, en fac-similé, une édition de 1681, ainsi que je l'ai déjà indiqué. Nous la consultions chaque soir pour nous imprégner de l'étape du lendemain. Or voici ce qu'écrivait Marquette, le 25 juin 1673, au confluent de la rivière Des Moines, reçu au *bourg* des Illinois :

« *Cet homme* [le chef] *estoit debout et tout nud, tenait ses mains étendues et élevées vers le soleil, comme s'il eust voulu se défendre contre ses rayons, lesquels passoient sur son visage entre ses doigts. Quand nous fusmes proches de luy, il nous fit ce compliment : Que le soleil est beau, François, quand tu viens nous visiter. Tout notre bourg t'attend ; tu entreras en paix dans toutes nos cabanes... »*

Une légère ombre réprobatrice s'étend sur la mémoire de Longfellow. Il connaissait bien l'Europe, et la France. Il y avait longuement voyagé. Contrairement à tant d'autres Américains, il ne l'avait pas reniée, et cependant, au sommet de son poème, quand survient la célèbre envolée (*Que le soleil est beau...*) que longtemps apprirent par cœur les petits écoliers américains, il a tout de même biaisé. Le père Marquette avait écrit : « Que le soleil est beau, *Français...* », à quoi Longfellow, en pur Américain qu'il était, n'avait changé qu'un mot, mais pas le moindre : « Que le soleil est beau, *Etranger...* »

En 1673, sur le Mississipi, dans le langage des Indiens, tout étranger était français, pour la raison que seuls les Français étaient alors venus jusqu'à eux, auréolés d'une réputation de gens aimables et bienveillants. Des Français. Pas des Anglais ni des Américains.

Nous étions chez nous, mes camarades...

Cette idée-là nous a sortis du trou. On a coupé la radio et on a dévalé le Mississipi en crue avec des pointes à neuf miles (quatorze kilomètres) à l'heure, quatre à porter à notre crédit, les cinq autres à celui du courant qu'une succession d'estacades en épis tentaient vainement de modérer et dont nombre de pieux disjoints entraînés par le flot formaient autour de nos canots une escorte d'agités dont nous nous serions bien passés. Quand nous étions las de cette chevauchée, nous filions chercher refuge au sein de l'une de ces forêts immergées que le fleuve avait annexées entre la berge fortifiée et le chenal. Ces cimetières d'arbres écorcés, réduits à l'état de grands gibets blancs, s'ils n'étaient pas un séjour réjouissant, nous permettaient au moins de prendre nos aises. On s'amarrait à un moignon d'arbre, on profitait de cet immense tub, on se rasait, on se lavait, on sortait le réchaud, on se faisait du café, on cassait une petite croûte, on grillait une couple de cigarettes, à l'occasion on tapait la carte, on expédiait le courrier en retard, le reste du temps on bavardait. On a passé là d'excellents moments, flottant entre le XVIIᵉ et le XXᵉ siècle.

Saint Louis était une ville trop grande pour nous. Elle s'étalait sur plus de quarante kilomètres. Difficile d'y retrouver le bourg fondé par le marchand béarnais Pierre Laclède et son beau-fils Auguste Chouteau, en 1763, l'année même du traité de Paris, sur la rive droite du Mississipi, c'est-à-dire en territoire resté français, tout au moins le croyaient-ils. Quand on demanda à Pierre Laclède pourquoi il l'avait baptisée Saint Louis, il répondit : « *En l'honneur de Louis IX qui fut un si grand roi de France, et de notre bien-aimé Louis XV* », lequel bien-aimé venait de céder toute la rive gauche aux Anglais, et par un accord tenu secret, toute la rive droite aux Espagnols, assuré une fois pour toutes d'être définitivement débarrassé de son empire américain. En compagnie du maire de la ville, nous sommes allés saluer le roi Saint Louis. Il chevauche, immobile, au milieu du flot de la circulation, sur son destrier de bataille, en armure de bronze, à huit mille kilomètres de son royaume médiéval. En nous reconduisant, dans sa voiture, un adjoint au maire, qui parlait français, nous a fredonné une petite chanson :

Le temps de d'Artaguette
Hé ! Ho ! Hé !
Etait le bon vieux temps
Le monde marchait à la baguette
Hé ! Ho ! Hé !
Il n'y avait alors ni nègres, ni rubans,
Ni diamants
Pour le vulgaire
Hé ! Ho ! Hé

M. d'Artaguette, du temps des Français, avant d'être nommé au fort de Chartres, commandait le fort des Illinois, au confluent du Missouri. Il était très populaire parmi les colons, si bien que lorsqu'il mourut, ils en firent une chanson que les esclaves noirs de Saint Louis reprirent à leur compte en souvenir d'un « bon vieux temps », qu'ils n'avaient pourtant pas connu. On la chantait encore dans certains quartiers noirs de la ville une vingtaine d'années auparavant...

Les journées raccourcissaient. La nuit tombait à six heures, plutôt froide. Le dimanche 16 octobre, nous avons planté le camp à Herculanum, un village de « Petits Blancs » et de Noirs tout aussi pauvres qui annonçait déjà le vieux Sud, les Blancs d'un côté, les Noirs de l'autre. Des gosses pieds nus sont venus aux nouvelles, du quartier noir, mais pas du quartier blanc. Les autres sont arrivés plus tard, séparément. Nous sommes partis à la recherche d'une bière fraîche. Le bar des Blancs ou le bar des Noirs. Au bar des Noirs on ne nous a pas reçus. Au bar des Blancs Philippe a naturellement fait le malin. Il a demandé où se trouvait le volcan. Personne n'a levé le nez de son verre. Nul ne nous a adressé la parole, mais au moins nous a-t-on fichu une paix royale. Le soir, nous avons allumé un grand feu sur la levée où nous campions. Quelques gamins noirs sont revenus. Nous avons essayé d'Artaguette, mais sans plus de résultat. L'un d'eux a voulu savoir quelle langue nous parlions. La réponse n'a rien éveillé en eux.

Le lendemain 17 octobre, dès le lever du jour, nous avons quitté ce village faulknérien cafardeux, et le courant du Mississipi, en un peu plus de deux heures, nous a déposés vingt miles plus loin, sur la rive gauche, à un débarcadère sur pilotis, vermoulu, surmonté d'un panneau de planches où était écrit :

FORT CHARTRES LANDING

L'endroit était étrangement désert. On n'y voyait nulle trace de fort. Le fleuve lui avait joué un mauvais tour. L'événement s'était produit en 1765, peu de temps après que le capitaine Stirling, du 42ᵉ Highlanders, avec deux ans de retard sur le traité de Paris, eut pris possession du fort de Chartres qui s'était obstiné à rester français sous le commandement du major Saint-Ange de Bellerive. A peine nos derniers soldats s'étaient-ils éloignés, que le Mississipi, fleuve français, et comme doué de sensibilité, prit le relais de la résistance à l'Anglais. Il le fit à sa façon. Saisi d'une sainte colère patriotique, il sortit furieusement de son lit par une belle nuit de printemps qui ne laissait rien présager de tel, se gonfla de plusieurs mètres, et déployant une force irrésistible, balaya le bastion d'entrée et ses flanquements, les quais et les hangars portuaires, détruisit ses propres berges, et coupant au plus court à travers la campagne, abandonna ce qui restait du fort à huit cents mètres à l'intérieur des terres.

Un chemin y conduisait. Nous avions décidé de camper au fort : le grand jeu, avec tente, matériel, mât aux couleurs et canots. Ce fut le dernier portage du voyage.

Quand M. d'Artaguette commandait au fort de Chartres, en 1757, celui-ci venait à peine d'être achevé, remplaçant l'ancien fortin fait « de pieux gros comme la jambe » mais qu'il fallait régulièrement remplacer. Planté au cœur du dispositif français, il avait été conçu pour durer : un quadrilatère fortifié de pierres et de maçonnerie, sans fossés, de cent quarante mètres de côté, avec un bastion à chaque angle, un massif portail crénelé, et tout un chapelet d'échauguettes à meurtrières. A l'intérieur, une caserne, des entrepôts, des écuries, les logements des officiers, celui du lieutenant-gouverneur pour le roi du pays des Illinois, et une vaste esplanade recouverte d'herbe où se rencontraient toutes sortes de gens. Des trafiquants y étalaient leurs marchandises, des coureurs de bois venaient s'y louer comme guides, des bateliers proposaient leurs services, de jeunes métisses en jupe de daim, leurs longs cheveux noirs nattés, cherchaient fortune auprès de tous ces mâles, un charlatan arrachait les dents, on jouait aux dés sur des tambours, une « modiste de Paris » vantait ses robes et ses chapeaux débarqués des canots de traite des Canadiens de Montréal, les intendants bradaient leurs surplus, tout cela au milieu d'une foule de guerriers indiens et de squaws des tribus de la région venus négocier pelleteries et tabac aux comptoirs en plein vent de messieurs les marchands. On s'amusait beaucoup au fort de Chartres, qui avait été surnommé « le Petit-Paris », une gaieté très française, spontanée, indifférente aux couleurs de peau. Le grand chef Pontiac lui-même ne dédaignait pas d'y saluer son ami et « frère de sang » le chevalier d'Artaguette.

Dans un rayon d'une dizaine de lieues, de part et d'autre du fleuve, se trouvait concentré un bon tiers de la population totale de la Grande Louisiane, laquelle s'étendait, rappelons-le, du lac Huron au golfe du Mexique : si l'on excepte les tribus indiennes, à peine trois mille habitants. Les villages et les hameaux s'appelaient Bourbon-Sainte-Geneviève, Prairie du Rocher, La Nouvelle-Chartres, la Rivière-aux-Vases, Belle-Fontaine, Cap Cinq-Hommes, L'Isle-aux-Ails, La Saline, Cabaret.

Le plus important portait un nom indien, Kaskaskia. Un grand nombre de ses habitants n'étaient pas de race pure. Commerçants, trappeurs, soldats, leurs pères avaient marié des femmes indiennes, à la différence des orgueilleux mâles anglais des treize colonies atlantiques qui en faisaient volontiers leurs concubines mais ne les épousaient jamais. Dans les circonstances ordinaires, c'étaient des hommes charmants et de bonne humeur, d'une jolie politesse, résolument catholiques, tout en goûtant fort le plaisir et la danse, mesurant le cours des mois, à l'indienne, en observant les crues du fleuve ou le degré de maturité des fraises. Certains s'étaient construit d'élégantes maisons de pierre avec l'aide des ingénieurs du fort. Il en reste trois ou quatre dans le French Colonial District : ainsi s'appelle aujourd'hui ce qui fut le cœur de la Grande Loui-siane française, Fort de Chartres, Kaskaskia, Sainte-Geneviève et Prairie du Rocher, où dans les veines des habitants ne coule plus une goutte de sang français, où l'on n'entend pas le son de cette langue, mais où l'on perçoit encore quelques battements de cils du temps passé, une certaine courtoisie affinée, la forme des che-minées, la disposition des rues, parfois des croisées à petits carreaux, une place comme un mail bordé d'arbres, de vieilles dames bavardant sur un banc et une dizaine de noms de chez nous, au cimetière, gravés sur les plus anciennes tombes sur lesquelles veillent religieusement les services municipaux, avec une attention particulière pour celle de Pierre Ménard qui fut en 1818 lieutenant-gouverneur de l'Illinois, vingt et unième Etat des Etats-Unis d'Amérique. Avec Robert La Follette, gouverneur du Wisconsin, ils furent, à eux seuls, tous deux, les premiers et derniers descendants de Français à avoir joué un rôle politique notoire dans les anciens territoires du roi de France annexés par la jeune République après la guerre d'Indépendance. Les Anglo-Américains qui les avaient remplacés furent à leur tour promptement balayés par les vagues successives d'immigrants. Un bernard-l'ermite chassait l'autre...

De 1763 à 1765, Kaskaskia et le fort de Chartres vécurent une de ces folles périodes intérimaires où l'histoire hésite et tourne en rond au milieu d'intenses bouillonnements. Cette minuscule peau de chagrin représentait la France à elle toute seule. Dès que la nouvelle du traité de Paris fut connue, il se répandit dans les tribus un violent sentiment anti-anglais. Les témoignages de loyauté affluaient au fort de Chartres, où commandait le colonel Neyon de Villiers. De puissants chefs accoururent en personne. D'abord celui des Illinois, dont l'apostrophe à Neyon de Villiers est parvenue jusqu'à nous : « *Prends courage, mon Père, n'abandonne pas tes enfants. Les Anglais ne pénétreront jamais ici tant qu'il y aura un homme rouge vivant !* » Et Pontiac, chef des Outaouais : « *Je viens, mon Père, pour t'inviter, toi et tes alliés, à venir avec moi faire la guerre aux Anglais !* » Et le chef des Biloxis : « *Nous mourrons avec les Français s'ils se battent, ou nous passerons sur l'autre rive du fleuve...* » Les Kaskaskias, les Péorias, les Cahokias, les Missouris, les Osages, avaient déterré la hache de guerre, alors que la guerre était finie, « *contre ces chiens vêtus de rouge qui nous volent nos terrains de chasse* ». Une rumeur courait les tribus : « *Notre Père, le Grand Onnontio de France, vieux et infirme, s'était endormi, fatigué de faire la guerre. Mais ce sommeil tire à sa fin. Il a entendu l'appel de ses enfants, et quand il va se réveiller, il détruira tous les Anglais...* » Pour la première fois de leur histoire – et aussi pour la dernière –, les Indiens se donnèrent un drapeau. C'était l'étendard blanc fleurdelysé d'or des rois de France que les colporteurs bois-brûlés distribuaient aux tribus. Quand se présenta l'avant-garde anglaise commandée par le lieutenant John Ross, c'est un chef kaskaskia, Tamarou, qu'elle trouva sur la route du fort de Chartres, à la tête de ses guerriers. Il n'y eut pas de combat. Le Verbe suffit : « *Pourquoi toi, Anglais, ne restes-tu pas sur tes terres ? Toutes les nations rouges restent sur les leurs. Celles-ci sont à nous. Va-t'en, va-t'en et dis à ton chef que tous les hommes rouges ne veulent pas d'Anglais ici !* » Ross fila et revint seul, en parlementaire. Il fut finalement convenu entre autorités françaises et anglaises que le repli des troupes françaises s'accomplirait par degrés, le temps que la situation se calme, et que le fort de Chartres en serait la dernière étape.

Cela dura deux ans. Deux ans pendant lesquels la Grande Louisiane se vida. Ce n'était pas une agonie, c'était une longue hémorragie. Par les chemins d'eau du roi, le Wisconsin, l'Illinois, la Ouabache, l'Ohio, le Missouri, le Mississipi, se repliaient l'une après l'autre les garnisons squelettiques qui pendant un siècle et demi avaient tenu debout cet empire. Des petits convois de canots arrivaient au fort de Chartres, une dizaine d'hommes, un officier, coiffés du tricorne gris des compagnies franches de la Marine ou du tricorne noir du régiment suisse de Karrer, quelques colons et leurs familles. D'abord le fort L'Huilier et le fort Saint-Nicolas, sur le haut Mississipi. Puis les forts de la rivière des Illinois, Crèvecœur, Saint-Louis, Saint-Joseph, construits par Cavelier de La Salle. Ceux de l'Ohio et de la Ouabache, Vincennes, Saint-Ange, Ouyatanons, Miamis, Sandusky, d'autres encore, plus lointains, comme le fort Duquesne, sur le cours supérieur de l'Ohio. En 1754, l'enseigne Coulon de Jumonville, commandant le Fort Duquesne, s'était avancé avec ses treize soldats au-devant des milices de Virginie, pour sommer les Anglais, « *au nom du roi, d'avoir à se retirer, sur-le-champ, de ses terres et domaines...* ». On ne lui laissa pas le temps d'achever.

Les Virginiens, à leur habitude, avaient lâché leurs meutes d'Iroquois et de Delawares. Jumonville et ses treize Français furent massacrés au tomahawk et scalpés. Le jeune officier britannique qui commandait les milices de Virginie avait assisté à la scène, impassible et satisfait. Il s'appelait George Washington, futur premier président des Etats-Unis d'Amérique et à ce titre redevable aux Français, qui avaient sauvé les *insurgents* vaincus, de l'indépendance de son pays...

Sur les ordres du duc de Choiseul, enfin parvenus à la colonie, le Fort de Chartres s'était mué en un carrefour de repli organisé. Les tribus fidèles campaient sous les murailles, ainsi que des Canadiens descendus de Québec et de Montréal et qui voulaient rester français. D'autres avaient déjà traversé le fleuve et pris le chemin de l'ouest à la recherche d'un répit qui dura moins de cent années. Les canots des compagnies de la Marine et du régiment de Karrer, dûment munis d'instructions de route, et selon le plan établi, abandonnaient le Fort de Chartres et se laissaient porter jusqu'à La Nouvelle-Orléans.

Le lieutenant-gouverneur Saint-Ange de Bellerive, qui avait succédé à Neyon de Villiers, les regardait s'en aller, soulagé et désespéré. Il lui restait cinquante soldats, quatre officiers, l'étendard du roi qui flottait au bastion central, et un millier d'Indiens, de colons français et de Canadiens, qui espéraient encore la résurrection d'Onnontio.

Paris et Londres avaient décidé qu'au plus tard le 10 octobre 1765, le fort devait être remis aux Anglais et sa garnison française évacuée.

Je ne suis jamais retourné au fort de Chartres, mais on m'en a envoyé des photos récentes. Il a été splendidement restauré et reconstruit dans son intégralité. Les Américains font cela très bien, de même que depuis des décennies, ils injectent des millions de dollars pour la sauvegarde du château de Versailles, dont il ne leur est pas possible d'oublier que c'est le 3 septembre 1783 que fut signé là, à Versailles, en France, et non à Londres ou en Amérique, le traité reconnaissant l'indépendance des Etats-Unis et leur souveraineté sur les territoires compris entre l'Atlantique et le Mississipi et entre les Grands Lacs et la Floride, et que si Louis XVI renonça à y exiger la restitution du Canada et de la rive droite du Mississipi, comme il en avait d'abord manifesté l'intention, c'est sur l'insistance appuyée des plénipotentiaires américains qui enfin débarrassés des Anglais, se refusaient à supporter d'autres voisins européens, fussent-ils français.

En 1949, seul le bastion d'entrée avait été restauré, et dans la cour un bâtiment abritant un embryon de musée. Il n'y avait que très peu de visiteurs en ce temps-là, et aucun qui s'offusquât de cette seconde occupation française du fort de Chartres – la nôtre –, laquelle allait durer deux jours et trois nuits, du lundi 17 au jeudi 20 octobre. L'unique gardien était un brave type qui exploitait la ferme céréalière voisine et détenait les clefs des vitrines où étaient exposés en désordre de nombreux documents des anciennes archives françaises. Le soir, au moment de rentrer chez lui et de fermer le grand portail, il nous confiait ses clefs et me laissait travailler ou rêver à ma guise.

Sauf le petit musée, le fort n'avait pas l'électricité. C'est à la lueur de chandelles plantées dans des goulots de bouteille éclairant ce qui avait été le salon du lieutenant-gouverneur, rigoureusement vide à l'exception d'une longue table rustique, que j'étalais mes trésors de papier empruntés pour un soir aux vitrines. Ce n'était pas difficile à déchiffrer, une fois reconnues les tournures de phrases et la façon de former les lettres. Ce français du XVIIIᵉ siècle me semblait beaucoup plus proche et intelligible que ne le sont, par exemple, aujourd'hui, comparés au langage que j'emploie, certains jargons franco-branchés qu'affectionnent mes compatriotes. Au fur et à mesure que je lisais et que me devenait familière la vie quotidienne du fort, mon ombre, sur le mur, se haussait d'un tricorne, celui des compagnies de la Marine. Nombre de ces documents émanaient des chefferies indiennes, mais avaient été rédigés par les scribes-interprètes que le fort mettait à leur disposition. Ainsi les Kaskaskias, les Sauteux, les Missouris, les Potowatomis s'adressaient-ils, selon les usages, « *A Nos Seigneurs du Conseil du Pays des Illinois* », et commençaient-ils leurs requêtes par : « *Le roi de France est notre père* », ce qui n'était pas une formule creuse. Les signatures suivaient, de naïfs dessins pictographiques, un loup, un cheval, un serpent, une chouette, un aigle aux ailes déployées.

J'ai retrouvé là M. d'Artaguette. C'était un homme qui avait l'œil à tout. Il ne se vendait pas un ballot de fourrure, une pinte de tafia, ne se signait pas un contrat de commerce, une licence de colportage ou de trappe, un devis de réfection de toiture qu'il ne les ait au préalable visés. Me sont passés entre les mains les états d'effectifs des compagnies où les Beauluron, Courte-cuisse, Grandgosier et autres Latulipe faisaient courir des airs de chanson sur toute cette paperasserie militaire. Je suis même tombé sur une feuille où étaient consignées la composition des patrouilles, la rotation des mots de passe et la relève des sentinelles. J'y ai consacré deux longues soirées. J'étais l'un d'entre eux. Je veillais aux frontières oubliées.

Vinrent le mois d'octobre 1765 et l'expiration de l'ultimatum anglais. La veille de notre départ, une fois mes compagnons couchés, je suis retourné chez le lieutenant-gouverneur en fonction, M. de Saint-Ange de Bellerive. Les vitrines ne m'avaient rien livré de lui. Sans doute avait-il brûlé ses archives en n'emportant que l'essentiel. Je pouvais aisément me mettre à sa place : « Qu'allons-nous dire à nos alliés indiens et que vont-ils devenir ? » Nul doute que cette doulou-reuse interrogation fut au cœur des conversations dans la salle des officiers. Le rapportant aujourd'hui, j'ai à l'esprit d'autres abandons, survenant après d'autres « traités de Paris » qui navrèrent le cœur et l'âme de bien des officiers français déchirés entre leurs pro-messes, leur conscience, et les ordres reçus. Au fort de Chartres, les sachems des tribus se succédaient. Puisqu'on allait les abandonner, qu'on leur donne au moins des fusils, de la poudre, des balles, tout ce que n'emporterait pas l'armée française. Le traité de Paris l'interdisait. M. de Saint-Ange dut se montrer inflexible. Ce fut sa croix. Il blêmit mais ne put rien répondre quand le chef de la nation des Outaouais, Pontiac, notre plus loyal allié, lui déclara lors d'une sorte de cérémonie d'adieux : « *Mon père le roi de*

France m'a fait français. Je mourrai français. » Il tint
parole. C'est coiffé du bicorne galonné d'argent des
officiers des compagnies de la Marine qu'il partit en
guerre à la tête d'une coalition indienne contre les
régiments du général Campbell qui relevaient l'une
après l'autre les garnisons françaises des forts. Les
Anglais le firent assassiner. La répression fut féroce.
L'Amérique l'a salué tardivement... en donnant son
nom à une marque d'automobile. Une manière de
Légion d'honneur à titre posthume dont bénéficièrent
également François de Lamothe Cadillac – une voiture
chic et ruineuse –, commandant du poste de Mackinac
dans les années 1690 et fondateur de la ville de Détroit,
et Robert Cavelier de La Salle à qui échut pour solde
de tout compte la dédicace d'une gigantesque et spec-
taculaire limousine de gangster, la La Salle, qui n'est
plus fabriquée depuis la guerre et que s'arrachent les
collectionneurs.

Le capitaine Stirling, à la tête d'un demi-régiment
de Highlanders, se présenta au fort de Chartres le
9 octobre 1765. Le lieutenant-gouverneur de Saint-
Ange, pour son ultime acte de commandement, lui
remit, selon les ordres, le fort intact mais nu, dépouillé
de tout son mobilier, poudrière inutilisable, canons
encloués, écuries désertes, magasins vidés. Il refusa
d'assister à l'envoi des couleurs anglaises, et le drapeau
du roi plié dans la vaste poche de sa tunique, il
embarqua avec ses derniers soldats dans deux chalands
à voiles, en route pour La Nouvelle-Orléans, sur le
fleuve Misissipi qui à dater de ce jour-là dut renoncer
à son orthographe française et s'écrivit désormais avec
deux *p*.

Dès le lendemain, à l'aube, l'équipe Marquette a pris le même chemin. Avec le courant qui nous portait et le désir d'en finir, une affaire de six à sept semaines...

Franchi le 36e parallèle qui correspondait à peu près à la Dixie Line[1], emblématique ligne de séparation entre Yankees et Confédérés, un certain nombre de choses ont changé.

Politiquement, d'abord. Les Etats riverains du Mississipi qu'il nous restait encore à traverser étaient ségrégationnistes, comme tous les vaincus de la guerre de Sécession : Kentucky, Tennessee, Arkansas, Mississippi et Louisiane. La plupart faisaient encore flotter sur leurs bâtiments officiels des drapeaux où se retrouvait en tout ou partie la croix de Saint-André bleue sur fond rouge et frappée de treize étoiles qui avait été pendant cinq ans l'emblème de la Confédération[2]. Les Noirs ne votaient pas. Les universités blanches leur étaient fermées, ainsi que de nombreux restaurants, hôtels, églises, clubs, etc. Les services publics comme les transports imposaient une séparation drastique, Blancs d'un côté, Noirs de l'autre et pas toujours dans les meilleures conditions. En 1949, il s'en fallait encore de six ans avant que le pasteur Martin Luther King ne levât l'étendard des droits civiques, à l'initiative d'une ouvrière noire d'Alabama, qui avait refusé, dans

---

1. Composé en 1859, *Dixie* était le chant patriotique des Etats confédérés (sudistes) durant la guerre de Sécession.
2. Sous la pression de l'opinion, la totalité des Etats sudistes, aujourd'hui, ont renoncé à la croix de Saint-André des Confédérés.

l'autobus, de céder sa place à un Blanc. Même les Boy
Scouts of America pratiquaient la ségrégation. A
Helena (Arkansas), à Greenville (Tennessee), lors des
cérémonies organisées pour nous recevoir en grande
pompe, les étiques troupes scoutes noires défilaient en
queue de cortège, comme en surnombre, et cela nous
avait laissé une forte impression de malaise. Il nous
est arrivé aussi de prendre le bus, ne serait-ce que pour
aller faire nos courses. Il n'y existait pas, à proprement
parler, de cloison discriminatoire, ni de portes séparées,
mais une planchette amovible qui se fixait au dossier
des sièges, portant *Whites only* d'un côté, *Blacks only*
de l'autre, et que, selon l'affluence, les voyageurs,
qu'ils fussent noirs ou blancs, déplaçaient eux-mêmes
avant de s'asseoir, les Blancs devant, les Noirs derrière : une ségrégation, mais extensible ou rétractile
selon les taux d'occupation respectifs. La première fois
que nous avons été confrontés à cette obligation, qui
nous semblait insultante, d'afficher ainsi sa couleur de
peau dominante, nous nous sommes dit, en bons petits
Français : « On va leur montrer, à ces Américains, ce
que nous pensons de leurs procédés ! », et on est allés
s'asseoir au premier rang des Noirs, où il y avait toute
la place qu'on voulait, mais sans nous faire suivre de
la planchette et en adressant à nos voisins ce que nous
étions capables d'offrir de mieux en fait de sourires
amicaux. Ça n'a pas traîné ! On s'est fait injurier, non
par les Blancs, qui rigolaient, mais par les Noirs, qui
s'obstinaient à ne pas comprendre les nobles motifs
qui nous animaient. D'énormes matrones se sont levées
de leurs sièges et s'avançaient vers nous comme des
chars d'assaut, nous mitraillant de leurs invectives,

en un flot suraigu de décibels hostiles. Craignant l'émeute, le chauffeur a stoppé. Nous sommes descendus du bus et nous avons sauté dans le suivant. Cela nous a servi de leçon. A dater de ce jour-là, nous avons pris le parti de l'indifférence, attitude d'autant plus naturelle qu'en 1949, chez les Français, le problème des droits civiques, de la ségrégation, de la solidarité avec les opprimés de toute la terre, était encore loin de sa mue en providentiel cheval de bataille. Nous n'étions pas venus en Amérique pour cela. Sans nous. Pas nous...

Ensuite, le climat. En cette fin du mois d'octobre, il hésitait entre les vents froids du Nord et la chaleur moite du golfe du Mexique. Cela donnait des nuits glaciales, des aubes d'hiver, après quoi le mercure de mon thermomètre de bord grimpait au rythme de la course du soleil, jusqu'à atteindre dans l'après-midi des températures tropicales. Dans les champs de coton, à perte de vue, où la récolte avait commencé, les Noirs travaillaient, torse nu, sous l'autorité de contremaîtres blancs, dont certains étaient à cheval, comme au temps de Scarlett O'Hara. Nous traversions « l'Egypte américaine », villes principales : Memphis, Cairo, mais une Egypte souvent pluvieuse, soumise à de lourdes averses qui tournaient parfois au déluge et provoquaient des crues brutales du fleuve qui était le maître des lieux.

Il avait changé, lui aussi. Sans cesser de se diriger vers le sud et sans ralentir la vitesse de son courant, il se livrait à d'extravagantes modifications de parcours, remontant brusquement plein nord, puis redescendant, filant à l'est, ou à l'ouest, avant de se ruer à nouveau droit au sud, pour quelques miles, et reprendre plus loin les mêmes fantaisies, ainsi de suite jusqu'à son delta. Il lui arrivait de se dédoubler ou de tenter une sortie à travers l'immense plaine et puis de se raviser, abandonnant sur sa droite et sa gauche d'énormes et profonds sillons liquides qui étaient autant de culs-de-sac au fond desquels nous nous sommes souvent fourvoyés. A force de circonvolutions, il s'infligeait, pour son plaisir, un bon tiers de route en plus à parcourir. Je ne sais pas, au bout du compte, combien de miles nous y avons abattus, les miles vrais, les miles en trop, les miles à l'envers. On avironnait des heures pour se retrouver à deux cents mètres du point qu'on avait quitté le matin[1].

En plus, il était obèse. Il se répandait. Que des averses torrentielles surviennent, et il s'enflait de plusieurs mètres, immobilisant les trains de barges et noyant sous une épaisse vase gluante les voies d'accès aux berges fortifiées dont toutes les portes avaient été fermées, nous laissant seuls au milieu d'un lac en mouvement de trois ou quatre kilomètres de largeur qui charriait toutes sortes de choses, les citrouilles d'un champ dévasté, des cabanes de planches, des bouées du chenal, toutes amarres rompues, des bidons, les habituels troncs d'arbre, des animaux crevés, rien qui nous gênât vraiment, mais il devenait difficile de se ravitailler. On avironnait le ventre vide. On campait sur des îlots de boue. Dès que nous avons pu toucher terre, Jacques et Yves se sont précipités à la *grocery*.

---

1. Voir carte page 296.

On a embarqué des vivres pour une semaine. On vivait en autarcie, sans rien voir du pays alentour.

Alors on a rallumé la radio et on a souqué, souqué...

Ensuite le fleuve se calmait, retrouvait son niveau normal. Le trafic reprenait dans le chenal. Ces jours-là nous avions de la visite, laquelle s'annonçait rituellement par de longs appels de sirène, tandis que se dirigeait vers nous de toute la puissance de son énorme roue, l'un des navires de service du Corps of Engineers, château à trois ponts, trente hommes d'équipage, cinq officiers. Le capitaine ange gardien agitait sa casquette en gueulant dans son porte-voix :

– On s'inquiétait pour vous ! On vous cherche sur le fleuve depuis ce matin. Les bulletins de la radio racontent que vous avez disparu. La mairie de Greenville [la ville importante la plus proche] a téléphoné plusieurs fois. Ils vous attendent demain soir. Ça ira ?

Les « mondanités » nous avaient rattrapés.

Le dimanche 13 novembre 1949, à neuf heures trente du matin, au confluent de la rivière Arkansas et du Mississipi, nous avons fait nos adieux au « patron », au loyal Louis Joliet, à Plattier, à Thiberge, La Taupine, Le Castor, le Chirurgien. De ces cinq derniers, nous ne savions pas grand-chose, sinon qu'ils avaient partagé avec nous, dans leur corps, leur chair, leurs muscles, entre trois et quatre millions de coups d'aviron, ce qui nous les rendait fraternels. Une omission m'a intrigué. Le père Marquette, dans sa *Relation*, laquelle était un rapport, très détaillé, à ses supérieurs, n'a jamais évoqué ses compagnons, à l'exception de « Monsieur

Joliet ». C'est par le *Journal* de Joliet qu'on connaît leurs noms. J'avais eu le temps de vérifier ligne par ligne sur ma « bible » : pas un mot, pas une allusion, comme s'ils n'étaient tous les cinq qu'une sorte d'attelage de mules, de moteur, un moyen de propulsion animal dont le fonctionnement allait de soi sans qu'il fût pour autant nécessaire d'en parler. Un cavalier aurait eu au moins une pensée pour son cheval. On ne trouve rien de tel chez le père Marquette. Peut-être le saint jésuite n'était-il pas aussi parfait que sa légende l'a laissé entendre ? A la rencontre des Indiens, l'homme de Dieu s'avançait, dressé à l'avant de son canot, la croix tendue à bout de bras. Comme Marie, dans l'Evangile, il avait choisi la meilleure place. Les autres, à l'image de Marthe, s'appuyaient tout le boulot.

C'est donc là qu'ils avaient rebroussé chemin, le 17 juillet 1673, pour revenir sur leurs pas et rejoindre la rivière des Illinois.

Un banc de sable prolongeait la pointe rocheuse qui séparait le fleuve de son affluent. Nous y avons planté le camp pour la journée. A droite, la rivière Arkansas, autrefois domaine des Quapaws[1], une tribu pas comme les autres, coriace, peu engageante, avec un village-capitale, un roi siégeant dans son palais, pas du tout impressionné, et un temple pyramidal où se lisaient des ruisseaux de sang séché. A gauche, le Mississipi, dont le père Marquette redoutait qu'à s'y engager plus avant il ne se heurtât aux Espagnols qui tenaient la Floride voisine.

---

1. Tribu aujourd'hui disparue.

« *Nous fismes, Monsieur Joliet et moy, un conseil pour délibérer... si nous passerions outre, ou si nous nous contenterions de la descouverte que nous avions faite... que nous n'étions pas esloignez de plus de deux ou trois journées du golfe du Mexique* – en réalité trois bonnes semaines – *où indubitablement la rivière du Mississipi avait la descharge... Nous considérasmes de plus, que nous nous exposerions à perdre le fruit de nostre voyage, duquel nous ne pourrions donner aucune connoissance, si nous allions nous jeter entre les mains des Espagnols, qui sans doute nous auroient du moins retenus prisonniers ; outre cela nous voyions bien que nous n'estions pas en état de résister aux Sauvages... Toutes ces raisons nous firent conclure pour le retour, que nous déclarasmes aux Sauvages... »*

Il y avait une autre raison. Le père Marquette était épuisé, malade. Il vomissait presque chaque nuit. Il s'alimentait difficilement. Son état de faiblesse s'aggravait de jour en jour, mais comme il était, à son honneur, aussi indifférent à lui-même qu'à l'égard de ses compagnons, on n'en trouve pas la moindre trace dans son récit. C'est par le *Journal* de Joliet qu'on le sait. Il avait hâte de retrouver tous ces Indiens du haut du fleuve et du lac des Illinois (Michigan) qui étaient venus à lui spontanément. Cette fois, il n'y eut pas d'adieux, pas même un vieillard pour pétuner en signe de paix...

« *Quand tout le voyage n'auroit valu que le salut d'une âme, jestimerois toutes mes peines bien*

*récompensées, et c'est ce que j'ai sujet de présumer ;
car lorsque je retournois nous passâmes par les Illinois
de Peroüaca, je fus trois jours à leur publier les mys-
tères de nostre Foy dans toutes leurs cabanes, après
quoi comme nous embarquions, on m'apporta au bord
de l'eau un enfant moribond que je baptisay un peu
avant qu'il mourust, par une providence admirable,
pour le salut de cette âme innocente. »*

Ainsi se termine son récit. J'ai déjà raconté où et
comment il mourut.

Ma mémoire, cette fois, m'a joué un tour, ou plutôt
m'a servi, avec trop de profusion, le souvenir d'un père
Marquette statufié sur la pointe rocheuse, juste au-
dessus de notre camp, un crucifix dans sa main tendue,
bénissant le Mississipi. En consultant mon journal de
bord, je me suis aperçu qu'il n'en était rien : « *Nous
avons escaladé le rocher, histoire de trouver un emplacement où l'on pourrait lui élever une statue... et
pourquoi pas un marker* [1] *dédié à l'Equipe Marquette...* » Nous en avions longuement parlé. Propos
de feu de camp, comme on dit propos de table, ou de
salon.

J'ai refermé et rangé ma seconde « bible ». Le
voyage tirait à sa fin. Nous ne roulions plus que pour
nous. Nous avons rembarqué à l'aube. Prochain et
ultime rendez-vous : le samedi 10 décembre à onze
heures, au wharf situé sous le Huey P. Long Bridge, à
La Nouvelle-Orléans...

---

1. Aux Etats-Unis, plaque commémorative : *historical marker.*

A partir de son confluent avec la rivière Arkansas, l'écheveau des méandres du Mississipi, s'il allongeait interminablement la distance, présentait tout de même un avantage : le fleuve se baladait à travers la campagne, il prenait le chemin des écoliers, si bien que la plupart des localités, de même que les routes et le chemin de fer, s'en tenaient prudemment éloignés. Hormis les trains de barges et les barques de « Petits Blancs » qui pêchaient à l'épervier, on n'y rencontrait pas un être humain. En revanche le gibier d'eau pullulait. Jacques a ressorti son fusil et réussi quelques jolis coups : ainsi les riz au lard numérotés n'ont-ils pas dépassé le cap de la centaine. Le niveau du fleuve avait baissé, découvrant d'immaculés bancs de sable plantés d'arbrisseaux où nous avons passé de divines soirées. La batterie de la radio refusait tout service. A réapparu, du fond de ma cantine, le carnet de chants : *M'sieu d'Charette, Le Vieux Chalet, Les Bleus sont là le canon gronde, Anne de Bretagne*, etc. Toto le réveil avait rendu l'âme, ainsi que nos montres, l'une après l'autre. On se repérait à l'horloge du soleil, et s'il n'y avait eu le journal de bord, nous aurions perdu le compte des quantièmes du mois. Tout cela était fort rafraîchissant.

Le 24 novembre, nous sommes arrivés en vue de Vicksburg.

On ne fait pas son entrée n'importe comment à Vicksburg, Mississippi, quand on est l'hôte officiel de la ville, ce qui était précisément notre cas. Vicksburg, c'est le Verdun des sudistes, Douaumont, le chemin des Dames. Trois batailles rangées, un siège de six semaines, des flots d'héroïsme et une capitulation dans l'honneur le 4 juillet 1863, anniversaire de l'Independence Day. En 1949, Vicksburg ne fêtait toujours pas l'Independence Day. Ce jour-là elle célébrait ses morts alignés par milliers au cimetière militaire. Vicksburg était « la ville qui se souvient ».

En prévision de cette arrivée, nous nous étions procuré, à Greenville, un article courant – il semble que ce ne soit plus le cas aujourd'hui –, à savoir deux petits pavillons confédérés à treize étoiles et croix de Saint-André. Un nombre infini de Français se sentent sudistes. Ils savent qu'en réalité, ce n'était pas pour maintenir l'esclavage que tout le Sud se battait, mais pour défendre, face aux Yankees, une partie charnelle qui tenait à l'âme autant qu'à la terre, un style de vie, une façon d'être et d'envisager le bonheur, des usages, une certaine urbanité partagée par toutes les classes de la société. Nous étions sudistes, nous aussi. Ces pavillons, nous les avons plantés à la proue de nos canots, la poupe restant pavoisée aux trois couleurs françaises, et c'est dans cet appareil que nous avons accosté le wharf officiel où nous attendaient le maire, le shérif, la police, les scouts, les journalistes, scénario habituel : j'ai encore à l'oreille l'ovation de la foule. Ce n'était pas que nous l'ayons cherchée, mais tout de même, on a eu le cœur rudement secoué. Jackson, la capitale de l'Etat, se trouvait à une quarantaine de miles. Un cortège de limousines nous y a emmenés sur les chapeaux de roue. Le Sénat, au Capitole, a interrompu sa séance, et le lieutenant-gouverneur, qui présidait, nous a adressé, avec l'accent sudiste, un discours encore plus sudiste où dans un élan de lyrisme sudiste il a évoqué le sacrifice du bataillon des volontaires franco-américains de La Nouvelle-Orléans, en juin 1863, se frayant un chemin à travers les lignes nordistes pour se joindre aux assiégés alors que nul espoir ne subsistait... Et, ainsi a-t-il terminé, serions-nous venus trois ans plus tôt, que nous aurions eu l'honneur de serrer la main, à Vicksburg, de Jim Bullitt, âgé de cent trois ans, dernier survivant de la bataille...

Nous avons séjourné deux jours à Vicksburg. On nous a conduits chez de charmantes vieilles dames qui ressemblaient à ma grand-mère de Touraine, chemisier de dentelle et ruban de faille noire autour du cou, dont le père, l'oncle, parfois le mari, ou le frère aîné, avaient combattu à Vicksburg, et qui chacune, à sa façon, nous décrivait le siège, la bataille, la reddition, l'entrée des nordistes, les réquisitions, les exactions, les brimades, la grossièreté des officiers, la brutalité de la troupe, comme si cela s'était passé la veille. Il n'y a qu'en Vendée, autre pays « qui se souvient », que j'ai éprouvé plus tard une aussi intense impression, quand l'abbé X., à Tiffauges, racontait l'irruption des Bleus avec un tel accent de vérité qu'on se demandait par quelle issue dérobée on allait pouvoir s'échapper...

La mousse espagnole a fait son apparition. Il s'agit d'un parasite d'un gris vert extrêmement chevelu qui enrobe les arbres de la tête au pied à la façon d'un Christo emballant le Pont-Neuf. Les chênes d'eau, les mélèzes, les cyprès, enveloppés de ces guirlandes funèbres, ressemblaient à des fantômes d'arbres parés pour une cérémonie mortuaire. Les rares chemins d'accès, sur les berges, s'y enfonçaient en sombres tunnels où l'on ne pouvait marcher que courbés et qui bien vite se perdaient dans le fouillis de la végétation. Des taches de couleur, cependant, vert électrique, rouge éclatant, bleu vitrail, jaune soleil, une foule d'oiseaux de la famille des perruches qui par leurs cris et leurs vols croisés maintenaient en vie cette nature mourante. Des colonies entières de castors, mais pas la queue d'un alligator, il paraît qu'en cette saison ils dormaient. De temps en temps surgissait, écartant la mousse espagnole comme on entrouvre un rideau de théâtre, un homme des bois, mulâtre ou blanc, qui s'en venait tailler une bavette dans son français naïf et chantant de cajun[1].

– Et comme c'la vous êtes arrivés par le bâtiment-ville [il voulait parler d'un paquebot] ? Et vous êtes d'la France ? Moi aussi, j'ai un canote, pour trapper les 'crevisses. Allons, j'vois qu'vous êtes occupés à larguer la soupe, j'vous laisse. La bonne chance à tous...

A le croire échappé d'*Evangéline*, le poème de Longfellow :

Friendless, homeless, hopeless, they wandered from
[city to city,
From the cold lakes of the north, to sultry southern
[savannas...

Puis un vent du sud s'est levé, d'une violence aussi moite que cinglante, balayant un paysage de torchères,

---

1. Acadien.

de tours, de passerelles, tout un enchevêtrement métallique à perte de vue sur les rives du fleuve : la pétro-
chimie de Baton Rouge, capitale de la Louisiane, à une
soixantaine de miles de La Nouvelle-Orléans, les
méandres en supplément. Trois jours on a bataillé
contre ce vent, à chevaucher en voltige les vagues
d'étrave d'une foule de cargos et de tankers de toutes
nationalités qui fulminaient de toutes leurs sirènes pour
nous intimer l'ordre de dégager. La Coast Guard nous
avait prévenus, conseillant un transbordement en *truck*.
Après 2 755 miles à l'aviron, finir sur une plate-forme
de camion, pour soixante malheureux miles ? Pas question ! « *At your own risk* », a dit la Coast Guard, sans
pourtant renoncer à sa mission d'ange gardien. Leur
hélicoptère, trois fois par jour, venait s'assurer que
nous flottions toujours.

Au matin du 10 décembre, en vue du pont suspendu
Huey P. Long, après une heure de navigation dans le
brouillard – on serrait les fesses à chaque coup de
sirène –, le vent de sud-est s'est déchaîné. On voyait
clair mais on n'avançait plus. A bord de la vedette de
la Coast Guard, venue à notre rencontre, avaient pris
place le consul général de France, l'état-major des sea
scouts, la presse, etc. Le capitaine nous a proposé une
remorque. L'équipage préparait déjà les haussières.
Refus offusqué. On a terminé à genoux ! En position
de combat ! A genoux dans les canots, comme à Trois-
Rivières, quand nous n'arrivions même pas à décoller
du quai. Mais on n'était plus des *mangeurs de lard*,
des *engagés* à leur premier contrat, on était de vieux
canotiers. Ce wharf-là, où se tenaient la fanfare, les

majorettes, la police, toute la collection, on se l'est fait
à l'arraché, en beauté !

Je n'infligerai pas au lecteur la suite des événements.
Se reporter aux cérémonies précédentes, en mieux. Le
maire de La Nouvelle-Orléans (New Orleans) s'appelait deLesseps S. Morrison, mais deLesseps n'était
que son prénom, l'*archbishop*, monseigneur Rommel
(messe solennelle à la cathédrale Saint-Louis, homélie
d'accueil, *Te Deum*), le consul général de France,
Lionel Vasse, sorte de *deus ex machina* de ce séjour :
je n'ai plus jamais rencontré de consul qui lui
ressemblât.

Le maire Morrisson, au City hall, outre le diplôme
de citoyen d'honneur, m'a remis sur un coussin de
velours la clef de la ville, un honneur d'autant plus
inattendu que La Nouvelle-Orléans n'avait jamais eu
de porte. C'était une clef plate, minuscule, du genre
clef de cadenas de vélo, mais joliment ouvragée, en
bronze doré, où l'on peut reconnaître, à l'aide d'une
loupe, une Sainte Vierge en longue tunique et une
Indienne d'un ballet de Lulli, en jupe courte, de part
et d'autre d'un écu aux armes de la ville, où figurent
un alligator et un autre animal à queue, peut-être un
castor, que je n'ai jamais pu clairement identifier.

La clef occupe la place d'honneur, au centre d'un
médaillier, chez moi...

L'équipe Marquette (canot de gauche : *Huard* – Jean Raspail
(arrière), Philippe Andrieu (avant) ; canot de droite : *Griffon* –
Jacques Boucharlat (arrière), Yves Kerbendeau (avant).

A Jean Raspail et à son équipe
« Marquette »
avec les remerciement de la France
et toute ma sympathie

[signature]

ce 2 février 1950

Cartes

Table

Jean Raspail
dans Le Livre de Poche

Adios, Tierra del Fuego n° 15142

A l'extrême pointe du continent sud-américain, s'étendent
la Patagonie et la Terre de Feu. Voyageant en 1951 dans ces
terres reculées, Jean Raspail y a aussitôt reconnu la vraie
patrie : celle du cœur. A l'occasion d'un nouveau séjour, en
1999, il mêle ici les impressions d'autrefois et celles
d'aujourd'hui, et ressuscite, avec une érudition immense et
un irrésistible talent de conteur, les figures et l'histoire souvent épiques de tous ceux qui avant lui se sont aventurés
sous ces cieux.

L'Anneau du pêcheur n° 14089

A Noël 1993, un vieil homme erre dans Rodez, où il
demande avec humilité un peu de pain et de soupe. Lorsqu'on lui demande qui il est, il répond : Je suis Benoît. Près
de six siècles plus tôt, le concile de Constance a mis fin au
grand schisme d'Occident en déposant Benoît XIII. Pourtant
cette lignée de papes rebelles ne s'est pas éteinte. Simplement, sa trace s'est perdue. Les services secrets du Vatican
lancent leurs meilleurs agents sur la piste du mendiant de
Rodez, qui porte dans sa besace l'anneau du pêcheur,
emblème de cette Eglise de l'ombre…

Hurrah, Zara ! n° 14930

« Je suis d'abord mes propres pas. » Telle est l'orgueilleuse
devise de la famille von Pikkendorff, dont le narrateur, au

lendemain de la guerre, rencontre au lycée le descendant, Frédéric. Ce dernier va lui confier l'histoire tumultueuse de cette lignée, à qui les traités de 1815 ont enlevé son petit duché allemand, mais qui n'en continue pas moins à maintenir ses traditions d'indépendance et de bravoure...

Le Président n° 30063

Inventer un crime parfait. Quel milieu s'y prête mieux que celui de la politique ? Les crocodiles s'y entre-dévorent plus férocement qu'ailleurs et certaines mises à mort peuvent atteindre la perfection. Cela commence par un sombre règlement de comptes à la Libération et se poursuit quarante ans plus tard à l'Elysée, puis lors d'un voyage officiel en Amérique latine, autour d'un président de la République particulièrement tordu et doué…

Le Roi au-delà de la mer n° 15349

Voici donc Philippe VII Pharamond, soutenu mollement par quelques milliers de militants royalistes, et qui pourrait se résigner à n'être plus que le « dircom » de quelque banque ou entreprise de luxe en quête d'une « image » prestigieuse. Le romancier va lui proposer un chemin autrement plus âpre : celui de l'exil, de la pauvreté, de la fidélité et du combat.

Les Royaumes de Borée n° 30335

« Imaginez une frontière aux confins septentrionaux de l'Europe. Elle court au nord et à l'est sur quelque quatre cent soixante-dix lieues, traverse d'interminables forêts, des plaines spongieuses, enjambe des marécages et des rivières torrentueuses roulant vers des destinations incertaines. Au-delà s'étend la Borée, dont on ne sait rien sinon qu'elle est le royaume d'un petit homme couleur d'écorce qui manie l'arc et le javelot mais que nul n'a jamais approché.

Février 1999, Philippe Pharamond de Bourbon, descendant des Capétiens, est sacré roi de France dans la cathédrale de Reims. La France n'a rien su de l'équipée qui, depuis l'Atlantique, l'a mené à cheval à Saint-Benoît-sur-Loire, puis Saint-Denis, échappant au limier des Renseignements généraux que le ministre de l'Intérieur a mis à ses trousses.

LE CAMP DES SAINTS
T.S. Eliot Award, Chicago 1997
LE JEU DU ROI
SEPTENTRION
LES HUSSARDS
LE TAM-TAM DE JONATHAN
SECOUONS LE COCOTIER
LE SON DES TAMBOURS SUR LA NEIGE

Bernard de Fallois

SIRE
Grand Prix du roman de la Ville de Paris 1992

Flammarion

LES PEAUX-ROUGES AUJOURD'HUI

Solar

VIVE VENISE
(en collaboration avec Aliette Raspail)

Sites Internet : http://jeanraspail.free.fr
http://jean-raspail.net

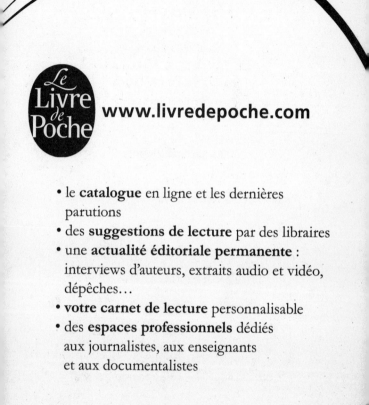

www.livredepoche.com

- le **catalogue** en ligne et les dernières parutions
- des **suggestions de lecture** par des libraires
- une **actualité éditoriale permanente** : interviews d'auteurs, extraits audio et vidéo, dépêches…
- **votre carnet de lecture** personnalisable
- des **espaces professionnels** dédiés aux journalistes, aux enseignants et aux documentalistes

Composition réalisée par IGS-CP

Achevé d'imprimer en octobre 2008, en France sur Presse Offset par
Maury-Imprimeur - 45330 Malesherbes
N° d'imprimeur : 141810
Dépôt légal 1ʳᵉ publication : novembre 2008
LIBRAIRIE GÉNÉRALE FRANÇAISE - 31, rue de Fleurus - 75278 Paris Cedex 06

31/2404/7